PARANORMAL

KIERSTEN WHITE

PARANORMAL

SP
YA
FIC
WHITE
2011

Traducción de Mercè Diago y Abel Debritto

EDICIONES B
GRUPO ZETA

Barcelona • Bogotá • Buenos Aires • Caracas • Madrid • México D. F.
Montevideo • Quito • Santiago de Chile

Título original: *Paranormalcy*
Traducción: Mercè Diago y Abel Debritto
1.ª edición: junio 2011

© 2010 Kiersten Brazier
© Ediciones B, S. A., 2011
    Consell de Cent, 425-427 - 08009 Barcelona (España)
    www.edicionesb.com

Published by arrangement with Harper Collins Children's Books,
a division of Harper Collins Publishers.

Impreso en España - Printed in Spain
ISBN: 978-84-666-4754-0

Depósito legal: B. 14.232-2011

Impreso por LIBERDÚPLEX, S.L.U.
Ctra. BV 2249 Km 7,4 Polígono Torrentfondo
08791 - Sant Llorenç d'Hortons (Barcelona)

Para mamá y papá
y para Noah, con amor

OH, MUÉRDEME

—Un momento, pero ¡si acabas de bostezar! —El vampiro, con los brazos alzados sobre la cabeza imitando a Drácula, los dejó caer a los costados. Unos colmillos muy blancos relucían en su boca—. ¿Qué pasa? ¿La idea de estar cerca de la muerte no te pone?

—Oh, deja de hacer mohínes. Pero, en serio, ¿el pico de viuda? ¿La tez pálida? ¿La capa negra? ¿De dónde has sacado todo eso, de una tienda de disfraces?

Se irguió por completo y me fulminó con la mirada.

—Te voy a chupar ese cuello tan blanco hasta dejarte sin vida.

Suspiré. Odio las misiones de vampiro. Se creen tan finos... No les basta con descuartizarte y comerte como hacen los zombis. No, también quieren que sea sexy, pero ¡es que no tiene nada de sexy! Vale, en el glamour* existe un componente erótico, pero ¿qué hay de esos cuerpos cadavéricos? Carecen por completo de atractivo, aunque la verdad es que nadie los ve.

Siseó. Se disponía a abalanzárseme sobre el cuello, pe-

---

* Apariencia que, a modo de segunda piel, adoptan los seres paranormales. (*N. de los T.*)

ro lo paralicé con la pistola eléctrica. Mi misión no consistía en matarlos. Además, si tuviera que llevar armas distintas para cada ser paranormal, me pasaría el día arrastrando un baúl de viaje. Las pistolas eléctricas son una solución perfecta para todo tipo de paranormales. La mía es rosada con diamantes de imitación incrustados. La pistolita y yo hemos compartido muchos momentos inolvidables.

El vampiro se contrajo en el suelo, inconsciente. Tenía un aspecto un tanto patético y hasta me dio pena. Imagínate a tu abuelo, y ahora imagínatelo con veinticinco kilos menos y doscientos años más. Acababa de paralizar a un tipo así.

Concluido el trabajo, enfundé la pistola y saqué las tobilleras para vampiros. Coloqué el índice en el centro de la negra y suave superficie. Al cabo de unos instantes emitió un resplandor verde. Sujeté el tobillo del vampiro y le subí el pantalón hasta que la piel quedó al descubierto. Detestaba ver a aquellos tipos, su piel blancuzca y sus cuerpos marchitos y arrugados. Fijé el rastreador y lo ajusté a la circunferencia del tobillo. El vampiro siseó dos veces después de que los sensores se activaran y se le hundieran en la carne. Abrió los ojos de inmediato.

—¡Ay! —Se llevó las manos al tobillo, y retrocedí—. ¿Qué es esto?

—Quedas detenido de acuerdo con el estatuto tres punto siete del Acuerdo Internacional para Contención de Paranormales, Protocolo para Vampiros. Debes presentarte en el centro de procesamiento más cercano de Bucarest. Si no lo haces en las próximas doce horas, serás...

Se arrojó sobre mí. Me aparté y tropezó con una lápida baja.

—Te mataré —masculló mientras trataba de ponerse en pie.

—No creo que te convenga. ¿Has visto la joyita que acabo de ponerte? Tiene dos pequeños sensores, como dos agujas, clavados en el tobillo. Si de repente te subiese la temperatura corporal por... no sé... un incremento de sangre humana, los sensores te inyectarían agua bendita.

Con expresión horrorizada trató de arrancarse la tobillera.

—Yo en tu lugar tampoco haría eso. Si se rompe el sello, se saldrá el agua bendita. ¿Lo pillas? Además, he activado el temporizador para que no sólo sepan dónde estás exactamente, sino cuánto te queda para llegar al centro de Bucarest. Si no te presentas a tiempo... ¿de veras quieres que te diga qué pasaría?

—Te partiría el cuello como si nada —dijo sin demasiado entusiasmo.

—Inténtalo si quieres, pero te paralizaría durante al menos seis horas y te quedaría menos tiempo para llegar a Rumania. Bueno, ¿sigo leyéndote tus derechos? —No respondió, de modo que continué donde lo había dejado—. Si no te presentas en el plazo de doce horas, serás exterminado. Si atacas a los humanos, serás exterminado. Si tratas de quitarte el dispositivo rastreador, serás exterminado. Esperamos con impaciencia colaborar contigo.

La última frase siempre me había parecido un detalle sutil.

El vampiro estaba abatido, sentado en el suelo, tratando de asimilar el fin de su libertad. Le tendí la mano.

—¿Te ayudo? —Al cabo de unos instantes me la tomó. Lo ayudé a levantarse; los vampiros no pesan nada. Ventajas de no tener fluidos internos—. Me llamo Evie.

—Steve. —Menos mal que no era otro Vlad. Parecía

incómodo—. Esto... ¿Bucarest? ¿No tendrías dinero para el billete de tren?

Los paranormales son de lo que no hay. Hurgué en el bolso, saqué unos cuantos euros y se los di. No le resultaría fácil viajar de Italia a Rumania, y tendría que hacer la reserva.

—Necesitarás un mapa e indicaciones —le grité mientras se disponía a alejarse entre las tumbas. Pobrecito. Estaba avergonzado de veras. Le indiqué cómo llegar al edificio de Procesamiento y Asignación de Bucarest—. Puedes valerte de trucos mentales para pasar las fronteras —añadí en tono alentador.

Asintió con expresión hosca y se marchó.

Encontrar a Steve me había costado menos de lo que había esperado. Perfecto. Era de noche y hacía un frío de mil demonios, y la blusa blanca de cuello ancho no ayudaba mucho que digamos. Además, la trenza rubia que me colgaba hasta media espalda cantaba un montón. Quería largarme de allí. Marqué el número del Centro en el comunicador (una especie de móvil sin cámara, y sólo hay de color blanco. Vamos, una sosada).

—Misión cumplida. Necesito que me lleven a casa.

—Procesando su petición —dijo una voz monótona al otro lado de la línea. Esperé sentada en la lápida más cercana. El comunicador se iluminó al cabo de cinco minutos—. El transporte está en camino.

El tronco de un árbol retorcido y nudoso de unos cinco metros de altura que estaba frente a mí despidió un brillo trémulo, tras lo cual apareció el contorno de una puerta. Un hombre alto y esbelto salió por ella. Bueno, en realidad no era un hombre. Su figura era masculina, aunque un tanto alargada y estrecha. El rostro, de facciones delicadas y unos ojos rasgados que parecían sacados de unos dibujos animados, era, en pocas palabras, hermoso. Me habría pasado la vida mirándolo, embelesada. Sonrió.

—Cállate —le dije mientras negaba con la cabeza. ¿Era necesario que enviaran a Reth? De acuerdo, el modo más rápido para llegar desde allí era el Camino de las Hadas, pero eso significaba que tendría que acompañarle en el trayecto de vuelta. Las hadas no sólo eran, como en los cuentos fantásticos, unos seres frágiles con alas que aman la naturaleza. Son mucho más complicadas. Complicadas y peligrosas. Me acerqué con brío y le tendí la mano al tiempo que apretaba los dientes.

—Evelyn —susurró en tono sensual—, cuánto tiempo.

—Te he dicho que te callaras, ¿no? Vámonos.

Soltó una carcajada que tenía un sonido metálico y me recorrió la muñeca con un dedo largo antes de tomar mi mano en la suya. Intenté no estremecerme. Volvió a reír y traspusimos el umbral de roble.

Cerré los ojos. Esa parte siempre me asustaba. Sabía lo que vería si miraba: nada. Absolutamente nada. Nada por debajo, nada por encima, nada a mi alrededor. Coloqué un pie delante del otro y me agarré a la mano de Reth como si la vida me fuera en ello porque así era. Los humanos no podían recorrer el Camino de las Hadas solos sin perderse para siempre.

Al poco, acabó. Aparecimos en uno de los pasillos iluminados con fluorescentes del Centro. Me zafé de la mano de Reth; su calor ya me había recorrido el brazo y comenzaba a extenderse por el resto del cuerpo.

—¿Ni siquiera me das las gracias? —me dijo mientras me dirigía con aire resuelto hacia mi unidad. No volví la vista. De repente, estaba a mi lado—. Hace mucho que no bailamos. —Su voz era profunda y sensual. Trató de tomarme la mano de nuevo, pero retrocedí de un salto y desenfundé la pistola.

—¡Apártate! —exclamé—. Si vuelves a salir sin el glamour, daré parte de ello. —Su glamour era tan atractivo como su rostro real, pero era una norma de las hadas.

—¿De qué me serviría? Nunca he podido ocultarte nada. —Se me acercó.

Reprimí los sentimientos que querían abrirse paso a toda costa. Otra vez no. Nunca más. Por suerte, nos interrumpió una alarma. Algo se había escapado. Un duendecillo peludo, con la boca abierta y saliva ácida colgándole de los dientes afilados, se daba el piro a toda velocidad en nuestra dirección.

Lo observé como si fuera a cámara lenta. El duendecillo iba a por mí con un destello furibundo en los ojos. Dio un salto, pero le propiné tal patada que fue a parar a los brazos del trabajador que lo perseguía.

—¡Gol! —exclamé. Jolín, qué buena era.

—Gracias —dijo el trabajador, cuya voz sonó apagada detrás de la máscara.

—Y que lo digas. —Reth me había deslizado la mano hacia la región lumbar. Me apetecía recostarme en sus brazos, que me hiciera suya... Entonces recordé la hora.

—¡Mierda! —Eché a correr por el pasillo y pasé por delante del trabajador y el duendecillo furioso. Al cabo de unos instantes coloqué la palma sobre la almohadilla de la puerta y esperé impaciente a que se abriera. Reth no me había seguido. Me alegré. Bueno, también me sentí un poco desilusionada, y eso hizo que me enfadara conmigo misma.

Entré corriendo, contenta de haber mantenido la unidad a unos treinta grados, y me dejé caer sobre el sofá morado. Encendí el televisor de pantalla plana, que ocupaba casi toda la pared rosa. Suspiré aliviada. *Easton Heights*, mi serie para adolescentes favorita, acababa de comenzar. El episodio de esa noche prometía mucho: un baile de disfraces en el que unas máscaras diminutas ocultaban la identidad lo justo y necesario para que todos se enrollaran con la persona equivocada. ¿De dónde se sacaban esas historias?

UNA SUCESIÓN
DE PESADILLAS

La pantallita que estaba junto al sofá sonó de nuevo. Llevaba una media hora haciendo lo mismo a intervalos regulares. Ya había acabado la serie, así que apreté el botón de encendido. Vi un par de ojos verdes justo en el centro de un rostro verdoso. Como de costumbre, la imagen fluctuó porque Alisha estaba bajo el agua.

—¿Por qué no has contestado antes? —inquirió una voz monótona. Siempre me había preguntado cómo sería su voz verdadera. Un programa informático procesaba lo que decía, y eso era lo que nos llegaba.

—Acabé temprano... y la serie había empezado.

Arrugó la nariz y sonrió. Suerte que su mirada era expresiva, porque apenas movía la boca.

—¿Qué tal ha estado hoy?

—Alucinante. Era una fiesta de disfraces. Primero Landon se enrolló con Katrina, y ella sale con Brett, ¿no? Pero Brett creía que estaba con Katrina, pero en realidad era Cheyenne, su hermana, quien sabía que Brett creía que estaba con Katrina y se lo cameló para que la besase, y luego se quitó la máscara y Brett se quedó a cuadros. Entonces Halleryn filmó a Landon mientras besaba a la fulana de Carys. —Los párpados transparentes de Alisha pestañearon lentamente—. Jo, el instituto debe de ser una pasada. —Deseé formar parte de una historia normal. En las aventuras paranormales no se besaba tanto.

—Tienes que hablar con Raquel —dijo Alisha sin dejar de sonreír.

—Vale, vale. —La adoraba. Era mi mejor amiga. Una vez superado lo muy rara que resultaba su voz robótica, tenía un sentido del humor genial para ser una paranormal. Por supuesto, a diferencia de la mayoría de ellos, le gustaba estar allí. Su lago se había contaminado tanto que la estaba matando. Ahora no sólo estaba a salvo sino que además tenía algo que hacer. Al parecer, las sirenas se aburren a morir. Hace varios años vi *La sirenita* con ella y le pareció la monda. No dejaba de troncharse con las conchas-sujetador ya que las sirenas no son mamíferos. Además, según ella, el príncipe Eric era demasiado peludo y moreno para su gusto. A mí siempre me había parecido que estaba buenísimo, pero, claro, soy mamífera.

Salí de la unidad y recorrí los pasillos fríos e impersonales que conducían al despacho de Raquel. Podríamos habernos puesto al día por la pantalla de vídeo, pero ella prefería verme en persona después de una misión para asegurarse de que estaba bien, y eso me gustaba.

Llamé una vez y la puerta se abrió. La habitación era blanca: paredes blancas, suelo blanco y mobiliario blanco. ¡Qué aburrimiento! Raquel era un auténtico contraste. Tenía los ojos tan marrones que parecían negros, y el pelo negro, recogido en un moño, con mechones grises que le conferían un aire distinguido sin avejentarla. Me senté y levantó la vista de una pila de papeles que había en el escritorio.

—Llegas tarde —dijo con un ligero acento español que me encantaba.

—En realidad he llegado pronto. Dije que necesitaría cuatro horas, pero me bastaron dos.

—Sí, pero hace casi una hora que has vuelto.

—Supuse que me merecía un pequeño descanso después de un trabajo bien hecho.

Raquel suspiró. Era una profesional de los suspiros; transmitía más emociones con una exhalación que la mayoría de las personas con la cara entera.

—Ya sabes que el seguimiento es de suma importancia.

—Sí, sí, lo sé. Lo siento. Estaban dando mi serie favorita. —Arqueó levemente una de las cejas—. ¿También quieres un resumen? —A los paranormales no les interesaban las series que veía, pero Raquel era humana. Ella jamás lo admitiría, pero yo estaba convencida de que disfrutaba con esas series tanto como yo.

—No, quiero que me informes sobre el trabajo.

—Vale. Atravesé el cementerio. Se me congeló el trasero. Vi al vampiro. El vampiro me atacó. Paralicé al vampiro. Le coloqué el dispositivo de seguimiento y le leí sus derechos. Le dije que se marchara. Por cierto, se llamaba Steve.

—¿Algún problema?

—No. Bueno, sí. ¿Cuántas veces he solicitado que no venga a buscarme Reth? ¿Tendré que pedirlo toda la vida?

—Era el único medio de transporte disponible. Si no lo hubiéramos enviado te habrías perdido la serie. —Esbozó una sonrisa.

—Vale, vale. —Al fin y al cabo, tenía razón—. Pero ¿enviarás a una de las chicas la próxima vez?

Asintió.

—Gracias por el informe. Puedes irte a tu habitación. —Volvió a centrarse en los documentos. Me dispuse a marcharme, pero me quedé quieta. Alzó la vista—. ¿Pasa algo?

Vacilé. ¿Qué perdería por intentarlo? Habían pasado un par de años, ya era hora de pedirlo otra vez.

—Me preguntaba si, bueno... me gustaría volver a la escuela. A la escuela normal.

Raquel suspiró de nuevo. Exhaló un suspiro más comprensivo, del tipo «sé qué siente un ser humano atrapado en este sinsentido, pero si nosotros no lo hiciéramos, ¿quién lo haría?».

—Evie, cariño, sabes que eso no está en mis manos.

—¿Por qué? No sería tan difícil, sólo tendrías que llamarme cuando me necesitaras. Tampoco es que tenga que estar aquí a todas horas.

Lo cierto es que «aquí» era un lugar bastante indefinido. El Centro estaba bajo tierra, lo cual no suponía problema alguno si se tenía acceso al Camino de las Hadas, si bien se prestaba a algún que otro ataque de claustrofobia.

Raquel se recostó.

—No se trata de eso. ¿Recuerdas cuál era tu situación antes de que vinieras aquí?

Entonces fui yo quien suspiró. Lo recordaba. Había vivido en distintos hogares de acogida hasta los ocho años. Me había cansado de esperar que las distintas madres adoptivas me llevasen a la biblioteca, así que había decidido ir yo sola. Estaba atravesando el cementerio cuando se me acercó un hombre bien parecido. Me preguntó si necesitaba ayuda, y creí ver a dos personas a la vez: un hombre atractivo y un cadáver marchito, ambos en el mismo lugar, en el mismo cuerpo. Grité como una posesa. Por suerte, la AACP (Agencia Americana para la Contención de Paranormales) le había estado siguiendo el rastro e intervino antes de que el hombre hiciera nada. Cuando comencé a farfullar sobre su aspecto, me retuvieron para interrogarme.

Al parecer, mi capacidad para ver qué hay detrás del glamour de un paranormal es excepcional. Vamos, que soy la única del planeta capaz de hacerlo. Entonces las cosas se complicaron bastante. Otros países se desquiciaron al enterarse de qué tenía entre manos la AACP, en especial Gran Bretaña, donde el nivel de actividad paranormal es asombroso. Firmaron un nuevo tratado para crear la AICP (Agencia Internacional para la Contención de Paranormales), donde se dio especial importancia a la cooperación internacional para el control de los seres paranormales.

Raquel estaba en lo cierto. La vida en el Centro era un rollo, pero al menos tenía un hogar, un hogar en el que se me quería.

Me encogí de hombros, como si la escuela tampoco me importase tanto.

—Sí, vale, vale. Hasta luego.

Sentí que me seguía con la mirada mientras salía. Estoy muy agradecida a la AICP, faltaría más. Es mi única familia y mi vida es mucho mejor aquí que en los hogares de acogida, pero trabajo a tiempo completo desde los ocho años y, a veces, me siento cansada. Otras, me aburro. Y otras lo único que quiero, más que nada en el mundo, es tener una maldita cita.

Regresé a mi unidad. Era un lugar agradable: una pequeña cocina, un dormitorio, un baño y un salón con una tele de primera. Hacía ya tiempo que había decorado las paredes blancas del dormitorio. En una de ellas había colgado pósteres de grupos y películas que me gustan. Otra estaba cubierta con una cortina negra y rosa chillón. Una tercera pared era mi lienzo personal. No me considero artista, pero me divierto pintando lo primero que me pasa por la cabeza, a veces simplemente salpicaduras de colores y, cuando me aburre, lo cambio todo. La pintura de la pared había aumentado varios centímetros de grosor desde mi llegada.

Me enfundé mi pijama favorito y me solté la trenza. La cena preparada en el microondas y una película pudieron más que los deberes. Seguramente me quedé dormida o tal vez estuviera medio dormida, no lo sé, pero estoy segura de que estaba soñando porque no dejaba de oír una voz que canturreaba: «Ojos como arroyos de nieve derretida, fríos por causas que ella desconoce.» Una y otra vez, de manera hechizante. Era como si la voz me atrajera, me llamara. Quería responder. Justo cuando me disponía a hacerlo, otra alarma me despertó con brusquedad.

Me froté los ojos somnolientos y alargué la mano para ver qué estaba pasando por la pantalla de vídeo. Me la acerqué, pero sólo ponía ALARMA en rojo parpadeante. Gracias, muy útil. Me puse la bata, cogí la pistola paralizante y asomé la cabeza. Sabía que no debía salir de la unidad, pero necesitaba averiguar ya qué estaba sucediendo.

Corrí por los pasillos vacíos; las luces estroboscópicas se habían activado para avisar a los paranormales que no eran capaces de oír la alarma, aunque retumbaba tanto que casi se sentía en la piel. Al llegar al despacho de Raquel, coloqué la palma sobre la puerta. Eso era lo mejor de mi situación: disponía de acceso ilimitado a todas horas. Entré y la vi junto al escritorio, rebuscando con toda tranquilidad entre unas carpetas.

—Raquel —dije jadeando—, ¿qué pasa?

—Oh, no te preocupes. —Me miró y sonrió o, más bien, la cosa que llevaba el rostro de Raquel me miró y sonrió. La cara de Raquel emitía un brillo trémulo que no sabría cómo describir. Parecía uniforme, con ojos acuosos, sin color. Si no hubiera llevado el rostro de Raquel habría sido como si ni siquiera estuviera allí.

Esbocé una sonrisa forzada para disimular el miedo.

—Me acabo de despertar de un sueño rarísimo.

—Lo siento. Tengo trabajo. ¿Por qué no te largas? —Volvió a centrarse en los documentos.

—Claro, si no me necesitas... —Me volví hacia la puerta y aproveché para acercarme de manera imperceptible al escritorio—. Oye, ¿Raquel?

—¿Sí?

Puse la pistola a la máxima potencia.

—Se te ha caído esto.

La cosa que llevaba el rostro de Raquel levantó la vista al tiempo que me abalanzaba sobre ella y le hundía la pistola en el pecho. Desorbitó los ojos acuosos antes de desplomarse en el suelo.

Horrorizada, rodeé el escritorio. Había oído historias de criaturas que devoraban a una persona viva y luego vestían su piel. La mera idea me producía pesadillas, y mi vida ya estaba llena de pesadillas.

—Por favor, Raquel, no... —susurré mientras intentaba no vomitar. Raquel se derritió y dejó al descubierto la cosa más extraña que había visto jamás, lo cual, dado mi trabajo, es mucho decir.

NO-YO Y YO

Me costaba ver bien a la criatura, no encontraba nada a lo que asirme visualmente. No es que fuera invisible, pero poco le faltaba. Era como tratar de subir por una pendiente empinada cubierta con una capa de hielo de veinte centímetros de grosor. Ésa era la sensación que tenía al mirar a aquel tipo.

Al menos estaba convencida de que era un tipo. No llevaba ropa y me alegré de que al desplomarse se hubiera tapado solo. No sabía qué hacer, pero justo entonces se abrió la puerta y la Raquel real entró corriendo, seguida de dos guardas de seguridad.

—¡No te ha devorado! —La abracé con todas mis fuerzas, a punto de echarme a llorar.

Los guardas pasaron corriendo junto a nosotras y Raquel me dio unas palmaditas en la espalda.

—No, ella no me ha devorado, sólo me ha dado un puñetazo en la cara.

—Es un tío.

—¿Qué es exactamente? —preguntó. Nos acercamos para verlo de cerca. Los guardas lo observaban con expresión perpleja. Uno se rascaba la cabeza. Era un tipo grande, un hombre lobo francés descomunal llamado

Jacques. Los hombres lobo son mucho más sutiles que los vampiros. Si no hay luna llena, lo único que les delata son los ojos. Aunque, a ojos de otras personas, aparenten colores distintos, yo siempre veo los ojos amarillos de lobo. La mayoría de los hombres lobo son tipos bastante enrollados y, puesto que son fuertes, los contratamos para el cuerpo de seguridad. Por supuesto, cuando hay luna llena los encerramos bajo llave.

Jacques se encogió de hombros.

—Nunca he visto nada parecido. —Trataba de darle forma a aquel ser inerte.

El otro guarda, un ser humano normal, negó con la cabeza.

—¿Cómo ha entrado? —inquirió Raquel.

—Se hizo pasar por Denise.

—¿Por Denise, la de las misiones de zombis? —Denise era una mujer lobo cuyo principal cometido era la limpieza de zombis. Yo nunca iba a las misiones de zombis; no llevaban glamour, así que cualquiera podía hacerlo. Además, era fácil localizarlos, aunque a los agentes les costaba mucho disimular la situación entre los lugareños aterrorizados. Otra gentileza de la AICP: lograr que el mundo no supiese que la mayoría de los seres sobrenaturales de los mitos son, de hecho, reales.

—Sí, esa cosa se vistió de Denise y solicitó una recogida. Lo del zombi fue una falsa alarma. Les vi salir por la puerta de las hadas. Denise se volvió y empujó a Fehl, el hada, al interior. Apreté el botón de alarma y me dispuse a enfrentarme a ella, pero me golpeó y me arrebató el comunicador.

—¿Cómo sabía dónde estaba tu despacho?

—Se topó con Jacques y fingió estar mareada, y le pidió ayuda para venir aquí.

Jacques movió nerviosamente los pies de un lado a otro, avergonzado.

—¿Cómo deberíamos castrarlo?

No lo decía de manera literal. «Castrar» vendría a ser lo mismo que neutralizar a un paranormal. Los hombres lobo llevan dispositivos de seguimiento repletos de sedantes programados para los días de luna llena. Con los vampiros usamos dispositivos con agua bendita. Las hadas son fáciles en cuanto aprendes sus nombres verdaderos, ya que obedecen cualquier orden si se emplea su nombre al comienzo de la misma. «Fáciles» es un decir, puesto que siempre encuentran el modo de burlar sus estrictos límites. Jamás hay que subestimar el ingenio de las hadas para malinterpretar órdenes de forma deliberada.

Raquel frunció el ceño.

—No lo sé. Usa el combinado de descarga/sedante. Ya realizaremos los ajustes correspondientes cuando sepamos más detalles sobre su naturaleza.

Jacques sacó una tobillera de seguimiento. Titubeó, como si no quisiera tocar esa cosa, y negó con la cabeza.

—Apenas le veo. ¿Dónde está la pierna?

Raquel y los guardas recorrieron con la mirada, y la nariz fruncida, la figura que yacía en el suelo. Suspiré.

—Le veo la pierna. Ya lo hago yo. —Tendí la mano y Jacques, aliviado, me dio la tobillera. Me arrodillé y me detuve, nerviosa. ¿Atravesarían mis manos su cuerpo, como si las hundiese en agua fría? Pero tenía que ser corpóreo o la pistola no le habría paralizado. Evitando estremecerme, le coloqué la mano en el tobillo.

Era sólido. Tenía la piel cálida y suave como la seda, sólo que nunca había tocado una seda tan suave.

—Qué raro —mascullé al tiempo que activaba el dispositivo y se lo sujetaba al tobillo. El mecanismo de auto-ajuste se selló tras varios intentos fallidos. Se contrajo cuando se le clavaron los sensores, pero no se despertó. Me levanté, sintiendo todavía su calor en la mano—. Bueno, ya está. No pienso llevarlo hasta Contención ni aunque me lo pidáis. Podréis alimentarlo aunque no lo veáis. Además, está desnudo... no pienso tocarlo otra vez.

Contuve una risotada al ver la expresión de los guardas. Alargaron las manos como si fueran a quemarse, sujetaron al Chico de Agua y lo sacaron de la habitación.

—Será mejor que averigüe qué les ha pasado a Denise y a Fehl. —Raquel suspiró como diciendo «¿Por qué siempre me toca lidiar con estas cosas?» y luego me dio una palmadita en el hombro.

—Buen trabajo, Evie. No sé qué habría pasado si no lo hubieras encontrado.

—Manténme informada, ¿vale? Es la cosa más rara que he visto jamás. Quiero estar al tanto.

Frunció una sonrisa evasiva que venía a decir «ni en broma», y luego recogió el comunicador del escritorio. Salí de allí bastante fastidiada. La AICP tendía a decirme dónde debía estar, qué debía hacer y poco más. ¡A la mierda! En lugar de dirigirme a mi habitación fui directa a Contención. Si Raquel no pensaba mantenerme informada, entonces me lo montaría yo solita. Coloqué la palma en la puerta y comencé a recorrer el largo pasillo flanqueado de celdas muy iluminadas.

El duende de mi encuentro anterior rugía y arremetía contra el campo eléctrico que estaba dentro de los quince centímetros de plexiglás que recubrían la celda. Cada vez que golpeaba el campo, aullaba y salía despedido, y luego volvía a hacerlo de nuevo. Los duendes no son muy listos que digamos.

Jacques estaba un poco más allá. Me rodeé con los brazos y me apresuré a darle alcance. Siempre tenía frío en el Centro, pero Contención era como un congelador.

Jacques observaba preocupado la celda. Me volví y me quedé boquiabierta, muda de sorpresa. Allí estaba Jacques, apoyado con toda tranquilidad en la pared de la celda, mirando hacia fuera. Al verme, cambió de expresión. Inquieto, aquel Jacques se me acercó tanto como se lo permitía el campo eléctrico.

No era Jacques. Me coloqué junto al cristal, con los ojos entornados. Allí estaba, detrás de la cara inexpresiva de Jacques.

—Se despertó en cuanto cerré la celda, y ha estado así desde entonces —me susurró el Jacques que estaba a mi lado.

—Por favor —dijo No-Jacques con idéntica voz—, ese monstruo me redujo y me metió aquí dentro. Déjame salir para que te ayude.

—Sí, claro —repuse en tono placentero—, como que soy tonta.

La expresión suplicante de No-Jacques dio paso a una sonrisa enigmática. Se encogió de hombros y se introdujo las manos en los bolsillos del pantalón.

—¿Cómo imitas la ropa? —Tenía curiosidad al respecto. Los glamour que había visto con anterioridad no eran más que una segunda piel. Sólo unas pocas especies (como las hadas) podían ponérselos y quitárselos a voluntad, pero ninguna sabía cambiar el aspecto real del glamour.

—¿Cómo lo has sabido? —Sus ojos transparentes me miraron con intensidad desde detrás de la imagen de Jacques.

La mayoría de los paranormales desconoce lo que puedo hacer, y prefiero que así sea. Raquel nunca diría «¿Por qué no te largas?»

No-Jacques negó con la cabeza. Se acercó un poco más; le examiné el rostro para tratar de ver sus verdaderos rasgos. Los ojos eran lo más fácil de identificar. Se irguió, sorprendido. Reconozco que consiguió que el rostro de No-Jacques fuera más expresivo que el del verdadero Jacques.

—Puedes verme —susurró.

—Esto... ¿eh? Estás frente a mí, vistiéndote de Jacques. Te queda mejor que de Raquel.

Sonrió de nuevo. La piel se le onduló, como cuando el viento agita el agua, y Jacques se desvaneció. Casi imperceptible, salvo por el dispositivo del tobillo, se encaminó hacia el otro lado de la celda y, sin previo aviso, se desplomó.

Vi que me clavaba la mirada y me percaté, demasiado tarde, de que me estaba poniendo a prueba para comprobar si era capaz de seguir sus movimientos cuando estaba en modo invisible. El rostro se le llenó de color y, tras un cambio repentino de luz, me estaba mirando a mí misma... era yo hasta el más mínimo detalle, incluyendo la bata rosa.

—Puedes verme —dijo mi voz con asombro desde su boca.

—¡Evie! —Raquel corría hacia nosotros con sus cómodos (y feos) zapatos de salón y el ceño tan fruncido que le marcaba un surco profundo entre las cejas. Me había pillado—. No deberías estar aquí.

—Bueno, si te sirve de consuelo, también estoy ahí dentro. —Señalé la celda. Raquel se paró en seco y, al ver a mi no-yo al otro lado del cristal, el ceño dio paso a una expresión de sorpresa.

—Insólito —susurró.

—Patético. —No-yo bostezó y se llevó la mano a su (mi) pelo rubio.

—¿Qué eres? —preguntó Raquel adoptando un tono serio.

No-yo le dedicó una sonrisa traviesa. Observarme haciendo aquellas cosas me resultaba extraño. Veía expresiones y detalles en los que nunca me había fijado, ni siquiera delante de un espejo. No-yo me miró de nuevo y negó con la cabeza.

—Me cuesta imitar el color de tus ojos. —Se levantó y se acercó al campo eléctrico sin dejar de mirarme de hito en hito. No pude evitar observarme con detenimiento. Era guapa. Muy delgada, pero siempre había sido un fideo y, maldita sea, estaba plana.

Todo aquello me estaba asustando. Fruncí el ceño.

—Quítatela.

Seguía clavándome la mirada. Estaba observando sus ojos reales y me percaté de que la criatura estaba probando colores distintos.

—No queda bien del todo —murmuró—. Demasiado plateados. Ahora demasiado oscuros. Son tan claros...

Era cierto. Mis ojos eran de un gris tan claro que apenas tenían pigmento.

—¿De qué color? —se preguntó No-yo. Parpadeaba y los ojos le cambiaban de color a toda velocidad—. Una nube con atisbos de lluvia.

—Arroyos de nieve derretida —repuse sin pensar.

Dio un respingo y se acurrucó en un rincón de la celda. Vi una expresión de miedo y desconfianza recorriéndome el rostro.

—Sí, eso es —susurró No-yo.

PRÉSTAME LOS OÍDOS...
ENTRE OTRAS COSAS

—¿Dónde está Denise? —preguntó Raquel fulminando con la mirada al Chico de Agua en la celda.

Suspiré aliviada al ver que mi rostro desaparecía del suyo y adoptaba el de Denise.

—Justo donde la dejé —repuso No-Denise sin dejar de mirarme.

—¿Es decir?

—En el cementerio. La encontrarás allí.

—¿A Denise o su cadáver? —inquirió Raquel con firmeza.

No-Denise puso los ojos en blanco.

—Tendrá dolor de cabeza, eso es todo. Tengo la impresión de que crees que soy una especie de monstruo. —Frunció los labios formando una sonrisa irónica.

—¿Qué eres?

—Qué descortés. Ni siquiera nos han presentado.

Raquel le dedicó un suspiro tipo «Lo reduciría ahora mismo con una buena descarga». Intervine antes de que se metiese en más líos.

—Me llamo Evie. A Raquel ya la conoces... le propinaste un puñetazo y luego le robaste la cara, ¿no?... Y Jacques será tu mejor amigo a partir de ahora porque es el encargado del horario de comidas. Si es que comes, claro está. ¿Y tú eres?

—Lend.*

—¿Lend? —inquirió Raquel.

—Sí, como cuando te dicen «préstame tu persona». —Se iluminó y adoptó de nuevo la forma de Raquel.

—¿Por qué no Tomar? —sugerí—. O mejor aún, ¿Robar?

—Te lo preguntaré otra vez —espetó Raquel—. ¿Qué eres? —Dado lo que aquella cosa había hecho, la impaciencia de Raquel estaba más que justificada.

—Buena pregunta. Tal vez tú misma lo sepas.

—¿Por qué estás aquí?

—Me encantan las descargas eléctricas.

—¿Qué buscabas?

—Respuestas.

—Bueno —Raquel esbozó una sonrisa—, yo también. —Le vibró el comunicador. Una expresión de alivio le recorrió el rostro mientras leía el mensaje. Alzó la vista y asintió hacia su doble—. Hasta mañana.

Raquel se volvió y comenzó a caminar por el pasillo con Jacques. Yo seguía mirando a Lend/Raquel, observando su verdadero rostro bajo el de ella. Las facciones resultaban casi reconocibles. Me sacó la lengua y, sin poder evitarlo, solté una risita tonta. Viniendo de la cara de Raquel resultaba cómico.

—¡Evie! —vociferó Raquel—. ¡Ya! —Fulminé a Lend/Raquel con la mirada y corrí para darle alcance a Raquel—. Han encontrado a Denise, está bien, y Fehl también ha regresado. No quiero que hables con esa cosa hasta que sepamos qué es y por qué está aquí.

«Ni hablar», pensé.

* Lend significa «prestar» en inglés. (*N. de los T.*)

—De acuerdo —dije.

—¿Qué ves cuando la miras?

—No lo sé. Al principio no veía nada, sólo sabía que había alguien bajo tu cara, pero cuando no se hace pasar por nadie es como... no logro identificar nada. Sin embargo, al mirarle de cerca comencé a mejorar. Lo que tiene más definido son los ojos, el resto es como una silueta o una sombra o... no lo sé, una persona de agua con un toque de luz.

—Llamaré a varios investigadores. Primero averiguaremos qué es y luego qué quiere.

Me encogí de hombros, como si no me importara.

—Vale, como quieras.

—Deberías estar durmiendo —me reprendió. Cabría esperar que el hecho de que no tuviera madre o de que tuviese dieciséis dichosos años me evitara tener un horario para ir a la cama, pero no era el caso—. Y no olvides que mañana tienes clase.

—Vale, pero si salta otra alarma no pienso hacer nada por salvar la situación.

Exhaló un suspiro de alivio del tipo «Prefiero mil veces a los vampiros y a los duendes que a los adolescentes enfurruñados» y se despidió mientras se dirigía hacia otro pasillo.

Tras calentar un poco de leche para prepararme un chocolate, me acurruqué en el sofá y me cubrí con una manta. Estaba demasiado alterada como para dormirme. Había sido un día muy raro, y para que yo considerase que un día había sido raro, tenía que ser realmente fuera de lo normal. Puse una película y me distraje. La luz de la pantalla parpadeaba de forma hipnótica. No me percaté de la luz que venía desde detrás de mí.

—Ven a bailar conmigo, amor mío. —Era una voz que recordaba al color dorado: luminosa y rebosante de calidez. Mucha calidez. Sonreí, cerré los ojos y dejé que me alzara del sofá y me abrazase. Apoyó la mejilla junto a la mía y el calor se propagó por mi rostro, el cuello y en dirección al corazón.

—Mi corazón —susurró. Asentí en contacto con su mejilla. Su corazón.

La pantalla de vídeo sonó y me sacó del trance. Me aparté de un salto y empujé a Reth. El calor se me alejó lentamente del corazón. Había estado cerca, demasiado cerca.

Reth parecía desilusionado. Me tendió los brazos. Maldije.

—¿Qué demonios te pasa? ¡Lárgate! ¡Ya!

—Evelyn. —Su voz era como un imán; todavía sentía su calor en mi interior. Muy a mi pesar, me incliné hacia él.

—¡No! —Me zafé del hechizo y corrí hacia el tabique que separaba el salón de la cocina y cogí el comunicador—. ¡Vete! —Lo fulminé con la mirada, dispuesta a activar la alarma. Puso una cara larga. Quería tranquilizarlo. Cerré los ojos y bajé el dedo un poco más—. Vete, ya.

A través de los párpados, vi la luz de una puerta y esperé a que se desvaneciera antes de abrir los ojos. Reth se había ido.

Me dirigí hacia la pantalla y la encendí.

—¿De qué sirven las cerraduras codificadas con huellas digitales si las hadas pueden crear puertas cuando quieran? —le grité a Lish. Sus ojos verdes transmitieron sorpresa y preocupación. Respiré hondo. No era culpa suya—. Gracias por la interrupción —agregué.

—¿Reth?

—Sí. ¿Podrías presentar una queja en mi nombre?

—Sí, claro. Intentaremos que sus instrucciones sean más explícitas.

Negué con la cabeza. Siempre encontraba la manera de saltárselas. Mi suposición era que cuando le habían dicho que fuera a buscarme lo había interpretado de manera genérica en lugar de una orden de recogida única.

—¿Qué querías?

Parecía incómoda.

—Quería que me pusieras al día sobre la irrupción de hoy, pero ya hablaremos mañana.

—Sí, estoy agotada. Iré a verte y te lo contaré todo, ¿vale?

—¿Quieres pasar la noche aquí? —Cuando llegué al Centro y tenía pesadillas, me llevaba la manta y la almohada para dormir junto al acuario de Lish. Me contaba cuentos hasta que me dormía. Me sentí tentada, pero me parecía una tontería no ser capaz de dormir sola por culpa de un hada.

—No me pasará nada —repuse forzando una sonrisa—. De todos modos, gracias. Buenas noches, Lish.

La sirena sonrió con la mirada y la pantalla se apagó. Me desplomé de nuevo en el sofá. Reth había estado tan cerca. Otra vez. Lo peor de todo era que una parte de mí deseaba que no nos hubieran interrumpido, pero con las hadas había aprendido muchas cosas a las malas. Lo que más les interesa es poseer y aprovecharse y, a diferencia de los chicos de las series de la tele, el sexo no les llama lo más mínimo. Quieren adueñarse del corazón, del alma. No pensaba permitir que Reth volviera a apoderarse de ellos.

Sin embargo, esa decisión no había impedido que le echase de menos.

Pasé el resto de la noche en vela, envuelta en tres mantas, muerta de frío. Cuando el reloj marcó las cuatro de la mañana, me di por vencida. Me abrigué bien y me encaminé hacia Contención. Lend estaba acurrucado en el suelo, dormido. Me senté con la espalda apoyada en la pared y observé, fascinada, cómo el cuerpo cambiaba de identidades del mismo modo que yo cambiaba de canales. Al cabo de una hora, adoptó una extraña forma de agua y luz. Estaba tan cansada que mis ojos apenas reconocían nada... y, de repente, lo vi. Era como si, al dejar de esforzarme en identificarlo, hubiera cobrado forma. Tenía pelo y rasgos normales... era hasta guapo, de haber tenido pigmento. Lo más sorprendente de todo era que no parecía mucho mayor que yo.

Al poco, sus ojos se abrieron y se toparon con los míos. Se llenó de color... y tomó mi forma de nuevo. Los ojos seguían parpadeando, tratando de dar con el tono correcto.

—¿Qué eres? —susurré.

—¿Qué eres tú?

Fruncí el ceño, ofendida.

—Un ser humano.

—Qué curioso, yo también.

—No, no lo eres.

—Qué curioso, tú tampoco.

Le fulminé con la mirada, sin titubear. Qué capullo.

—¿Por qué has venido aquí?

Mi voz salió de su boca, tan desconcertante como siempre.

—Podría preguntarte lo mismo. ¿Vas a matarme?

QUE TENGAS UN DÍA PI-PI

—No, la AICP no hace eso —repuse—, no matan a los paranormales...

Lend alzó una mano para que me callara y se incorporó entornando los ojos.

—¿Vas a matarme?

—¿Por qué haría algo así?

Dejó escapar una exhalación profunda.

—No creo que seas tú.

—¿El qué?

Se levantó y se desperezó. ¿He dicho ya lo muy raro que me resulta verme haciendo esas cosas? Había incluso imitado el pelo a la perfección... un tanto despeinado ya que todavía no me había molestado en cepillármelo.

—¿Te importaría volver a ser normal? —Quería mirarle un poco más ahora que le percibía mejor.

Sonrió y me mostró mi perfecta dentadura. Necesité tres años de aparatos para conseguir esa sonrisa; no era justo que pudiera copiarla en cuestión de segundos.

—¿Normal? ¿Y eso qué es?

—Pues tu aspecto verdadero.

—¿Te quitarías toda la ropa?

Vale, eso sí que era raro, acababa de pedirme que me quitara la ropa. Las cosas no podían empeorar mucho.

—¿Por qué haría algo así?

—Me has pedido que me desnudase; me pareció justo.

—Sólo quería que dejases de vestirte de mí. Sé tú mismo... pero con ropa.

—Ésta es mi ropa, pero si te molesta... —Desaparecí de su cuerpo y creció varios centímetros. Un adolescente ocupó mi lugar: pelo negro, ojos marrón oscuro, tez aceitunada y, oh, sí, guapísimo. Tan guapo como los que salían en las series que tanto me gustaban—. ¿Mejor así? —La voz le había cambiado, la tenía más grave, y deseé estar hablando con un adolescente de verdad.

—Sin duda. —Lo observé con detenimiento. Lend seguía estando allí. Los ojos oscuros del adolescente no ocultaban del todo los acuosos de Lend; percibía su brillo tenue.

—Esta forma suele gustar.

—Y que lo digas. —Fruncí el ceño, con curiosidad—. ¿Cómo es tu voz verdadera?

—¿Qué te hace pensar que no es la que tengo ahora?

—Creo que sonaría de otra manera. Más suave, como el agua. —Me percaté de la tontería que acababa de decir, pero dejó de sonreír y me miró con interés.

—Si no has venido a matarme, ¿por qué estás aquí, Evie?

Extraño. Allí estaba yo, sin maquillaje, despeinada, frente a un jovencito que estaba para comérselo, ya fuera real o no. ¿Por qué estaba allí?

—Es mi trabajo.

Volvió a sonreír con ironía.

—Ah, tu trabajo. Todo un logro para alguien de tu edad.

—No eres mucho mayor que yo. —Ahora que lo

había visto mejor, estaba segura de eso. Es fácil apreciar la edad real de mortales corruptos como los vampiros. Los seres inmortales como las hadas disfrutan de una eterna juventud, aunque el rostro les cambia. No tienen más arrugas con los años; se les vuelve terso, como un trozo de cristal girando eternamente en el fondo marino. Los mortales no alcanzan jamás esa suavidad. Su rostro no tenía las huellas del tiempo ni tampoco era atemporal.

El cambio de expresión me lo confirmó.

—¡Ja! —Sonreí con aires de suficiencia—. Diría que tienes... quince. —Tiré por lo bajo a propósito.

Parecía indignado.

—¡Diecisiete!

—¿Lo ves? Has dicho la verdad. No era tan difícil, ¿a que no?

Lend negó con la cabeza y luego suspiró.

—Un problemilla.

—Desde luego que lo soy —repuse sonriendo. Sí, vale, tal vez estuviera coqueteando un poco, pero era lo más normal del mundo. Los tipos con los que solía toparme eran mucho mayores, medio monstruos, cadáveres vivientes o bichos inmortales. Al menos Lend, fuera lo que fuera, era de mi edad.

—No, tú tienes un problemilla. —Alzó la vista y le seguí la mirada hasta ver a Raquel, que parecía disgustada. Cruzó el pasillo y me miró con furia.

Me disponía a disculparme, pero puse los ojos en blanco.

—¿Qué piensas hacer, castigarme? —Tal vez no debería haber sido tan descarada, pero después de la noche que había pasado lo último que me apetecía era un sermoncito.

—Vete, ¡ya!

Pasé junto a ella y volví la cabeza para mirar a Lend. Me guiñó el ojo y no pude evitar sonreír.

En lugar de dirigirme a mi habitación me encaminé hacia la Central de Procesamiento. Todavía era temprano, pero otra de las cosas buenas de Lish es que no dormía. Me encantaba la Central de Procesamiento. A diferencia del resto del Centro, no tenía un aire estéril. La sala era circular, con escritorios contra la pared, y todo se disponía alrededor del hermoso acuario circular de Lish. Medía unos quince metros de diámetro y cinco metros de altura. Contaba incluso con un arrecife de coral vivo y peces tropicales en el agua azul cristalina. Era mucho mejor que mi unidad.

Lish observaba con atención un grupo de pantallas situadas en la parte delantera del acuario. Era la ayudante perfecta: no enfermaba, no iba de vacaciones y le gustaba estar allí. La mayoría de los paranormales no eran de fiar. Aunque habían sido neutralizados, casi todos guardaban rencor a la AICP porque les había arrebatado la libertad, pero Lish disfrutaba con su trabajo. Se encargaba de los horarios, el seguimiento, los transportes, lo que fuera. Sabía de todo.

Sin embargo, en ese momento no lo parecía. Sus ojos verdes adoptaron una expresión de interés cuando me acerqué al acuario. Sonreí.

—¿Qué tal, Lish?

—¿Cómo te encuentras? ¿Mejor después de lo de anoche?

Lish me conocía mejor que ningún otro ser del Centro. Yo estaba a cargo de Raquel, pero lo suyo no era hablar de sentimientos. Al fin y al cabo, a los adolescentes no les atrae alguien cuyo principal medio de comunicación son los suspiros. Lish sabía lo mucho que me afectaría un encuentro con Reth. A Lish se lo contaba todo.

—He estado mejor. No he pegado ojo en toda la noche.

Lish trató de maldecir, lo cual siempre resulta divertido ya que el ordenador no lo traduce. Vino a decir algo así:

—Pi-pi, hadas estúpidas y pi-pi con sus obsesiones de pi-pi. Mejor que deje de pi-pi las normas o me pi-pi a ese pequeño pi-piiiiii. —Todo ello con una voz robótica monótona. Qué pasada. A veces Lish se ponía hecha una furia. Me encantaba; era como la hermana mayor que nunca tuve. Una hermana mayor que resultaba ser de color verde, estaba recubierta de escamas y tenía una cola larga con aletas y manos palmeadas. A su manera, era hermosa.

Me reí. Las diatribas con voz de robot siempre me alegraban el día.

—Vale, mejor que hagas eso, pi-pi. —Negó con la cabeza, todavía enfadada con Reth. Se fijó en una de las pantallas que tenía delante y agitó las manos palmeadas delante de la misma durante unos minutos. No sé cómo funcionaba toda aquella tecnología allí dentro, pero parecía de primera.

Me miró nada más acabar.

—Bueno, cuéntame qué ocurrió ayer.

—¿Hay algo que no sepas? —Lish era la principal fuente de información del Centro. Gran parte de la misma era confidencial, pero para algo éramos buenas amigas. Nos contábamos secretos y los guardábamos como tales. Como cuando yo tenía doce años y el Centro estaba procesando a un grupo de duendes. Lish sabía que me moría de ganas de verlos, y me chivó cuándo y cómo podría hacerlo, y eso que Raquel me había castigado por haberme distraído durante una misión de caza y captura. Una pena que los duendes fueran uno seres pequeños y desagradables, con las alas cubiertas de mucosidades. Otro sueño infantil echado por tierra.

—No me han contado casi nada. ¿De qué se trata? —Parecía preocupada.

—No lo sé. Nunca había visto nada igual. Raquel tampoco.

—¿Por qué estaba aquí?

—Ni idea. Lo paralicé en la oficina de Raquel, pero no dijo por qué había venido.

—¿Puede adoptar la forma de quien quiera?

—Sí. Asusta un poco hablar contigo misma.

Oí una risita entrecortada. Vi a uno de los vampiros de la oficina allí cerca, escuchándonos.

—¿Te hace gracia, Dalv? —Le fulminé con la mirada.

Me devolvió la mirada.

—Ya sabes que me llamo Vlad.

—Tú y la mitad de los vampiros que andan por ahí.

—Vlad, a quien llamaba Dalv para cabrearle, era uno de los paranormales que peor me caía del Centro. Tras la «castración», la AICP siempre les imponía un trabajo obligatorio. Los hombres lobo eran los más flexibles a nivel laboral, dependiendo de su identidad anterior. Los vampiros casi siempre trabajaban en los edificios satélite o realizaban encubrimientos para los avistamientos gracias a su capacidad de persuasión. Sin embargo, Vlad era un inútil. No me extrañaba que fuera un amargado. Pasar de ser el terror de las noches búlgaras a empleado de la limpieza resultaba humillante, y como había sido yo quien le había dado caza y captura, me odiaba más que a nadie.

Se encogió de hombros mientras barría el suelo impoluto. Su glamour era menos llamativo de lo normal; aparentaba cuarenta años, ni guapo ni feo, delgado y con una calva incipiente. Por debajo todos los vampiros eran iguales. ¡Puaj!

—Igual es un *doppelgänger* —dijo mientras esbozaba una sonrisa burlona.

—¿Qué es un *doppelgänger*? —Al ver que sonreía todavía más, me arrepentí de inmediato de haberlo preguntado.

—Por suerte para nosotros adoptó tu forma —respondió con otra risa entrecortada, tras lo cual se marchó.

Me volví hacia Lish; ya lo estaba buscando en una de las pantallas. Entornó los ojos.

—¿Qué? —Su mirada me ponía nerviosa—. ¿Qué es un *doppelgänger*?

—Los *doppelgänger* se aparecen a la gente como heraldos de... —hizo una pausa—... la muerte. Según la leyenda, si te veías a ti misma significaba que morirías. También eran espíritus malignos que adoptaban tu forma y te quitaban la vida.

Fruncí el ceño. Qué mal rollo.

—Un momento, ¿espíritus? —Lish asintió—. Pues este tipo es corpóreo. —En el pasado había lidiado con fantasmas y fuerzas paranormales. Lo mejor es que no pueden tocarte. Su mayor poder es el miedo, y con el miedo se pueden hacer infinidad de cosas, como conseguir que las personas vean, escuchen e incluso sientan cosas que no existen, pero, si lo sabes, es mucho más fácil controlarlo—. Además, si de verdad voy a morir, Raquel, Denise y Jacques me acompañarán.

Lish parpadeó con expresión pensativa.

—¿Por qué querría un *doppelgänger* echar un vistazo a los informes de Raquel?

—Exacto. Además, sólo tiene diecisiete años.

Lish ladeó la cabeza.

—¿No es inmortal?

—Qué va. Oh, oh, seguramente debería habérselo dicho a Raquel. —Fruncí el ceño. Se lo diría cuando decidiese contar conmigo—. Oye, no digas nada, ¿vale? No quiero quedarme al margen de todo esto, y mi único recurso es la información.

Lish cerró uno de sus párpados transparentes, como si me guiñara el ojo.

—No me han dado autorización para investigar, así que no tengo nada que contar.

—Eres la mejor, amiga acuática.

Lish me sonrió con la mirada. Aunque éramos diferentes, nos dábamos lo que necesitábamos: amistad. Como de costumbre, desde que conociera a Lish a los diez años, apreté el rostro contra el cristal del acuario y le hice una mueca.

SIN BLANCA DE TODAS
TODAS

Logré quedarme dormida esa misma mañana, pero la alarma me despertó. Me levanté de un salto, confundida, pensando que se trataba de otra emergencia, hasta que caí en la cuenta de que no era una de las alarmas del Centro, sino la mía. La alarma que indicaba que Charlotte, mi profesora, llegaría al cabo de diez minutos.

—Oh, pi-pi. —No había hecho los deberes.

Llevaba varios años intentando convencer a Raquel de que no necesitaba estudiar matemáticas, ciencias, historia ni tampoco cuatro idiomas. No pensaba ir a la universidad. Sí, quería ir a un instituto de verdad, pero era más por estar con adolescentes reales que por aprender. Además, creo que a la AICP le daba igual que tuviera el título de bachiller o no. Mientras fuera capaz de ver a través de los glamour, el trabajo no me iba a faltar. Pero cada vez que sacaba el tema, Raquel me miraba con sus ojos casi negros y soltaba uno de sus inequívocos suspiros tipo «Sé que piensas que estas cosas no importan, pero un día me agradecerás que te haya ayudado a ser una adulta completa».

Saqué el libro de lengua española ya que estaba segura de que era lo que me tocaba esa mañana. Escribí varias frases a toda prisa para ilustrar el verbo irregular «morir». «Tú eres muerta carne.» La taché, el adjetivo sigue al sustantivo. «Tú eres carne muerta.» ¿A quién iba a engañar? Ni siquiera estaba usando la forma verbal de «morir». «Yo soy carne muerta», que en realidad no era más que una traducción literal del inglés de una expresión que significaba «Estar sin blanca».

Justo a la hora sonó el timbre de la puerta y recibí a Charlotte. Era una mujer atractiva de apenas treinta años, unos cinco centímetros más baja que yo, con el pelo castaño brillante recogido en un moño y unos ojos azules tras unas gafas rectangulares que ocultaban sus ojos amarillos de loba.

Charlotte siempre sonreía con dulzura. La enseñanza había sido su pasión hasta que se infectó. En cuanto supo qué era, y que había atacado a un miembro de la familia, trató de suicidarse. Por suerte, dimos con ella antes de que averiguase las pocas cosas que pueden acabar con un hombre lobo. Nunca supe si era mi falta de motivación como estudiante o su dolor y pesar por el pasado lo que le hacía parecer triste incluso cuando sonreía.

Nos sentamos en el sofá y acerqué una mesa. Echó un vistazo a mis deberes y contuvo una sonrisa.

—¿Eres «carne muerta»? —Le dediqué mi mejor sonrisa y me encogí de hombros—. Es una expresión que no puede traducirse literalmente. Y no has acabado de conjugar los verbos ni el relato que te pedí. —Me miró con sus ojos tristes. Esos ojos podían conmigo.

—Lo siento. —Bajé la cabeza—. Ayer fue un día desquiciante. Primero tuve un trabajo de vampiros, luego se produjo la irrupción, después Reth vino a verme a última hora y, para colmo, no pude dormir.

—Un día duro, pero hace ya una semana que tienes

esa tarea. Tal vez la próxima vez podrías tratar de no dejarla para el último momento.

—Oye, no me pidas imposibles, Char. —El comentario le hizo sonreír con menos tristeza.

Pasamos el resto de la mañana conjugando (término que parece obsceno pero, en realidad, es aburrido a morir) y charlando en español. Se quedó a comer conmigo y luego llegó la hora del entrenamiento.

Bud, mi maestro de defensa personal y técnicas de combate, me estaba enseñando a pelear con dagas.

—¡Dagas de plata! ¡Dolorosas e incluso mortales para la mayoría de los paranormales!

—¡La pistola eléctrica! —repliqué—. ¡Rosa chillón y brillante!

—No se puede depender siempre de la tecnología. —Bud era humano, pero daba la impresión de haberse educado en la Edad Media. Seguramente había sido atractivo hacía treinta años, pero ya no lo era—. Puesto que no es la primera vez que hablamos del tema, te he hecho una cosa.

Me animé.

—¿Un regalo?

Asintió con expresión molesta. Sacó un paquete envuelto en una tela y al abrirlo vi una daga con un mango nacarado en color rosa vivo.

—¡Qué pasada! —grité mientras se la quitaba de las manos.

—Me cuesta creer que haya hecho una daga rosa.

—¡Qué bonita! Me encanta. Por fin, una compañera digna de la pistola. —Le abracé rápidamente. Los abrazos incomodaban al pobre de Bud, pero se alegró de que aceptase usar una daga—. ¡Jolines! ¿Cómo la llamaré?

—Da igual, no me lo digas, pero llévala envainada en el cinturón.

La funda era negra.

—¿Podrías hacerme una marrón y otra rosa? —Por el modo en que Bud gruñó y me sacó de la sala de entrenamiento cualquiera diría que era un hombre lobo.

Tenía el resto de la tarde libre y confié en que Raquel se la pasara reunida. Ocupaba un cargo importante en la AICP. Al principio pensé que sólo me encomendaba misiones a mí, pero lo cierto era que dirigía el Centro y estaba al cargo de las misiones de caza y captura. Supongo que era su favorita o, en todo caso, la más útil.

Había estado pensando en Lend. Era la persona/cosa más interesante del Centro en aquellos momentos, así que me dirigí a Contención y me detuve frente a su celda. Tardé un rato en darme cuenta de que no estaba allí, ni siquiera en modo invisible. Aquello no pintaba bien.

Jacques estaba al final del largo pasillo.

—¡Jacques!

Se acercó.

—No deberías estar aquí, Evie.

—Ya, ya. ¿Dónde está Lend? —¿Y si lo habían dejado en libertad? Lo dudaba bastante. Había irrumpido en el Centro, algo que no había sucedido con anterioridad. Pero ¿y si estaba en un grave aprieto y le estaban haciendo daño? Esa posibilidad me preocupaba. Entonces mi parte racional se planteó que tal vez fuera peligroso y lo habían trasladado a una zona de alta seguridad.

Jacques se encogió de hombros.

—Raquel ordenó que lo trasladaran.

—¿Por qué?

—Aquí no contamos con medios para retenciones a largo plazo. No hay camas ni baños.

—Ah. —Estaba en lo cierto—. ¿Dónde está?

El hombre lobo negó con la cabeza.

—Lo siento, no cuentas con la autorización necesaria. —Su acento francés, que solía gustarme, comenzaba a irritarme.

—¿No cuento con la autorización necesaria?

—Exacto. Raquel me ordenó que no te lo dijera.

Hice un mohín. No era justo. Di media vuelta y me encaminé hacia el despacho de Raquel. Acababa de colocar la palma para entrar cuando se abrió la puerta.

—¡Santo cielo! —exclamó Raquel.

—¿Qué pasa con...?

—Tengo un trabajo para ti, tienes que salir de inmediato. El transporte te está esperando.

Fruncí el ceño.

—¿De qué se trata?

—Actividad vampírica en Estambul. Sabemos la localización exacta, pero tienes que darte prisa.

—Esto... vale. —Corrimos hasta mi habitación y recogí el bolso con las tobilleras de seguimiento. Siempre llevaba la pistola, y ahora también tenía la daga.

—No voy vestida para cazar vampiros. —Llevaba vaqueros ajustados, una camiseta de manga larga con cuello de pico y el pelo recogido en una coleta.

—Estás bien así —dijo con desdén—. Se te ve el cuello... eso es lo único que importa.

Cuando estábamos a punto de llegar a Transporte recordé algo.

—Oye, ¿por qué no puedo saber dónde está Lend?

Raquel puso los ojos en blanco y dejó escapar un suspiro tipo «Éste no es el mejor momento».

—No te hace falta saberlo.

La puerta de Transporte se abrió frente a nosotros y dimos con el hada que esperaba. Hacía años que no la veía y se me encogió el estómago fruto de los nervios y la culpa. Los empleados humanos debían memorizar el nombre de dos hadas, y las hadas se asignaban de manera aleatoria para que no tuvieran demasiadas personas vinculadas. Aquélla era una de mis hadas, pero por mucho que me esforzara no recordaba su nombre.

Era el primero que me habían dicho; entonces tenía diez años. También me habían dicho que no lo usara jamás, salvo que fuera del todo imprescindible, y luego me explicaron las muchas formas de las que podría morir si la cagaba. Fue un tanto traumático; ¿tan raro es que lo olvidase? Sabía que debía preguntarlo de nuevo, pero me avergonzaba de haberlo olvidado. Raquel se pondría hecha una furia.

El hada ni me miró.

—¿Estás al tanto de la ubicación? —le preguntó Raquel. El hada asintió. Tenía la piel blanca, en claro contraste con el pelo color rubí. Al igual que las demás hadas, era de una hermosura inalcanzable para los humanos. Tendió la mano y se difuminó a medida que el glamour ocupaba su lugar. Las hadas tenían que disimular su apariencia durante el transporte por si acaso alguien las veía. El rostro de un hada no se olvida nunca. El pelo pasó a ser de color caoba y la cara a tener, después de que los ojos se empequeñeciesen y juntasen un poco, unos rasgos más normales. Seguía siendo hermosa, pero resultaba más creíble... salvo para alguien como yo, que veía su verdadero aspecto.

Me acerqué a ella y le tomé la mano tendida. Era cálida, pero no como la de Reth. El contorno de luz brillante apareció en la pared y caminamos juntas hacia el interior oscuro. Me concentré en la sensación que provocaba su mano en la mía y me dejé llevar. Me sorprendió que me hablase ya que las hadas no suelen dignarse a dirigirse a los mortales. A no ser que traten de raptarte, claro está.

—Ah, eres de Reth —dijo en un tono discordante

que resultaba agradable, como una lluvia de cristal sobre hormigón.

Estuve a punto de tropezar, pero no me soltó ni un instante.

—No, no lo soy —repuse. Sólo me faltaba aquello, como si el Camino de las Hadas no fuera lo bastante espeluznante de por sí.

Se limitó a reír... otra lluvia de cristal que caía a toda velocidad. Entonces sentí el aire fresco de la noche en la cara y abrí los ojos. Estábamos en un callejón mugriento situado entre dos viejos edificios de piedra. Le solté la mano y me sequé la palma en los pantalones. Me sonrió y vi que sus ojos resplandecían bajo el glamour. Su sonrisa tenía un aire cruel que me ponía los pelos de punta. Señaló hacia el principio del callejón.

—Deberías encontrar a la criatura en ese mercado.

—Gracias —farfullé mientras me volvía y me alejaba del callejón. Ojalá me enviaran otra hada para el viaje de vuelta. Jolín, ojalá me enviaran un reactor. Estaba harta de viajar con hadas. Se estaban volviendo demasiado importunas.

Era un mercado al aire libre y estaba atestado. Me llegó el intenso aroma de varias especias que no probaría. De todos modos, como esa noche no daban mi serie preferida, no tenía prisa. Por suerte, era un lugar turístico y yo no llamaba la atención.

Paseé tranquilamente fingiendo observar los puestos, pero en realidad escudriñaba a la gente. Prefería ese trabajo al de los cementerios. Los vampiros no tienen por qué vagar por los camposantos, pero lo hacen porque se han tragado el concepto popular de cómo deben comportarse. En realidad, son lugares aburridos y solitarios. En noches como aquélla podía pasear y observar a las personas. Las personas normales me fascinaban. Los turistas y los lugareños desentonaban creando una maravillosa amalgama de vaqueros y seda, gorras de béisbol y cabellos oscuros.

Me gustaba ir por mi cuenta. Casi siempre me acompañaba alguien, normalmente un hombre lobo, pero en los últimos dos años me habían encomendado misiones sencillas en las que iba sola. Ahora que sabía lo que hacía, los vampiros ya no suponían una amenaza. Si se trataba de algo más peligroso, siempre contaba con un equipo de apoyo.

Un tipo me llamó desde un puesto de joyas. Era un turco adolescente tirando a guapito. Me dispuse a pararme y fingir que era una compradora de verdad cuando entreví algo que me llamó la atención. Algo que no era humano. Sonreí al chico del puesto, me volví y corrí tras aquella persona. Me bastó una ojeada para confirmar mis sospechas: a través del pelo negro y tupido del hombre vi los últimos restos de pelo lacio que se aferraban a su cabeza marchita y manchada.

No parecía acechar a nadie; caminaba con paso resuelto por el mercado. Tuve que correr para no perderlo de vista, y entonces entró en un edificio en ruinas que estaba casi al final. Esperé unos treinta segundos y entré también allí. Un pequeño pasillo conducía hasta una puerta. Saqué la pistola, me dirigí hacia la puerta, la abrí de una patada e irrumpí en la habitación.

El vampiro al que seguía se volvió y me miró, al igual que los otros veinte vampiros que allí estaban.

—Oh, pi-pi —susurré.

NO NAY NADA COMO
ESTAR EN CASA

Con un vampiro podía. Qué demonios, seguramente podría con cinco a la vez, con sus músculos atrofiados y todo. Pero ¿veinte vampiros? Aquello pintaba mal. ¿Qué estaba pasando? Los vampiros son solitarios por naturaleza. Aquello era muy extraño y no me gustaba lo más mínimo.

Les dediqué mi mejor sonrisa. No debían de ser conscientes de que sabía que eran vampiros.

—Vaya. Buscaba el cine. Me he equivocado de edificio.

Si salía por la puerta a toda velocidad y luego... Otros cuatro vampiros acababan de entrar y habían cerrado la puerta. Me llevé la mano al cinturón y apreté el botón de alarma del comunicador antes de sacar la pistola.

Respiré hondo y adopté una expresión severa.

—Quedáis detenidos de acuerdo con el estatuto tres punto siete del Acuerdo Internacional para la Contención de Paranormales, Protocolo para Vampiros. Debéis presentaros en el centro de procesamiento más cercano...

—¿Eres de la AICP? —me preguntó uno de los vampiros. Los otros parecían inquietos.

—Sí. Tengo que pediros que os alineéis para colocaros un dispositivo de seguimiento. —Me imaginé que iban a echarse a reír.

—¿No nos matarás? —quiso saber el mismo vampiro con expresión recelosa.

—¿Por qué todo el mundo me pregunta lo mismo? —¿Acaso parecía una especie de asesina psicópata? Tal vez fuera por las zapatillas de deporte de color rosa. ¿O era por los pendientes en forma de corazón?

Los vampiros se volvieron los unos hacia los otros y comenzaron a susurrar entre sí. Me acerqué a la puerta, sin soltar la pistola, mientras apretaba el botón de alarma una y otra vez. Lish lo vería y me enviaría ayuda. Nunca me había fallado, pero si no respondía con rapidez a mi llamada de socorro, tendría que hacer algo que no me apetecía en absoluto.

La libertad estaba apenas a un paso de distancia cuando se volvieron hacia mí. El vampiro que se había dirigido a mí con anterioridad, alto y con un atractivo glamour de pelo rizado, negó con la cabeza.

—Lo siento. —Sonrió a modo de disculpa y dejó entrever los colmillos—. Nos alegramos de que no seas lo que nos está dando caza, pero no somos amigos de la AICP. Y estamos muy, pero que muy sedientos.

—¿Qué, nada de coqueteo? —pregunté tratando de ganar tiempo—. Al menos podríais ser un poco más sensuales. Pensad en todos los seguidores de vampiros del mundo... estarán muy decepcionados. —Saqué la daga. Debería haber prestado más atención durante las sesiones de entrenamiento—. Hagamos un trato. Dejadme ir y no se lo contaré a nadie.

—Lo siento, jovencita.

—Vale. —Sostuve en alto la daga con una mano y la pistola con la otra—. Supongo que he venido a mataros.

—Si pudiera pasar entre ellos y salir de la habitación, tal vez podría escapar corriendo más rápido que ellos.

Tres de ellos se abalanzaron sobre mí y me defendí con todas mis fuerzas. La pistola impactó en dos de ellos y se desplomaron. El tercero trató de sujetarme el brazo, pero le ataqué con la daga y retrocedió, aullando de dolor. Corrí hacia la puerta, pero no pude abrirla. Me di la vuelta y me apoyé en ella.

—Todos a la vez —gritó el cabecilla, tras lo cual una masa de manos en apariencia normales, pero que cubrían la putrefacción de debajo, fueron a por mí. Traté de zafarme, pero incluso los vampiros son lo bastante fuertes cuando te superan en número. Apenas tardaron unos segundos en arrinconarme contra la pared; no me habían arrebatado la pistola ni la daga, pero estaba inmovilizada y no podía usarlas. El cabecilla se colocó frente a mí. Intenté ver a través de su glamour, pero sólo logré concentrarme en los ojos blancos que me miraban desde las cuencas hundidas. Sonrió. Yo tenía ganas de llorar.

El equipo de rescate llegaría demasiado tarde.

—¿No piensas chillar? —susurró mientras se inclinaba hacia mí y me recorría el cuello con aquellos labios inertes. Sentí que abría la boca y cerré los ojos. Reviví el horror del primer encuentro de mi infancia con un vampiro. No me salvaría nadie. Se me habían acabado las opciones. Una lágrima me surcó el rostro.

—¡Lorethan! —grité. El vampiro titubeó; no era lo que esperaba—. ¡Te necesito! ¡Ya!

Aquella pausa bastó para salvarme. Una luz blanca iluminó con intensidad la habitación y los vampiros retrocedieron de manera instintiva. Dos brazos me rodearon la cintura desde atrás y me arrastraron hacia la oscuridad.

—Me has llamado —me murmuró Reth en la oreja

mientras me sostenía en medio de la nada—. Sabía que lo harías.

Percibía el tono triunfal de su voz. Había jurado que nunca volvería a usar su nombre verdadero, que nunca recurriría a él, pero acababa de invalidar todas las órdenes que lo mantenían alejado de mí. ¿Y por qué había dicho que lo necesitaba? Podría tergiversar mis palabras a placer. Sin embargo, el recuerdo de los labios del vampiro en el cuello me puso los pelos de punta. Esa noche no importaba.

—Llévame a casa, ¿vale?

Me apretó los brazos alrededor de la cintura, con su torso contra mi espalda. Le notaba el corazón a través de mi camiseta, los latidos intensos pero demasiado lentos.

—A casa entonces. —Oí su risa estentórea.

Aquello debería haberme servido de advertencia.

Mantuve los ojos cerrados y traté de olvidar su cuerpo contra el mío. A las hadas les daba igual el sexo y lo físico, pero eran maestras de la manipulación, y Reth sabía lo mucho que yo ansiaba el contacto, cualquier clase de contacto. Mi infancia había estado marcada por la falta de cariño y atención. Reth sabía, más que Raquel y más que Lish, lo muy sola que me sentía. Le odiaba por ello.

Esperaba que me llevara de la mano, pero lo único que sentí fue una brisa ligera, y luego todo se volvió cálido y brillante. Abrí los ojos y vi una habitación que no era la mía. La luz era tenue y procedía de un lugar que no fui capaz de identificar. Daba la impresión de que el elegante mobiliario estaba dispuesto al azar y las paredes parecían ser de roca sólida. Las telas eran de seda y terciopelo, de color rojo oscuro y violeta intenso con relieves dorados. No había puerta.

—Te he dicho a casa.

Volvió a reírse.

—No has dicho de quién.

Furiosa, y demasiado agotada como para lidiar con las tonterías de las hadas, abrí la boca para decirle dónde debía llevarme y adónde podía irse luego. No sabía si un hada obedecería la orden de irse al diablo, pero pronto lo averiguaría. Antes de que articulase una sola palabra, levantó su delgada mano y me acarició la garganta.

—Chsss —susurró.

No tenía voz. No es que me hubiera quedado ronca, es que no tenía voz. No podía gritar, ni tan siquiera susurrar. Me hubiera gustado dar con el genio que creía que podíamos controlar a las hadas y propinarle una patada donde más le doliera. Me zafé de los brazos de Reth y me apresuré a colocar uno de los sofás entre los dos.

—Arréglalo —dije moviendo sólo los labios.

Me sonrió. Tenía los ojos dorados como el trigo y el pelo de un tono similar. No podía mirarle a la cara sin correr el riesgo de quedarme prendada, pero tampoco quería dejar de mirarle y bajar la guardia. Estaba en sus manos.

—Evelyn. —Pronunciaba mi nombre de tal manera que era como una caricia—. ¿Por qué te resistes? Deseas estar conmigo, y yo no quiero a nadie más.

Se me puso la carne de gallina. Reth habría llevado a infinidad de mujeres mortales al Reino de las Hadas. Sabía que no vivíamos eternamente. O me estaba manipulando, lo cual era bastante probable, o había urdido algo más inquietante.

—¿Por qué? —dije moviendo los labios.

Sabía que decía la verdad, que me deseaba, y eso lo complicaba todo porque casi nadie me había deseado. Mis padres me habían abandonado de muy pequeña.

Se sentó con elegancia. En una mesa situada junto a la silla había una botella de cristal y dos copas. Vertió un líquido claro en ambas y me ofreció una de ellas.

—¿Un trago?

Negué con la cabeza. No era imbécil. Nunca hay que aceptar comida o bebida de un hada, y mucho menos en su territorio, so pena de no salir nunca de allí.

Perplejo, se la bebió. Me devané los sesos para saber cómo desenvolverme sin voz. Qué tonta, entonces recordé que todavía tenía la pistola y la daga. Las sujetaba con tal fuerza que me dolían las manos. Me alegré de que el sofá ocultara mis movimientos, así que dejé la pistola a un lado ya que era ineficaz con las hadas. Con la mano libre, pulsé de nuevo el botón de alarma. No sabía dónde estábamos, pero confiaba en que Lish pudiera enviarme ayuda.

—¿No estás cansada de tener frío? —preguntó tratando de tentarme—. De tener frío y estar sola. No tienes por qué. Se nos acaba el tiempo. —Sus ojos eran lagunas ambarinas, profundas y eternas. Lagunas en las que era fácil sumergirse—. Baila conmigo de nuevo.

Entorné los ojos hasta cerrarlos. Tenía razón. Estaba cansada. Me había pasado la vida sola. Los hogares de acogida, el Centro... todos eran igual. ¿Por qué me resistía a Reth? Sentí su cálida mano sobre la mía. El calor comenzó a propagarse por el brazo, lenta y persistentemente. ¿Por qué no le entregaba mi corazón, mi alma? Nadie más los quería.

Percibió mi entrega y se me acercó más.

—No tienes a nadie más, mi amor. Déjame llenarte. —No tenía a nadie más. Abrí los ojos y observé los de Reth... y entonces recordé la imagen de otros ojos, claros como el agua. No sé por qué pensé en Lend en esos instantes, pero me bastó para apartarme de Reth. Alcé la daga y la sostuve entre los dos como si fuera un talismán.

Reth parecía sorprendido, incluso enfadado.

—¿Qué haces, jovencita? —No me había soltado la

otra mano, pero luché contra el calor. Apenas me había pasado del hombro y se había parado—. ¿No comprendes qué es lo que estoy tratando de darte?

Apreté la hoja de la daga contra su pecho y me soltó la mano al tiempo que daba un paso atrás. El hierro es el mayor enemigo de las hadas, pero la plata tampoco les hace gracia.

—Basta —dije moviendo los labios y señalándome el cuello. Me lanzó una mirada furibunda y agitó la mano, tras lo cual sentí un hormigueo en la garganta.

—¿Por qué te resistes?

—¡Porque estás loco! ¡Todo esto no me gusta nada! ¡No soy tuya ni lo seré!

Esbozó una sonrisa.

—Te equivocas.

—Pues tengo una daga que opina lo contrario. Y ahora...

—¿Te llevo a casa?

Asentí.

Sonrió.

—Eso no ha sido una orden, y tendrás que dormir tarde o temprano. —Se desvaneció antes de que pudiese ordenarle que me llevara a casa, dejando tras de sí el sonido metálico de su risa.

Empecé a echar de menos a los vampiros.

ESTÚPIDA DE REMATE

Le chillé que regresara y luego me desplomé en uno de los sofás. Tenía razón. Estaba agotada por la falta de sueño y un día más que estresante. Si me dormía, no podría sujetar la daga. Si no podía sujetar la daga...

Tenía un problema entre manos. No sabía qué había planeado Reth y prefería no averiguarlo.

Como era de esperar, el comunicador no tenía cobertura. Ni siquiera sabía si seguía estando en el planeta. El Reino de las Hadas coexiste con el nuestro, pero a través del tiempo y del espacio y otras cosas físicas aburridas y raras que nunca me habían interesado. A partir de entonces prestaría más atención al Reino de las Hadas y a los combates con dagas.

Podría llamarle usando de nuevo su verdadero nombre y tendría que acudir, aunque, claro, no es que antes me hubiera servido de mucho. Todavía me mortificaba lo que le había dicho. ¿«Te necesito»? Creo que se lo tomó como una orden y ahora interpretaría como quisiese esa necesidad mía. Si un hada recibe órdenes contradictorias, no puede cumplirlas y hace lo que le viene en gana (casi siempre algo malo). Estaba bien fastidiada.

Las hadas son los seres más escurridizos del mundo. La

AICP (e incluso antes, cuando tenía otras siglas como la AACP) buscó durante décadas un hada, cualquier hada, para averiguar su verdadero nombre. El plan consistía en usar jovencitas guapas como cebo. Docenas de jovencitas guapas, todas ellas desaparecidas. Salvo una, que descubrió un gran secreto.

El alcohol no afecta a las hadas, pero para su sorpresa, y para perdición de las mismas, se emborrachan de lo lindo con las bebidas carbónicas. Valiéndose de dosis ingentes de Coca-Cola logró dar con el nombre verdadero de un hada. Tras ello sometió al hada a su voluntad y logró que le revelase el nombre de varias hadas, quienes, a su vez, revelaron el nombre de otras hadas. Fue así como se produjo la gran Operación de Control y Catalogación de Hadas del 95.

En realidad no fue tan impresionante como parece. Un grupo de trabajadores acabó muerto o desaparecido, y las hadas son muy recelosas con sus nombres y no suelen compartirlos entre ellas, así que la AICP sólo averiguó una cantidad reducida de los mismos. Lo que la AICP no averiguó, ni ha averiguado ni seguramente averiguará, es cómo controlar a las hadas. No son lógicas ni racionales. No obedecen a las mismas leyes que nosotros, ya sean físicas, sociales, emocionales u otras. Tienen sus propios planes y son mucho más listas que nosotros. Además, al descubrir y usar sus nombres nos metimos de lleno en una magia paranormal que se nos escapaba de las manos.

Cuando digo «nosotros» me refiero a la arrogante AICP.

Cavilé al respecto sentada en el sofá de Reth, atrapada en el Reino de las Hadas, preguntándome cuánto aguantaría sin dormir, comer o beber. O, ya puestos, orinar. Parecía que no había baño. Estúpidos inmortales. ¿Valía la pena meterse en tantos problemas para trabajar con las hadas y disponer de su magia?

Debería de haber una alternativa. No volvería a invocar a Reth. Sabía que no me dejaría salir, y la única ruta de huida era el Camino de las Hadas.

¡Otra hada! Era la solución perfecta. El nombre de las hadas que se me había proporcionado sólo debía emplearse en caso de aprieto, y estaba en uno bien grave. Abrí la boca pero no dije nada.

Todavía no lo recordaba. Los nombres eran tan raros y me habían metido tanto miedo que los había borrado de mis recuerdos. Me tumbé en el sofá y contemplé el techo, que irradiaba destellos cristalinos. Lo observé largo y tendido mientras me devanaba los sesos tratando de dar con el nombre del hada pelirroja.

Los cristales del techo reflejaban una luz que no podía identificar. Parecía una especie de dibujo con significado. También apreciaba unos colores muy tenues que me decían algo. Si lo contemplase largo rato, sin pensar en nada más... y si cerrase los ojos y no pensara, sería todavía mejor y todo iría sobre ruedas...

—¡No! —Me erguí y parpadeé para no cerrar los ojos. No me convenía mirar el techo.

¿Cómo se llamaba? Sabía que lo sabía. Entonces lo recordé, era el hada que había traído a Lend. ¡Fehl! Fehl era su apodo, y el nombre completo era...

—¡Denfehlath! —grité en tono triunfal. A los pocos segundos se dibujó el contorno de una puerta en la pared y ella apareció por la misma, con expresión aburrida.

—Oh. —Frunció el ceño.

Me levanté de un salto, aliviada, pero me lo pensé dos veces antes de decir una tontería. Tendría que ser muy cuidadosa y precisa.

—Llévame de vuelta al centro de la AICP donde vivo, por favor.

Me tendió la mano y se la tomé.

—¡Alto! —ordenó Reth desde detrás. Me volví sin soltar la mano de Fehl—. Es mía.

Fehl le dedicó una sonrisa mordaz.

—Se trata de una orden expresa. No tengo más remedio que cumplirla.

Los ojos dorados de Reth destilaban ira. Otro detalle de las hadas: tienen muy mal genio. Le había visto perder el control en otra ocasión, y fue lo que me amedrentó e hizo que renunciase a él.

—Vamos, ya. —Le tiré de la mano. La luz ambiente de la habitación había cambiado y ahora todo resplandecía con un tono rojo y amenazador.

Atravesamos la puerta corriendo hasta el Camino de las Hadas. Dado que lo que estaba detrás de mí me atemorizaba más que lo que me rodeaba, por una vez mantuve los ojos bien abiertos. Fehl me apretaba la mano con tanta fuerza que me dolía; estaba visiblemente furiosa, con una expresión un tanto petulante. Me pregunté si pasaba algo. La dinámica de aquellos dos seres resultaba un tanto peculiar. Bueno, me daba lo mismo mientras llegase a casa sana y salva.

Entonces se me ocurrió una idea genial.

—¿Podrías abrir una puerta que diese a la habitación de Lend?

Me fulminó con la mirada. Dimos varios pasos más y las líneas blancas aparecieron frente a nosotros. Fehl me empujó y luego desapareció en la oscuridad.

La habitación tenía el mismo esquema de colores aburridos que el resto del Centro. La puerta que daba al baño estaba abierta; el resto era un espacio cuadrado con una triste cama junto a la pared. Lend, con mi apariencia, estaba sentado sobre la misma. Me miró y una expresión de sorpresa cruzó su/mi rostro. Luego apartó la mirada y me di cuenta de que Raquel estaba hablando.

Retrocedí hasta la pared. No veía a Raquel, por lo que debía de estar en el pasillo, y estaba segura de que tampoco me había visto o, de lo contrario, habría reaccionado. No me había pillado... todavía. Ahora sabía dónde estaba Lend. A veces las hadas eran útiles, para qué negarlo.

—... sería mucho más fácil si nos proporcionases información. Te dejaré tranquilo para que pienses en ello —concluyó Raquel, tras lo cual la oí alejarse por el pasillo.

Lend me miró de nuevo y arqueó una ceja con aire de duda burlona.

—¡Eh, eso no vale! —susurré. Nunca había sido capaz de arquear una sola ceja, y eso que lo había intentado. Parecía confundido, por lo que me señalé las cejas y negué con la cabeza. Sonrió a modo de respuesta, me desvanecí y me sustituyó el tío bueno de pelo y ojos negros.

—¿Qué haces aquí?

Me encogí de hombros mientras me deslizaba por la pared hasta quedarme sentada en el suelo.

—Vine a verte, eso es todo.

—Sí, claro.

—Que sí. Estaba aburrida.

—Yo también. —Se produjo un silencio largo e incómodo—. ¿Vas a quedarte un rato?

—No lo sé. Creo que me echan en falta.

—Raquel estaba muy alterada.

Suspiré.

—Sí, debería haberle dicho que no estoy muerta. —No me levanté.

—Pareces cansada. —Volvió a adoptar mi apariencia

para mostrarme los párpados pesados y las ojeras marcadas.

—Jo, gracias, dando ánimos, ¿no? ¿Por qué no me dices que doy pena?

Se rio y recuperó la apariencia de tío bueno.

—Sigo sin poder imitarte los ojos.

—Soy única —repuse en tono alegre.

—Más de lo que te imaginas.

—¿A qué te refieres?

Se encogió de hombros.

—Siempre he podido replicar a los humanos por completo.

Me puse de pie con el ceño fruncido.

—Óyeme bien, Chico de Agua, eres el único paranormal de la habitación.

—Si tú lo dices.

Estaba demasiado cansada para esas tonterías. La puerta estaba abierta de par en par.

—¿Cuáles son las medidas de seguridad de la habitación?

Levantó el pie en el que llevaba la tobillera de rastreo.

—Si franqueo el umbral, salta la alarma y se activa el dispositivo del tobillo.

Eso no me afectaba.

—Perfecto. Hasta luego. —Salí sin mediar palabra.

No perdí tiempo en el ala de seguridad del Centro. Para cuando los paranormales llegaban allí, mi trabajo había acabado. Giré a la izquierda y recorrí el pasillo hasta llegar a una zona que me resultaba familiar. Estaba muy cerca de Procesamiento, así que entré y me topé con Raquel hablando con Lish.

—¡Eso es inadmisible! ¡Los hombres lobo tienen que encontrar algo! —exclamó agitada.

Lish alzó la vista, me vio por encima del hombro de

Raquel y se echó a llorar. Al menos, ésa fue la impresión que tuve. Nunca le había visto llorar y, puesto que estaba en el agua, las lágrimas no se veían, pero la expresión y los movimientos de hombros eran indicios inequívocos.

Raquel se dio la vuelta, dejó escapar un grito y me abrazó.

—¡No te han comido!

—No, no me han comido. —Me reí de aquella peculiar simetría y contuve lágrimas de alivio. Cuánto me alegraba estar de nuevo con Raquel y Lish. Había llegado a pensar que no volvería a verlas.

Raquel recobró la compostura, se separó un poco y me tomó por los hombros.

—¿Qué demonios ha pasado? ¿Dónde has estado? ¿Y por qué has matado a todos esos vampiros?

—Esto... Un momento, ¿cómo dices? ¿Qué vampiros?

Asintió con expresión adusta. Los empleados de la AICP no deben matar a los paranormales ya que están en peligro de extinción, de ahí que incluso a los más repulsivos sólo se les neutralice.

—¡No los he matado! ¡Más bien han estado a punto de matarme! Paralicé a algunos y clavé la daga aquí y allá, pero estoy segura de que no acabé con ninguno de ellos.

—¿Cómo has escapado?

Bajé la vista.

—Invoqué a Reth.

Raquel dejó escapar un suspiro del tipo «Esto es peor de lo que pensaba».

—Entonces, ¿quién ha matado a veintidós vampiros?

PESAS, CHICOS Y OTRAS BOBADAS

—Cuando el equipo de apoyo llegó al edificio, los vampiros ya estaban muertos —explicó Raquel.

—¿Les habían clavado una estaca?

—No sabemos cómo murieron. No encontramos indicios de que los hubieran matado como de costumbre. Pero ¿qué hacían allí?

—Ni idea. Seguí a un vampiro y me los encontré en la habitación, esperando. Luego entraron otros vampiros y me encerraron. —Fruncí el ceño al recordar algo—. Pensaban que estaba allí para matarlos.

—¿Estás segura de que no hiciste nada? —me preguntó Raquel al tiempo que fruncía la frente.

—¿Aparte de estar a punto de morir desangrada? Sí, estoy segura.

Suspiró de la misma manera que antes.

—Bien, ¿y dónde has estado?

Me froté los ojos de cansancio.

—La pifié bien pifiada. No acudía nadie al rescate y estaba a punto de morir, así que invoqué a Reth.

—No pasa nada, para eso se te asignaron los nombres.

Negué con la cabeza.

—El problema no fue invocarle. Todo estaba pasando muy rápido, sentía los colmillos del vampiro en el cuello... cuando llamé a Reth grité: «¡Te necesito!»

La expresión comprensiva de Raquel dio paso a una de enfado. Cuando la AICP proporciona el nombre de las hadas lo hace en conjunción con un curso de dos semanas (¡dos semanas!) al año para aprender a utilizar las órdenes expresas de forma correcta. «Te necesito» era de lo más indefinido y estúpido posible.

—¿«Te necesito»? ¿Dijiste eso? ¿Ésa fue tu orden expresa?

—No te cabrees. —Estaba a punto de romper a llorar—. Ya he pagado por ello, créeme. Le pedí que me llevara a casa y me llevó a su casa y luego trató de ganarse mi corazón de nuevo.

—Evie, cielo, estoy al tanto de tu relación con Reth, pero no puede ganarse tu corazón. Las cosas no funcionan así.

Aquello era demasiado y, para colmo, Raquel volvería a decirme que lo que había ocurrido era fruto de mi imaginación. Raquel nunca había sentido el calor de Reth, nunca lo había sentido extendiéndose por el cuerpo y envolviéndole el corazón, ni tampoco había sentido cómo se lo consumía. No podía saberlo. Estaba harta de que me tratara como a una jovencita tonta que todavía está enamorada de su ex.

—Lo que tú digas —espeté—. Me voy a la cama.

Me di la vuelta y salí enfadada de la habitación sin tan siquiera despedirme de Lish. Sabía que estaría de mi parte, pero no lo entendería.

Nadie lo entendía. Bueno, Reth sí que lo entendía y, además, tenía razón. Estaba sola y era un rollo. Cuando llegué a mi unidad, fui directa al dormitorio y rebusqué debajo de la cama hasta encontrar las pesas de kilo y medio que había robado durante una de las sesiones de entrenamiento con Bud. Eran de hierro, la mejor protección contra las hadas o, al menos, creía que eran de hierro. Vale, confiaba en que fueran de hierro porque la otra alternativa que me quedaba era dormir con la daga al alcance de la mano. En una pesadilla me había visto acuchillada por todas partes, así que me decidí por las pesas.

Las coloqué a ambos lados, cerré los ojos y me dormí de inmediato.

Me desperté a la mañana siguiente, tarde, con el recuerdo vago de una mujer que me llamaba. Las pesas seguían en el mismo lugar, debajo de las sábanas, y mi corazón seguía siendo mío. Al parecer, había sido una noche normal.

Estaba segura de que era sábado, así que me preparé con toda tranquilidad. A veces costaba distinguir los días en el Centro, pero puesto que ninguno de mis profesores se había presentado a preguntarme otra vez por qué no había hecho los deberes, lo más probable era que fuera sábado.

Fui a ver a Lish después de desayunar. No me gustaba cómo me había marchado el día anterior. Se le iluminó la mirada al verme.

—Evie —dijo la voz monótona, aunque sabía que en realidad había sido una exclamación—. Me alegro tanto de que estés bien. Estaba muy preocupada.

Le dediqué mi mejor sonrisa.

—Fue un día duro.

—Lo siento.

No sabía qué añadir.

—¿Se sabe algo sobre los vampiros?

—No.

Qué raro, pero no era asunto mío. Luego me sonrió con la mirada y se apoyó en el cristal con expresión cómplice.

—Me he enterado de que pidió papel y lápices. Raquel creía que era para escribir, pero se limitó a dibujar.

Sonreí. Fuera lo que fuera, a Lend se le daba muy bien enojar a Raquel. Ése solía ser mi trabajo, pero compartirlo me quitaba un peso de encima.

—Hablando de Raquel, ¿sabes dónde está? Quiero hablar con ella. —Tanto si me creía o no en cuanto a lo de Reth, tenía que ayudarme a anular la orden que le había dado.

—Estará reunida todo el día. —La única que trabajaba más que Lish en el Centro era Raquel. Además vivía allí y se pasaba el día trabajando. Nunca la había visto irse de vacaciones, lo cual me convenía porque así no me sentía tan sola.

Fruncí el ceño por la frustración. Entonces caí en la cuenta de que si iba a pasarse el día reunida, podría hacer lo que me diese la gana y ver a quien quisiera. Sonreí a Lish.

—No pasa nada. Ya hablaré con ella en otro momento. ¡Gracias!

Volví a mi habitación corriendo. Después de echarme un vistazo en el espejo, recogí las revistas, el mini-reproductor de vídeo y un par de libros. Me enfundé la pistola y la daga en el cinturón y me dirigí hacia la habitación de Lend.

Al doblar la esquina vi a Jacques alejándose. Perfecto. Corrí por el pasillo y entré a hurtadillas. Lend estaba almorzando en la cama, sentado, con la apariencia de un atractivo hombre negro.

—Hoy sí que estás guapo —dije. Alzó la vista, sorprendido, y luego sonrió.

—¿Qué haces aquí?

Dejé en el suelo todo lo que había traído.

—Me aburro y te aburres. Pensé que podríamos pasar el rato juntos.

Entornó los ojos.

—¿No se trata de alguna jugarreta perversa tipo poli bueno, poli malo?

Me reí.

—Me da igual lo que le cuentes a Raquel, pero eres la única persona medio humana de mi edad, y he pensado que nos lo podríamos pasar bien. —Me asaltó un pensamiento terrible: ¿y si no quería pasar el rato conmigo?

Hay cosas mucho peores, por supuesto. A lo mejor era un asesino paranormal de verdad y había estado esperando el momento idóneo para matarme, aunque lo dudaba. Eso me hubiera dolido menos que el hecho de que un adolescente no tuviera ganas de estar conmigo, sobre todo tratándose de un adolescente tan mono.

Para alivio mío, sonrió de nuevo.

—Vale, me parece bien. —Se levantó, se acercó y echó un vistazo a las revistas.

—¿Te gusta leer estas cosas? —Arqueó una ceja al ver que eran del corazón y para jovencitas.

—Eh, nada de sermones. Me gusta la cultura popular. Por algo es popular, ¿no?

Negó con la cabeza con expresión divertida. Recogió el reproductor de vídeo, se sentó en el suelo con la espalda apoyada en la pared y lo encendió.

—¿Tienes algo aparte de *Easton Heights*?

—*Easton Heights* es la mejor serie de la tele en estos momentos, pero si no te parece lo bastante buena —dije con desdén y altanería— entonces echa un vistazo en la carpeta de películas. —Se rio y el tipo negro desapareció y dio paso a Landon, el tío más bueno del mundo y el

Don Juan confabulador de Easton High—. ¡Increíble!
—le grité—. ¡Qué pasada!

Se rio al ver mi reacción antes de seguir repasando las películas. Una parte de mí estaba como atolondrada por estar en la misma habitación que Landon; la otra seguía observando a Lend, y cada vez le gustaba un poco más.

—¿Hay alguien a quien no puedas imitar? —pregunté con curiosidad.

Se encogió de hombros.

—No puedo imitar a algunos paranormales; puedo crecer o disminuir de tamaño sólo unos centímetros, así que no puedo ser un niño. Con el volumen me pasa lo mismo, por lo que no podría pesar ciento cincuenta kilos. Y no puedo imitar tus ojos.

—Eso dices —farfullé. Me tumbé boca abajo, apoyada en los codos, y hojeé una de las revistas. Lend se centró en otra cosa y nos pasamos la siguiente hora sumidos en un silencio agradable. Era un tanto aburrido y del todo normal. Molaba.

Al cabo de un rato, alcé la vista y vi unos cuantos papeles debajo de la cama.

—Ah, ¿son tus dibujos? —Los cogí.

—Oh, esto... yo... no... —dijo, pero yo ya había comenzado a mirarlos. Eran buenísimos. Había dibujado un retrato de Jacques que parecía una fotografía. Sabía reproducir a las personas en su cuerpo y en dibujos. Pasé al siguiente y me quedé inmóvil. Era yo.

—Ostras, Lend, son una pasada. Eres bueno de verdad. —Parecía avergonzado—. Claro que con una chica tan guapa como yo no me extraña que te salga bien —bromeé. Sonrió. Vaya, ¿estaba perfeccionando mis dotes de ligona? Nadie diría que sólo practicaba en mis fantasías. Seguí mirando los dibujos, y entonces fui yo la que se incomodó un poco porque casi todos eran sobre mí. Me sentía un poco avergonzada y muy halagada. Uno de los últimos dibujos era un primer plano de mi cara, con especial atención a los ojos, que había dejado inacabados.

El último dibujo me sorprendió. Había tratado de dibujar su verdadero ser, pero con mucho menos acierto que los otros retratos.

—Tienes el mentón más marcado y el pelo un poco ondulado.

—Pues sí que me ves bien —dijo impresionado.

—Me dedico a eso.

—Era algo que quería preguntarte. ¿A qué te dedicas? ¿Por qué trabajas aquí?

—Ayudo a identificar y a traer a los paranormales.

—¿Tienes otros poderes? ¿Fuerza sobrenatural o algo así?

Me reí.

—Claro, por supuesto, por eso casi me mataron los vampiros ayer, porque soy una luchadora imbatible. —Parecía confundido. Puse los ojos en blanco—. No, no tengo poderes. Soy normal, sólo veo un poco mejor que el resto de las personas. —No le conté que veía a través del glamour de los paranormales ya que se trataba de información confidencial.

—¿Cómo te encontraron?

—Es una larga historia, o no tanto, pero muy aburrida. Llevo aquí desde los ocho años. Existe un tratado internacional del que más o menos soy la estrella.

—Entonces les perteneces.

—¡No, no les pertenezco!

—¿Puedes marcharte cuando quieras?

Lo miré extrañada.

—¿Por qué iba a querer marcharme?

—No lo sé... pero no pareces muy... feliz.

—¡Soy muy feliz! —repliqué frunciendo el ceño—.

Además, hago muchas cosas buenas. He neutralizado a cientos de vampiros en los últimos años, he identificado a hombres lobo antes de que hicieran daño a otras personas o a sí mismos, he ayudado a dar con una colonia de trasgos, y he hecho infinidad de cosas para que el mundo sea un lugar más seguro y organizado. —¿Acababa de decir que había hecho del mundo un lugar más organizado? Vaya bobería.

—¿Podrías marcharte si quisieras?

Me encogí de hombros, incómoda. Siempre había sido feliz en el Centro, pero desde lo de Reth en más de una ocasión me había preguntado cuáles eran mis opciones... y me había preocupado saber que no tenía ninguna. Lo más sencillo era no pensar en ello. Nadie sacaba el tema, y se me hizo un nudo en el estómago al oírlo de manera tan directa en boca de Lend.

—No lo sé. Aquí me siento más segura.

—¿Quién se siente más seguro, tú o ellos?

—Déjalo, ¿vale? Es mi trabajo, mi vida, y me gusta.

Levantó las manos.

—Lo siento, pero tengo la impresión de que eres una posesión y no una empleada.

—No pueden retener a los humanos —espeté—. De acuerdo con el reglamento internacional, sólo tienen derecho a detener o controlar a los paranormales.

Me dedicó de nuevo aquella mirada, la que se le daba tan bien. Le observé los ojos acuosos y tristes.

—Evie, no eres exactamente normal.

Me levanté enfurruñada, recogí las revistas y le arrebaté de las manos el reproductor de vídeos.

—Al menos sé qué apariencia tengo. —Salí de la habitación, furiosa.

A mitad del pasillo me desplomé contra la pared, respirando a duras penas. Lend estaba en lo cierto.

LAS FACTURAS DEL TERAPEUTA

—Tonterías, tonterías, tonterías —farfullé mientras recorría airada los pasillos. No sabía muy bien a qué me refería, pero últimamente muchas cosas me parecían tonterías. Lend, sin ir más lejos, con sus preguntas estúpidas, haciéndome pensar en cosas que no me apetecían. Me paré frente al despacho de Raquel; tendría que creerme y hacer algo respecto a la orden que le había dado a Reth. Seguía pensando que a las hadas no les importaban los humanos. Sí, Raquel sabía que raptaban a los mortales para llevárselos a su reino y bailar (por raro que parezca, es cierto), pero dado que la AICP ordenó de forma expresa a sus hadas que no lo hicieran, creían que ya no suponía un problema.

Llamé y la puerta se abrió. Raquel estaba de pie junto al escritorio, recogiendo documentos con cara de cansada y estresada.

—¿Qué pasa, Evie? Salgo en cinco minutos.

Entré, me senté y miré hacia el escritorio con expresión de enfado. Me disponía a contarle lo de Reth; a modo de prueba esgrimiría los comentarios que Fehl había hecho, diciendo que era suya, pero abrí la boca para formular una pregunta muy distinta:

—¿Y si me quiero marchar?

Pareció sorprenderse.

—¿A qué te refieres?

—¿Y si lo dejo? ¿Y si me canso de este trabajo? ¿Y si me harto de los vampiros estúpidos, los hombres lobo idiotas, los espíritus paranormales y los trasgos del Centro? ¿Y si no me apetece seguir lidiando con hadas psicóticas? ¿Y si quiero ir a la universidad?

Raquel se sentó.

—Cielo, ¿a qué viene todo esto?

—No lo sé, es que... No has respondido a la pregunta. ¿Y si me marchara?

—No te conviene marcharte. —Me miró con una sonrisa maternal y comprensiva que me cabreó. No era mi madre.

—Tal vez sí. ¿Qué harás para evitarlo... colocarme una tobillera de seguimiento? —Esperé un suspiro tipo «No digas bobadas, Evie», pero no se produjo. De hecho, no sólo no suspiró, sino que parecía preocupada. La miré con los ojos como platos, horrorizada—. Mierda. Eso es precisamente lo que harías, ¿no?

Negó con la cabeza.

—No seas tonta. Sabes que me importas mucho y que te deseo lo mejor...

Me levanté. Aquella pausa me bastó para confirmarlo; por mucho que fingiera ser mi madre de alquiler, no podría borrar aquel momento. No podría marcharme. Sin mediar palabra, salí del despacho y me dirigí a Procesamiento Central.

Lish se sorprendió al verme de nuevo.

—¿Qué pasa, Evie?

—¿Cuál es mi clasificación?

Frunció el ceño.

—¿A qué te refieres?

—Quiero saber cómo me han clasificado, Lish. Búscalo. Ya.

—Sólo clasifican a los paranormales, ya lo sabes.

—Bueno, entonces no debería salir en la lista y da igual que me busques, no cambiará nada.

—Supongo que no. —Se encogió de hombros y agitó las manos delante de las pantallas. Entornó los ojos—. Oh.

—¿Qué pasa? —El estómago se me endureció como un ladrillo pesado.

—Esto... tú... estás clasificada. —Me miró con expresión preocupada.

—¿Qué dice?

—Evie, no cambia nada. No te cambia.

—¿Qué dice? —espeté. Al cabo de unos instantes, Lish volvió a mirar la pantalla.

—Dice que eres una «Paranormal de Nivel Siete, de origen desconocido y forma mortal». Tu situación actual es «protegida, en uso» y «en observación».

Negué con la cabeza, incrédula. Los paranormales se clasificaban según varios factores: nivel de poder, cuán comunes eran, cuán peligrosos resultaban y cuánto se sabía sobre ellos. Los vampiros pertenecían al segundo nivel. Lish al cuarto. Las hadas, ¡las hadas!, al sexto. Nunca había conocido a nadie del séptimo.

Era como si se me hubiese producido un cortocircuito en el cerebro. Siempre había sabido que era rara, pero pensaba que era un ser humano que hacía cosas paranormales, no una paranormal que hacía cosas humanas.

—Evie —dijo Lish, esperando a que nuestras miradas se cruzasen—, siempre has sabido que eras diferente. No dejes que esto cambie tu visión de ti misma. La AICP no... —se calló y se acercó al cristal—, la AICP no siempre tiene razón en todo. No eres paranormal. —Me sonrió con tristeza—. Eres especial. Son cosas distintas.

No podía llorar, aún no, y estar allí con Lish me producía dolor. Sabía que ella lo entendía, pero no estaba preparada para enfrentarme a la situación, así que asentí y me marché lentamente. Vagué por el Centro. Cuando estaba a punto de llegar a mi habitación, apareció el contorno blanco de una puerta en la pared que tenía delante. Me paré para ver quién saldría. En aquel momento hasta me habría alegrado de que fuera Reth.

Era otra hada. Me había transportado en varias ocasiones, aunque no sabía su nombre. Salió con un hombre lobo y luego se volvió para marcharse.

—¡Espera! —exclamé. El hada se dio la vuelta con expresión de desinterés en los ojos color violeta—. Necesito transporte.

—No he recibido órdenes para transportarte.

—Acaban de llegar, sabes que cuento con la autorización necesaria. —Traté de aparentar impaciencia—. Se trata de un asunto de carácter prioritario.

Asintió sin inmutarse y me tendió la mano. Se la tomé y nos adentramos en la oscuridad.

—¿Adónde?

Me mordí el labio. No había pensado en ese detalle.

—Esto... —Entonces recordé una de mis últimas misiones de caza y captura. Había sido en Florida, cerca de un centro comercial. ¿Cómo se llamaba el centro?—. Al centro comercial Everglades, en Miami. —Confiaba en que esa información bastara. Normalmente, las hadas recibían las instrucciones de Lish, por lo que no sabía cuán específicas debían de ser las indicaciones. Lish me había explicado en una ocasión que, para las hadas, todos los nombres revisten un gran poder. Si se nombraba el sitio al que se quería ir, lo encontrarían.

Curioso, pero me fue útil; al cabo de unos instantes una puerta se abrió frente a nosotros. Salí.

—Gracias —dije, pero el hada ya había desaparecido.

Casi todas mis incursiones eran nocturnas. Levanté la cabeza para disfrutar del contacto del sol en la cara, el cosquilleo de la humedad. Era marzo, pero hacía un día espléndido. La entrada del centro comercial estaba muy cerca. Había un par de bancos en las inmediaciones, rodeados de palmeras e hibiscos con flores rojas brillantes. Me senté y sentí el calor del sol en la camiseta. Todavía tenía un poco de frío (siempre tenía un poco de frío), pero aquel lugar era infinitamente mejor que el Centro.

Al cabo de unos minutos entré y paseé entre la multitud, molesta por la intensidad del aire acondicionado. Normalmente me alegraba de ver a gente normal, pero hoy me sentía peor. ¿Y si no era como ellos? Siempre me había sentido superior a los paranormales porque, al fin y al cabo, yo era humana. No me tenían que controlar ni neutralizar. No estaba atrapada en un acuario de cristal. Hacían que mi vida fuera mucho mejor. Ahora ya no estaba tan segura.

Deprimida y preocupada, fui al baño y me miré en un espejo. Tal vez había pasado algo por alto. Si Lend no sabía cuál era su apariencia real, era bien posible que nunca me hubiera observado a mí misma con detenimiento. Traté de encontrar algo debajo de la piel, me concentré en mis ojos claros, buscando alguna pista que indicara que yo no era lo que parecía.

Nada.

No había nada, ningún brillo especial, los ojos no resplandecían y no había ningún cuerpo debajo del mío. Era yo y nada más que yo, como cualquier otro ser humano.

Aunque no era exactamente como cualquier otro ser humano porque veía cosas que nadie veía.

Salí del baño abatida. No llevaba nada, ni cartera, ni

bolso ni identificación. No tenía nada en el mundo real. Fuera o no una paranormal, aquel mundo no era el mío. Me senté en otro banco. Observé a parejas que iban de la mano y a chicas que cotilleaban sobre a quién le gustaba quién o quién había dicho qué. Vivían con absoluta normalidad. No sabían nada. Las envidiaba.

Alguien se sentó a mi lado.

—Evie. —Raquel me tomó la mano—. Cielo, ¿qué haces?

Negué con la cabeza.

—No lo sé.

—Debería haberte contado lo de tu clasificación hace tiempo. Lo siento.

Me sorbí la nariz. Si rompía a llorar en el centro comercial jamás me lo perdonaría.

—¿Por qué no me lo dijiste?

—No me parecía importante; lo que cuenta es que sabes hacer algo único y no sabemos cómo ni por qué. No significa que no seas humana o que seas parecida a los vampiros, hadas o unicornios.

—Un momento, ¿lo dices en serio? ¿Los unicornios existen? No me lo creo. —Entorné los ojos.

Se rio.

—Si te portas bien y haces los deberes te llevaré a verlos.

—¿Estar en el Nivel Siete no me exime de hacer deberes?

—Ni en broma. —Me apartó un mechón de pelo de la cara, sonriendo—. Te permití que dejaras las clases de piano cuando tenías diez años porque aquel profesor trasgo te asustó, y no me lo he perdonado jamás. Con los deberes hay que ser inflexible. Bueno, ya que estamos aquí podríamos ir de compras, ¿no crees?

Suspiré. Mis suspiros no eran comparables a los de

Raquel, pero si me los trabajase tal vez algún día no me haría falta hablar.

—No me apetece.

Raquel parecía preocupada.

—Bromeas, ¿no?

—Sí, vamos. —Me encantaba comprar, pero siempre lo hacía por Internet. Raquel solía comprarme la ropa, aunque hace años le pedí que dejara de hacerlo. Una chica no puede ir siempre con faldas azul marino y camisas blancas almidonadas. Sin embargo, estar en aquel centro comercial, donde podría probarme las prendas, sentirlas y ver su color real, era mucho mejor que por Internet. Para cuando hubimos acabado, Raquel y yo arrastrábamos varias bolsas repletas.

Negó con la cabeza.

—No sé cómo justificaré esto en el informe de gastos.

—Pon que son facturas del terapeuta —sugerí. Raquel se rio y se encaminó hacia la puerta. Vi una tiendecita en ese instante—. ¡Un momento! —Me dedicó un suspiro tipo «Bromeas, ¿no?», pero me siguió hasta la papelería. Escogí un cuaderno de dibujo, varios carboncillos y, para completar la cosa, lápices de colores y pasteles.

—¿Un pasatiempo nuevo? —preguntó Raquel mientras pagaba.

—He pensado que a la pared le vendría bien un cambio. —Raquel había pasado por alto mis diseños, pero sabía que le molestaban.

Salimos y llegamos a un callejón de entrega de mercancías. En cuanto estuvo segura de que nadie miraba, solicitó una recogida y apareció una puerta. Supongo que ésa era una de las ventajas de ser Raquel... mis recogidas siempre tardaban varios minutos. La misma hada que me había dejado allí emergió por la puerta y nos tomó de la mano. Cabría pensar que estaría enfadada conmigo por haberle mentido, pero a las hadas sólo les interesan las cosas que les interesan, si es que eso tiene sentido. Apenas me miró.

Al llegar al Centro, Raquel me ayudó a llevar las bolsas a mi unidad. Las dejamos en el suelo y me puso la mano en el hombro mientras me observaba.

—¿Estás bien?

Sonreí.

—Sí, estoy bien.

Satisfecha, Raquel se marchó. Dejé de sonreír. No estaba bien y no sabía cuándo volvería a estarlo.

TE VEO HASTA LAS INTENCIONES

A la mañana siguiente todavía estaba abatida. El atracón de *Easton Heights* de la noche anterior no me había alegrado lo más mínimo. En todo caso, me había hecho sentir peor. Sabía que la vida real no era así, pero me recordaba todas las cosas que no tendría: bailes de fin de curso, peleas entre chicas, amigas que caminaban y respiraban de verdad, novios. Sobre todo novios.

Hablé con Lish por la pantalla de vídeo:

—¿Raquel estará disponible hoy?

Negó con la cabeza.

—No está en el Centro. Tiene más reuniones. ¿Quieres que la llame?

—Oh, no, no hace falta. Sólo quería preguntarle una cosa. No tengo prisa.

Sonreí, me despedí de Lish y apagué la pantalla. Rebusqué entre las bolsas de ropa nueva y me puse un vestido con un estampado de cebra y unas botas de tacón de aguja de color rosa chicle. Mi estilo era un poco llamativo, pero en un lugar donde todo era blanco apetecía darle un poco de vida. Las botas no me habían hecho todo lo feliz que había esperado, pero me quedaban bien.

Recogí la bolsa con el cuaderno y los lápices y, cuando me disponía a salir, se me ocurrió una idea mejor. Años atrás, en Navidades, Raquel me había regalado unos patines en línea. Había causado tantos estragos por los pasillos, chocando con todo el mundo y todas las cosas, que Raquel me los había quitado. Sin embargo, tenía una silla con ruedas junto al escritorio de mi habitación. Si rodar con esa silla por los pasillos no me hacía feliz, entonces no sé qué lo haría.

Sujeté la bolsa al respaldo de la silla y la empujé hasta el pasillo. Retrocedí para coger carrerilla y me subí de un salto. Fui por el pasillo a toda velocidad, giré a la izquierda y me estampé contra la pared. Tomé el camino más largo, y las personas con las que me cruzaba me miraban extrañadas e incluso me maldecían mientras me evitaban. Al llegar al pasillo de Lend, me incliné en la silla de tal modo que entré en la habitación y me quedé a escasos metros de la cama antes de caerme. Alcé la mirada y vi su expresión de sorpresa.

—Hola —saludé soltando una risita.

—¿Hola? —Arqueó una ceja. ¡Vaya con la dichosa ceja! Lend había vuelto a adoptar la forma del tío bueno de ojos y cabellos negros que tanto me gustaba.

—Estabas en lo cierto. —Me levanté de un salto y me alisé la ropa.

—¿Estaba en lo cierto?

—Sí, la AICP me ha puesto a la altura de las hadas. Siempre había pensado que formaba parte de la familia y resulta que estoy en observación. Genial.

—Lo siento. —Parecía sincero.

—Bueno, creo que se equivocan porque cuando me miro sólo me veo a mí misma, nada más. —Había cavilado al respecto y tenía sentido. Si fuera una paranormal vería algo.

—Entonces, ¿ves qué hay detrás de otras cosas, no sólo de mí?

Se suponía que no debía hablar de ese tema, pero me daba igual.

—Lo siento, no eres tan especial. —Le sonreí—. Si se trata de un paranormal, lo veo con claridad, no importa lo que lleve encima.

—Vaya, un truco de primera.

—Es práctico. Bueno, te he traído un regalo. —Le pasé la bolsa. Miró el interior y desplegó una sonrisa de oreja a oreja.

—¡Gracias! Todo un detalle.

—He pensado que podrías enseñarme un poco, los cuerpos no son lo mío.

—¡Pero qué dices! Tienes uno de fábula.

¡Estaba coqueteando conmigo! Me reí, sonrojada.

—Tontainas.

Se rio y se sentó en el borde de la cama mientras daba una palmadita a su lado. Se pasó la hora siguiente explicándome las proporciones y cómo plasmarlas. Al cabo de una hora seguía dándoseme mal, pero había mejorado. Además, me lo estaba pasando bien.

—Entonces, ¿ves a través de cualquier cosa? —preguntó mientras me retrataba de nuevo.

Le observé las manos, fascinada por la interacción entre las manos que me mostraba y sus verdaderas manos, las que estaban debajo.

—No, no veo a través de la ropa ni nada, sólo lo que hay detrás del glamour. En tu caso es distinto y te veo porque tu ropa no es real. —Me callé, horrorizada—. Bueno, no miro... es difícil verte, y me gusta mirar tu cara verdadera, pero no trato de ver nada porque... oh, vaya impresión te estoy dando...

Tenía una expresión divertida, como si no supiera qué pensar.

—Esto... nunca había tenido problemas en ese sentido. La próxima vez quizás deberías traerme unos pantalones cortos.

Asentí, avergonzada.

—¿Qué me dices de ti? —pregunté para cambiar de tema a toda costa—. ¿Sólo proyectas cosas o puedes hacer que te crezca el pelo y eso?

Resplandeció y la camiseta de manga corta dio paso a una de manga larga. Me ofreció el brazo y toqué el tejido con vacilación. Era tangible, aunque resultaba demasiado suave para ser real.

—Con el pelo pasa lo mismo.

—Alucinante. —Sostuve el tejido entre los dedos—. ¿Lo sientes? ¿Es parte de ti o algo?

Negó con la cabeza.

—Pues no. No sé cómo lo hago ni cómo funciona.

—¿Por eso te colaste en el Centro, para averiguar qué eres?

Se rio.

—No, las clasificaciones de la AICP no me importan lo más mínimo.

Fruncí el ceño.

—A mí tampoco. Entonces, ¿por qué entraste a hurtadillas?

Volvió a negar con la cabeza tras una pausa.

—Ya te lo explicaré, ¿vale?

Aunque me moría de ganas por saberlo, sabía que daba igual. Ninguno de los dos podría marcharse.

—Sí, claro.

—Lo que no entiendo es cómo soportas los desplazamientos. Cuando le tomé la mano a esa mujer no sabía qué estaba pasando; me asusté bastante.

—Ah, sí, el Camino de las Hadas. Es un rollo. ¿No sabías que era un hada?

—La verdad es que apenas sé nada acerca de las hadas.

—Qué suerte la tuya. Mejor así.

—¿Por qué? Eso de abrir puertas en cualquier parte me parece bastante útil.

—Oh, sí, es muy útil, pero, claro, hay que lidiar con las hadas.

Comencé a hablar y acabé contándole toda la historia de las hadas. No sabía cuántas hadas controlaba la AICP, pero nos odiaban por ello. Había oído decir que existían varias clases de hadas, pero para mí todas eran iguales: hermosas, poderosas y psicóticas. Le expliqué como mejor supe cómo manipulaban el mundo natural y se desplazaban entre la Tierra y el Reino de las Hadas, aunque Raquel no solía extenderse al respecto. Ella siempre se comportaba como si las hadas fueran meros vehículos, pero sospechaba que eso no era todo. Terminé hablándole de los muchos agentes que se habían perdido por cagarla con las órdenes.

—Si son tan malas, ¿por qué las usa la AICP? —preguntó, confundido.

—No son malas, ni siquiera son inmorales. Son amorales. No actúan como nosotros. Lo único que les importa es lo que quieren, todo lo demás es superfluo. Secuestrar personas no es gran cosa para ellas... si necesitan a una persona, se hacen con ella. O matar a alguien, es lo mismo. Si vives eternamente, ¿qué valor tiene una vida desde un punto de vista global? Cuando el tiempo no cuenta, quitarle cuarenta años a una persona no importa. Ni se enteran.

—Entonces, ¿te gustan las hadas?

—Oh, claro que no. Creo que trabajar con ellas es la peor idea de la AICP.

—¿Y por qué siguen usándolas?

—La primera orden que reciben las hadas es servir a la AICP. La AICP cree que puede controlar a las hadas, pero sé que no es cierto —mascullé. Observé el retrato—. Tío, eres buenísimo.

—El sujeto era fácil, y me gusta tu ropa. —A juzgar por su sonrisa, no sabía si hablaba en serio o si me estaba tomando el pelo.

—Si quieres, te traeré unas botas como las mías junto con los pantalones cortos.

Se rio.

—El que pueda adoptar la apariencia de una chica no quiere decir que quiera vestirme como tal.

—Tienes razón. Además, seguro que no te quedarían bien. —Me levanté y me desperecé—. Será mejor que me vaya. En teoría ni siquiera sé dónde te retienen. —Le guiñé un ojo.

—Llévate esto para que practiques. —Me dio el cuaderno y los lápices—. Volverás, ¿no?

—Desde luego. Eres el tío más enrollado del Centro. —Esbozó una sonrisa, pero negué con la cabeza y adopté una expresión seria fingida—. No te hagas ilusiones... buena parte de la competencia está formada por muertos vivientes.

Me senté en la silla y salí rodando de la habitación. Me observó, riéndose en silencio, y le saludé con desenfado. Ya en mi unidad, saqué el cuaderno y observé sus dibujos. En comparación, los míos daban pena, pero me encontraba mucho mejor que antes de ir a verle. Cogí los lápices y me puse manos a la obra.

Durante la semana siguiente no tuve oportunidad alguna de colarme en la habitación de Lend. Entre las clases y el que Raquel estuviera más atenta de lo normal, es decir, insoportable, no tenía tiempo libre. Cada día que pasaba sin verle se volvía más frustrante. Cuando llegó el fin de semana deseé con toda mi alma que Raquel estuviera ocupada.

Cuando el sábado por la mañana, mientras terminaba de prepararme, sonó el timbre de la puerta, pensé que no tendría tanta suerte.

Raquel entró, sonriendo.

—Vaya, qué guapa... —comentó.

Claro que estaba guapa... quería ir a ver a Lend. Sonreí con desgana.

—¿Qué pasa?

—No lo sé, había pensado que podríamos pasar el día juntas donde tú quieras... en la playa, el centro comercial, el cine...

—¿En serio?

Aquello sí que era una novedad. Normalmente, las salidas estaban programadas y coordinadas. Solíamos ir a museos que tuvieran que ver con mis estudios. Era algo que me gustaba. Íbamos juntas y fingía que Raquel era mi madre, que éramos una madre e hija normales. Por supuesto, volver por el Camino de las Hadas siempre echaba por tierra esa ilusión.

—Últimamente no hemos parado, nos vendría bien un descanso.

—Vale, me gusta el plan. —Lo decía en serio. Aunque me apetecía ver de nuevo a Lend, no había salido del Centro en toda la semana.

Le sonó el comunicador. Lo miró y frunció la frente con preocupación. Maldijo justo en el momento en que esperaba que suspirara. ¡Maldijo! Era algo completamente inusual. Fuera lo que fuese, había pasado algo terrible.

—Lo siento —dijo mientras corría hacia la puerta—. Es una emergencia.

—No te preocupes —repuse. La vi marcharse. Quería saber qué pasaba, pero, a no ser que tuviera que ver conmigo, no me diría nada. Sin perder ni un segundo, cogí el cuaderno y los lápices y los pantalones cortos que había comprado por Internet, y me dirigí hacia la habitación de Lend, emocionada ante la idea de verle de nuevo.

POESÍA COGIDOS
DE LA MANO

Cuando llegué a la habitación, Lend estaba tumbado en la cama de espaldas a la puerta. Debía de aburrirse como una ostra atrapado allí. Pensé en dejarle hacer la siesta, pero seguramente no era lo que más le apetecía. Le tiré a la cabeza los pantalones cortos de baloncesto. Por fin podría mirarle sin que me preocupase ver a través de la ropa proyectada.

Se incorporó, sobresaltado, pero sonrió al verme. Había adoptado la apariencia del tipo negro guapo. Me gustaba aquella sonrisa, pero también la que estaba debajo, la de Lend.

—Hola —dijo—, has tardado lo tuyo.

Suspiré con un aire despreocupado fingido.

—Algunos tenemos cosas que hacer.

—Sí, recuerdo esa sensación. —Se puso los pantalones cortos debajo de las sábanas—. Qué raro es llevar otra vez ropa de verdad.

—¿No estás muerto de frío?

Me miró con curiosidad.

—Aquí no hace frío.

—Estás loco.

Apartó las sábanas y se levantó. Me reí; los pantalones cortos estaban encima de unos pantalones caqui. Los pantalones se desvanecieron y dieron paso a unas piernas fornidas.

—Entonces, ¿has practicado?

Me senté en la cama.

—Sí, pero todavía me falta mucho. —Le pasé el cuaderno. Lo hojeó, asintiendo.

—No, has mejorado bastante, y el color se te da bastante bien.

Sonreí. Me devolvió el cuaderno y nuestras manos se rozaron. Sonreí de nuevo y negué con la cabeza.

—Qué raro.

—¿El qué?

—No lo sé, es como si siempre esperara que fueses como el agua o algo así. La primera vez que te toqué para colocarte la tobillera temía atravesarte con la mano.

Se rio.

—Qué va.

—Pensaba que sería como hundir la mano en agua fría, pero estás muy calentito.

Colocó la mano sobre la mía. El corazón me dio un vuelco de alegría.

—Tienes las manos heladas.

—¿Lo ves? Aquí hace frío, ya te lo he dicho. —No pude evitar fruncir el ceño cuando apartó la mano de la mía.

—¿Qué tal la semana? —preguntó.

—Muy aburrida, aunque supongo que no tan aburrida como la tuya.

—Supones bien.

—¿Qué piensan hacer contigo? ¿Retenerte aquí para siempre?

—Espero que no. Tengo que hacer algunas cosas. Me han hecho algunas pruebas, pero me temo que no he cooperado mucho que digamos. Raquel ha tratado de averiguar de dónde he venido y por qué estaba rebuscando entre sus cosas.

—Eso también despierta mi curiosidad.

Sonrió.

—Y que lo digas. No olvidemos que si estoy retenido aquí es por tu culpa.

¿Estaba en lo cierto? No, ni por asomo.

—No, es culpa tuya por tener un plan tan nefasto como para que una pobre chica indefensa te atrapara.

—¿Indefensa? Ni en broma. Si no recuerdo mal, me paralizaste.

—Ah, sí, se me había olvidado.

—Hoy no llevas la pistola, ni tampoco la llevabas la última vez. —Me miró con aire meditabundo.

—¿Planeas algo? —No estaba nerviosa. Bueno, quizás un poco después de aquel comentario.

—No, qué va. Me alegro de que confíes en mí.

—De todos modos, ¿qué amenaza supone un tipo cuyo plan maestro para colarse en el Centro consistía en golpear a diestro y siniestro y salir corriendo?

Se llevó una mano al pecho.

—Ay. Pero tienes razón, no sabía qué hacía, estaba desesperado.

—No pasa nada, todos cometemos estupideces. La semana pasada seguí a un vampiro e irrumpí en una habitación que no había inspeccionado con antelación, y resulta que estaba llena de vampiros. Casi acaban conmigo.

—¿Cómo escapaste?

—Con Reth. —Fruncí el ceño.

—¿Quién es Reth?

—Es una larga historia.

Lend se recostó.

—Tengo tiempo de sobra.

Los hombros se me hundieron al recordar lo maravillosa que había sido mi vida con Reth, al menos durante una temporada.

—Cuando empecé a trabajar aquí creía que las hadas eran ángeles. Eran tan hermosas y misteriosas. Cuando Reth llegó yo tenía unos catorce años. Al principio era como las otras, fría y distante, pero cuando averiguó qué sabía hacer, comenzó a interesarse por mí y a hablarme. Aparte de que era uno de los pocos tíos, bueno, varones, del Centro, nunca había visto a nadie tan guapo. Al poco, venía a verme a mi unidad, me contaba historias y me escuchaba. Me tomaba la mano mientras me hablaba y era como si me calentase desde fuera hacia dentro. Vivía esperando el momento de verle, y me dijo que me llevaría a su reino. Cualquier chica solitaria se moriría por oír algo así.

Lend mostró una expresión preocupada.

—Entonces, ¿salíais juntos o algo así?

Suspiré desconsolada al recordar lo mucho que había querido a Reth, cuánto había dependido de él. La vida había sido más fácil en aquella época.

—Salir lo que se dice salir, no. No nos besábamos ni nada parecido. Bueno, la cosa es que cada vez que me cogía de la mano me calentaba más rápido. Venía a verme de madrugada y bailaba conmigo hasta que los dos resplandecíamos, te lo juro. Reth era perfecto. A veces, cuando tenía la mano en la suya, sentía tanto calor en el corazón que tenía la impresión de que estallaría.

»Un día salí para realizar una recogida sencilla, un hombre lobo. Son de lo más fácil... la gente está tan asustada que les alivia que alguien les explique qué sucede. Supongo que aquel tipo había sido hombre lobo desde hacía un par de años y le gustaba de veras. Cuando lo encontré y le dije que estaba detenido se enfadó y me pegó. Antes de que lograra reaccionar, Reth ya estaba allí. Estaba fuera de sí, ni siquiera parecía humano. Alargó la mano y el hombre lobo salió despedido y chocó contra un árbol. Luego Reth masculló y el árbol comenzó a agitarse y a agrietarse sin control y el hombre lobo... bueno, murió aplastado —me apresuré a concluir, tratando de no recordar aquel momento fatídico—. Aunque seguía queriendo a Reth, me asusté tanto que no quise hablarle ni verle durante un mes. El calor se desvaneció y, por fin, vi las cosas con claridad. No sé cuáles eran las intenciones de Reth... Raquel cree que fue producto de mi imaginación. —Puse cara de enfado—. Cada vez que Reth me ve quiere tocarme, y enseguida noto que el calor se me extiende por el cuerpo, tratando de llegar al corazón.

Lend guardó silencio unos instantes.

—¿Por qué no se deshacen de él?

—La AICP depende demasiado de la magia de las hadas. Como saben el nombre de las hadas, creen que pueden controlarlas, así que se despreocupan, pero es una metedura de pata.

—La AICP desconoce muchas cosas.

—Sí —repuse, al tiempo que intentaba desterrar el recuerdo del calor de Reth—. Bueno, te toca. ¿Qué hacías fuera? ¿Tienes familia? ¿Estudias? ¿Dónde vives? ¿Siempre has sido así? —Le acribillé con todas las preguntas que me intrigaban, salvo si tenía novia, ésa me la guardé.

Se echó a reír.

—Creo que, dado que Raquel ha decidido hacernos compañía, tendremos que hablar de esas cosas en otro momento.

Alcé la vista. Raquel estaba en la puerta, con los brazos en jarras y expresión furibunda.

—Oh, pi-pi —masculló. Sonreí y la saludé—. Hola, Raquel. ¿Qué tal? ¿Te has repensado lo de la película?

—¿Qué haces aquí?

—Pasar el rato. Lend me ha enseñado a dibujar.

—Levántate y apártate de él, ya.

—Oh, tranquila. —Agité la mano para restarle importancia—. Si quisiera matarme, ya lo habría hecho. Le he traído lápices afilados, perfectos para apuñalarme, y se ha comportado como un auténtico caballero.

—Evie —dijo en tono amenazador. Hablaba en serio. Me dispuse a ponerme de pie, pero Lend me tomó de la mano.

—¿Quieres respuestas? —le preguntó a Raquel—. Deja que se quede y te contaré por qué vine aquí.

Raquel le miró a él y luego a mí. Tenía una expresión curiosa, calculadora y triste a la vez. Sabía que estaba desesperada por oír a Lend, pero había algo más. Finalmente, negó con la cabeza y suspiró. Era un suspiro nada común en ella, el suspiro de la derrota. No me lo podía creer.

—Vale —repuso.

Lend me soltó la mano.

—¿Cuántos paranormales muertos has encontrado esta semana?

Raquel parecía sorprendida, y luego recelosa.

—Los paranormales no suelen morir. ¿Qué te hace pensar que hemos encontrado varios?

Lend puso los ojos en blanco.

—¿Cuántos?

Raquel se mantuvo en silencio unos instantes.

—Treinta —respondió.

—¿Qué? ¿En serio? —No podía creérmelo. ¿Treinta paranormales muertos? Eso no era nada normal. Como mucho perdíamos cinco o diez al año, y la mayoría eran vampiros que activaban la función de agua bendita de las tobilleras.

—Te faltan unos cuantos —dijo Lend—. Diría que, si el ritmo se mantiene, la cifra se acerca a los cincuenta.

—¿De dónde sacas esa información?

—¿Crees que la AICP es el único grupo que lleva el control?

Raquel parecía exultante; estaba convencida de que, por fin, averiguaría quién era Lend.

—¿A qué grupo perteneces?

Lend negó con la cabeza.

—No soy idiota. No nos interesa que nos den caza y captura, ni tampoco nos interesa que acaben con nosotros.

—¿De dónde sacas esa información? —repitió Raquel.

—De un espíritu. Ella me dijo...

—¿Has visto un espíritu femenino? ¿Dónde? —Los ojos estaban a punto de salírsele de las órbitas.

—Deja de interrumpir, por favor. Me dijo que encontraría la respuesta en la AICP y luego me recitó un poema de lo más raro.

Raquel esperó, impaciente.

—¿Y bien?

Lend se volvió para mirarme.

—Evie, ¿te gustaría empezarlo tú?

—¿Qué? —repliqué confundida.

—Ojos como arroyos de nieve derretida —dijo con voz queda.

Eso era lo que le había dicho cuando trató de imitar el color de mis ojos por primera vez. No me extrañaba que se hubiera asustado. Lo había olvidado por completo... pero ¿cómo sabía lo que yo había visto en sueños?

—No sé a qué te refieres. Ni siquiera sé qué significa.

—¿Cómo continúa? —preguntó Raquel, impaciente.

Lend se volvió hacia ella.

—Te lo diré cuando permitas que me vaya.

—No dejaremos que te marches. Que yo sepa, tu grupo es responsable de los ataques. Tal vez te colaras en el Centro para encontrar los informes de seguimiento, en busca de más víctimas.

—Sea lo que sea esa cosa, se vale por sí misma.

—Entonces, ¿por qué te colaste?

—Ya te lo he dicho. El espíritu me aseguró que encontraría la respuesta aquí. Pensé que tal vez tuvieras información al respecto, que hubieras dado con una pauta o algo. Eso es lo que buscaba. Está claro que iba mal encaminado ya que sabes menos que nosotros.

Raquel estaba cabreada. Nunca había visto a nadie que pusiera tan al límite a Raquel.

—Avísame cuando estés dispuesto a contarme algo útil. Evie, vámonos.

—Creo que me quedaré un rato. —Vaya, respuesta equivocada.

—Ya —espetó sin apenas mover los labios.

—Hasta luego, Lend. —Le dejé el cuaderno y los lápices, seguí a Raquel hasta fuera y me volví para sonreírle con timidez.

—No puedo... ¿Por qué estabas...? Podrías haber... —Raquel se calló y respiró hondo—. Me has decepcionado, y mucho.

Puse los ojos en blanco mientras caminaba a su lado por el pasillo.

—Sí, claro, pero si tuviera amigos o algo así no iría a pasar el rato con los prisioneros. Es simpático, y creo que si hubieras sido un poco más agradable con él seguramente habrías averiguado unas cuantas cosas.

—No tienes ni idea de cómo funciona todo esto.

—No, no lo sé porque no me cuentas nada. ¿Por qué hay tantos paranormales muertos?

Raquel se frotó la frente con gesto cansado.

—No lo sé. Lo de los vampiros fue la semana pasada, y puede que haya habido más en los últimos días. O no nos hemos enterado o la situación está empeorando.

—¿Qué piensas hacer?

—Estamos investigando y analizando sin descanso, pero no hemos sacado nada en claro. Como en el caso de tu amigo... no sabemos qué es ni de dónde ha venido.

—¿Como pasó conmigo?

Me miró con expresión severa, aunque la dulcificó de inmediato.

—Tu caso es muy distinto.

—Sí, claro. —Quise añadir «lo que tú digas», pero sabía que se pondría hecha una furia—. Por cierto, ¿se te ha ocurrido una orden nueva para Reth? Estoy harta de dormir con pesas en la cama.

—¿Duermes con pesas en la cama?

—Tengo que protegerme de alguna manera.

Exhaló un suspiro del tipo «No puedo ocuparme de eso ahora».

—Sabes que las hadas no pueden secuestrarte, lo tienen más que prohibido.

—Pues que alguien se lo diga a Reth. Además, no se trata de que me secuestre sino de lo que...

—Basta, Evie. Tal vez pasar el rato con Lend no sea tan mala idea si sirve para que dejes de obsesionarte con esa hada.

Me paré en seco. Raquel dio varios pasos antes de darse cuenta.

—¿Estoy obsesionada? ¿Por qué no me crees? ¡Pensaba que te importaba! —Los ojos se me llenaron de lágrimas de rabia, pero los cerré antes de seguir hablando. Respiré hondo y negué con la cabeza—. Da igual. Me voy a mi habitación.

—Avísame cuando quieras ir a ver a Lend de nuevo.

—Claro, como confiamos tanto la una en la otra...—Me volví y me alejé antes de que replicase.

CALIÉNTAME

Al día siguiente, tras haber informado a Raquel de que iría a ver a Lend, me dirigí a su habitación, portátil en mano. Esa mañana iba de chino y estaba encantador.

—¿Qué has planeado para hoy?

Lo miré con severidad.

—Demostrarte que *Easton Heights*, muy popular entre los telespectadores, ha sido infravalorada por los críticos.

Miró hacia el techo y suspiró.

—O sea que Raquel ha recurrido a la tortura.

Le di un golpecito en el hombro antes de continuar.

—He elegido tres episodios que no sólo demuestran que el trabajo de los actores es excelente sino que el guion también es de primera. Te van a encantar.

—¿Es una orden?

—No, una amenaza.

Apoyó la almohada en la pared a modo de cojín y se sentó al final de la cama. Me senté a su lado sin importarme tener que estar en contacto para que los dos pudiésemos ver la pantalla. Fue entonces cuando caí en la cuenta de que estaba coladita por él. Debería haberme percatado antes porque me pasaba el día pensando en él, pero en ese preciso instante me percaté. Me gustaba, y mucho. No se trataba de que por fin pudiera coquetear con alguien, sino de que me apetecía cogerle de la mano y besarle.

De repente, ni siquiera *Easton Heights* lograba que me sintiese mejor. Era víctima de la inseguridad. ¿Y si Lend era simpático conmigo porque yo era la única persona del Centro que era simpática con él? ¿Y si tenía novia en el mundo normal? Puesto que podía cambiar de apariencia a placer, podría tener cincuenta novias sin que ninguna lo supiera. ¿Y si la AICP le dejaba marchar? No volvería a verle. Eso sería un golpe tremendo. Pero ¿y si no lo hacían? Se enfadaría y me culparía de que le retuviesen.

Lend me dio un leve codazo.

—No estaba tan mal —dijo sonriendo. Me di cuenta de que el primer episodio ya había acabado.

Sonreí a duras penas.

—¿No estaba tan mal? Era genial.

Entornó los ojos.

—¿Estás bien?

—Sí, claro, ¿por qué no iba a estarlo?

Alargó la mano y la colocó sobre la mía. El corazón me dio un vuelco... ¡yo también le gustaba!

—Te inquieta la criatura que está matando a los paranormales, ¿no?

Mierda. No le gustaba.

—¿Qué tiene que ver conmigo? —pregunté antes de pensármelo dos veces—. Es decir, sí, es algo terrible, pero no es problema mío. Ya lo resolverá la AICP.

Apartó la mano.

—No lo entiendes. Evie, tiene que ver contigo. Eres una paranormal, te guste o no. —Vale, no me gustaba, y pensaba decírselo, pero Lend prosiguió—: Son de los nuestros, y sea lo que sea lo que esté acabando con ellos no sólo supone una amenaza para los pocos seres especiales que quedan con vida, sino también para nosotros.

—Siento las muertes de los paranormales pero, si te soy sincera, no me apena demasiado que hayan muerto los vampiros que intentaron matarme.

—No sólo son los vampiros, existen especies que desconoces y que desparecerán si no ponemos remedio a la situación. El mundo será un lugar mucho más frío e inhóspito.

—¿No lo es ya? —dije con amargura. Al ser normal y paranormal a la vez me sentía extraña, como si fuera a la deriva, y estaba harta de esa sensación.

—Créeme si te digo que no lo es, y quiero enseñarte ese mundo, pero tenemos que asegurarnos de que no desaparezca.

Suspiré.

—¿Qué es lo que puedo hacer?

—¿Dónde oíste el verso sobre los ojos?

Dejé el portátil y me giré para mirarle de frente.

—No lo sé, de veras. Creo que estaba soñando con eso el día que llegaste. «Ojos como arroyos de nieve derretida...» —Me callé para tratar de recordar—. ¿«Fríos por causas que ella desconoce»?

Lend contuvo la respiración y asintió.

—¿Recuerdas el resto? —Negué con la cabeza—. Tal vez puedas ayudarme a averiguarlo. Te... —Los dos alzamos la mirada al ver que una luz procedente de una puerta que había aparecido en la pared iluminaba la habitación—. ¿Esperas a alguien?

—No. —Me acerqué a Lend. Observamos a la figura que emergió por la puerta. Era Reth—. Oh, no —susurré. No había traído la daga ni nada.

—Por fin te encuentro —dijo Reth sonriendo con simpatía.

Raquel no había hecho nada por detenerlo.

—Lo... —Antes de que llegase a pronunciar la segunda sílaba del nombre agitó la mano y susurró una palabra, tras lo cual perdí la voz de nuevo.

—Eso no era necesario —dijo sin dejar de sonreír.

Lend me miró; me señalé la garganta al tiempo que le decía, moviendo los labios, que buscase ayuda.

—No te acerques a ella —advirtió Lend, y se colocó delante de mí.

—Evelyn es mía, tú sobras. —Agitó la mano con desdén y Lend salió despedido contra la pared y luego se desplomó sobre el suelo. Grité, pero no se oyó nada.

Reth se deslizó por la habitación y se acomodó a mi lado. Traté de pegarle, pero me sujetó el brazo mientras se reía. Quise zafarme y me recorrió la columna con un dedo de la mano libre para paralizarme. Me sentía como en una de esas pesadillas en las que ves lo que pasa sin poder hacer nada.

Lend estaba inmóvil. Los ojos se me llenaron de lágrimas.

Reth mantuvo la mano en mi antebrazo y me rodeó la muñeca con sus largos dedos.

—Siento las prisas, pero las circunstancias han cambiado y ya no podemos permitirnos el mismo ritmo pausado. —Sentí su calor subiéndome por el brazo. Cerré los ojos y deseé con todas mis fuerzas que se detuviera. Se ralentizó y luego se paró. Sentía como si estuviera embalsando el flujo de calor con la fuerza de mi voluntad. No aguantaría mucho.

—No te resistas. Todo irá mejor en cuanto haya acabado... ya lo verás. —Me sonrió con dulzura y me acarició la mejilla con un dedo—. Quedan muchas cosas por hacer, nos divertiremos juntos. —No perdí la concentración—. Evelyn —dijo en tono molesto—, acelerar el proceso es en realidad un regalo. Sólo era cuestión de tiempo. Debes estar conmigo y ésta es la mejor manera de hacerlo.

Me apretó la muñeca. El calor quemaba cada vez más. Ya no resultaba agradable y me dolía. Era como si su mano se me estuviera quedando grabada en el brazo; tenía la impresión de que se me quedaría pegada para siempre. No resistiría mucho más. Estaba demasiado caliente, el calor era insoportable. Me devoró el brazo, ascendió con rapidez, acercándoseme al corazón. Volví a gritar, pero no se oyó nada.

Entonces oí ruido por todas partes. Abrí los ojos. Lend estaba en el suelo del pasillo y el cuerpo se le convulsionaba por las descargas eléctricas.

—Lend —dije moviendo sólo los labios.

Había activado la alarma; se había arrojado allí porque sabía qué pasaría.

Reth suspiró con impaciencia y me apretó con más fuerza.

—Me molesta cuando se entrometen en mis asuntos. —El fuego me había llegado al hombro y la lengua del mismo me había rozado el corazón y se había acurrucado allí como si fuera un animalito.

—¡Lorethan! —invocó la voz de Raquel con claridad. —Reth giró la cabeza con expresión asesina—. Ni se te ocurra tocar a Evelyn.

Tras unos breves instantes me apartó la mano del brazo como si el que se estuviera quemando fuera él. El fuego se dividió en dos; la mitad regresó por el brazo y se disipó por el lugar donde Reth me había presionado, y la otra mitad me llegó al corazón. Seguía sin poder moverme o hablar. Reth se levantó y observó a Raquel con la misma expresión de ira despiadada que le había visto cuando había matado al hombre lobo.

—Márchate —ordenó Raquel.

Reth permanecía inmóvil; parecía un dios vengador en medio de la habitación blanca. Me pregunté si nos mataría a todos. Tras el silencio más largo de mi vida, agitó la mano en mi dirección. Me desplomé sobre la cama. Ya podía moverme. Sin mediar palabra, Reth se acercó a la pared y desapareció por la puerta de las hadas.

Raquel apretó un botón del comunicador para apagar las alarmas y corrió a mi encuentro.

—Evie, cielo, ¿estás bien?

El recuerdo del dolor era tan intenso que era como si todavía me estuviese quemando. Sollocé y me llevé el brazo herido al pecho.

—Déjame mirar —dijo Raquel mientras me lo extendía—. Oh, Evie, lo siento mucho. —Alcé la vista; tenía los ojos anegados de lágrimas—. Tenía que haberte hecho caso.

La mano de Reth me había dejado una marca escarlata en la muñeca. Raquel sólo veía la quemadura, no podía ver lo mismo que mis ojos.

Debajo de la marca, mi cuerpo seguía ardiendo.

ARDE, NENA, ARDE

Me contemplé el brazo. Debajo de la marca roja había varias lenguas de fuego doradas, que se arremolinaban llenas de vida y calor.

—¿Qué ha hecho? —susurré entre lágrimas. ¿Qué me había dejado Reth dentro?

—Trató de huir —dijo Raquel acariciándome el pelo, creyendo que me refería a Lend.

Alcé la mirada y negué con la cabeza.

—No, no intentó escapar. Cuando Reth... Lend no pudo... Se arrojó al otro lado del umbral para activar la alarma. No podía ayudarme de otra manera.

—Oh —dijo Raquel con dulzura.

Miró hacia el pasillo, donde yacía la forma inconsciente de Lend o lo que veía de la misma. Llevaba los pantalones cortos que le había dado. Probablemente Raquel sólo viera unos pantalones cortos y una tobillera flotando en el pasillo.

Raquel llamó por el comunicador y aparecieron un par de guardas que llevaron a Lend hasta el interior de la habitación. Me hice a un lado, sin soltarme el brazo. En cuanto hubieron acomodado a Lend, le puse la mano ilesa en el pecho y, para no variar, me sorprendió que estuviera cálido y fuera sólido.

—Respira. —Me sentí tan aliviada que comencé a sollozar.

—Tranquila. —Raquel me rodeó los hombros con un brazo—. ¿Cómo ha ocurrido todo esto?

—¿Cómo ha ocurrido todo esto? ¿Bromeas? ¿Cuánto tiempo llevo diciéndote que Reth está loco, que me está haciendo esto? ¿Cuántas veces te he dicho que no comprendéis a las hadas, que no podéis controlarlas?

—Lo siento, tendría que haberte hecho caso. Supongo que el detonante habrá sido la orden de «te necesito»... la habrá malinterpretado.

Puse los ojos en blanco.

—No me digas. Es lo que mejor se les da.

—De todos modos, ahora no puede tocarte, eso ya está solucionado. —A Raquel le parecía muy sencillo. No tenía ni idea de nada—. Deberíamos ir a la enfermería para que el médico eche un vistazo a la quemadura.

Me miré el brazo; el brillo dorado no había desaparecido. Me parecía increíble que Raquel no lo viese... era como si me hubieran encendido por dentro.

—¿Qué hay de Lend? —Le puse la mano en la mejilla.

—Estará bien cuando se despierte. Las descargas no eran mortales.

Le dejé que me tomara de la mano y me acompañara hasta la enfermería. La doctora era una simpática mujer lobo de unos cuarenta y cinco años. No había estado allí desde que me había torcido el tobillo hacía dos años. No me hice el esguince mientras un vampiro me perseguía por el cementerio ni nada parecido. Me lo torcí mientras bailaba con el iPod yo solita en mi habitación. Al parecer, el hip-hop no es lo mío. La vergüenza que sentí entonces era insignificante comparada con el miedo que ahora me embargaba.

Raquel le explicó lo sucedido y me pidió que le mostrase la muñeca a la doctora. Frunció el ceño; durante unos instantes me puse nerviosa ya que pensé que tal vez ella también viera lo que fluía bajo mi piel. Si la AICP me vigilaba y me consideraba una paranormal, recurrirían a cualquier estrategia en caso de que creyesen que estaba cambiando.

—Qué raro —comentó—. Es una quemadura, pero no parece reciente, sino de hace tiempo, y está casi cicatrizada. —Sentía tanto calor en la piel que creía que se le quemaría el dedo con el que me la recorría, pero negó con la cabeza—. Todavía está bastante caliente. —Me puso la mano en la frente y alzó la mirada—. Estás helada. —Si volvía a mirarme con preocupación acabaría asustándome. No tenía más frío que de costumbre. De hecho, notaba más calor, sobre todo en el corazón.

—¿Puedo hablar contigo a solas en el pasillo? —le preguntó Raquel. La doctora la siguió fuera. Temblando, bajé de la mesa y me acerqué al espejo del lavabo. Respiré hondo, desabotoné los tres botones superiores de la camisa y la abrí. Suspiré, aliviada. El reflejo era de lo más normal: tez pálida, poco escote que enseñar y sujetador rosa.

Luego, mientras me abotonaba la camisa, miré hacia abajo.

—Oh, no —susurré. Aquel líquido dorado ardía en el mismo lugar en el que el corazón me palpitaba aceleradamente. El corazón y el líquido latían al unísono.

Me sobresaltó el ruido de la puerta al abrirse y me cerré la camisa a toda prisa. La doctora me sonrió.

—¿Estás bien?

—Pues... sí, estoy bien.

—Te aplicaré un poco de aloe en la quemadura y te la vendaré. Está casi cicatrizada, te basta con que la lleves vendada un día. Mientras hablaba con Raquel le he confesado que no sé mucho sobre la magia o las heridas de las hadas. ¿Has experimentado algún síntoma extraño?

—No. —Salvo por el hecho de que brillaba por dentro y, por primera vez, me veía del mismo modo que veía a los paranormales. Sabía que debía contárselo, explicarle que se trataba de algo más que una quemadura, que Reth me había hecho algo, me había cambiado... pero fui incapaz. No me apetecía que me pusieran un dispositivo de seguimiento o me analizaran como si fuera un bicho raro. Me imaginé que me diseccionaban. No creía que realmente hicieran tales cosas, pero no pensaba arriesgarme a contarle nada a la AICP para averiguarlo.

Observé la venda que la doctora me había puesto en la muñeca y me sentí aliviada al comprobar que ya no veía las llamas.

—Te tomaré la temperatura; estás muy fría y me preocupa que pudiera tratarse de un efecto secundario. —Me colocó el termómetro en la oreja y, a los pocos segundos, pitó. Lo sacó y volvió a fruncir el ceño con sorpresa. Era casi tan terrible como los suspiros de Raquel—. Es demasiado baja. El termómetro debe de haberse estropeado. ¿Estás bien?

Bajé de la mesa de un salto, aterrada ante la idea de que se diesen cuenta de que pasaba algo anormal... o paranormal. Aparte de un reconocimiento médico cuando llegué al Centro y lo del esguince, nunca había estado allí, nunca había enfermado. Lo achaqué al hecho de vivir tan recluida. No quería que fisgoneasen y averiguasen que era más rara de lo que creían.

—Sí, estoy bien, en serio. Siempre tengo un poco de frío; seguramente se habrá roto el termómetro, eso es todo.

—De acuerdo, pero si la muñeca te molesta o tienes síntomas extraños, lo que sea, avísame.

—Vale. —Salí y Raquel me siguió.

—¿Por qué no descansas un poco? —preguntó mientras se apresuraba para seguirme el ritmo.

—Quiero estar presente cuando Lend se despierte.

—No creo...

—Raquel —le dije con determinación—, Lend me ha salvado. Estuvo a punto de electrocutarse para salvarme. Pienso estar en su habitación cuando se despierte para darle las gracias.

Tras un breve suspiro del tipo «me doy por vencida», asintió.

—Pero ten cuidado, ¿vale? Todavía no sabemos nada sobre él. —Tampoco sabían nada acerca de mí—. Y si te dice de dónde viene o qué está haciendo aquí, avísame de inmediato.

«Sí, ¿y qué más?», pensé.

—Sí —repuse. Me acompañó hasta la habitación de Lend y se quedó en la puerta mientras yo entraba.

—Vale... vendré a echar un vistazo más tarde. —Permaneció unos instantes allí y luego se marchó.

Lend seguía inconsciente. Me senté en el borde de la cama, a su lado, y me pregunté cuánto tardaría en despertarse. Me sentía fatal. Volvía a tener la culpa de lo que le había ocurrido.

Le miré y me alegré de que llevara pantalones cortos para así no sentirme culpable. Lend era asombroso. Aprecié una luminiscencia tenue, sobre todo en el pecho. Le observé el rostro. Cuando se vestía de otras personas, me costaba ver sus rasgos reales, pero ahora que era el Lend verdadero me resultaba más fácil. Me acerqué todavía más para memorizar sus facciones. Resultaba extraño estar colada por alguien que cambiaba de aspecto cada vez que lo veía, por lo que quería recordar su verdadera cara, la de Lend. Era el tipo más guapo que había visto jamás, incluso más que las hadas, porque su rostro era humano.

Me incliné tanto que estuve a punto de caerme encima de él. En lugar de arriesgarme a que me pasara eso, me arrodillé junto a la cama, apoyé los codos a ambos lados y puse la cabeza sobre las manos. Alargué una de ellas y le acaricié el pelo. Era suave como la seda. Estaba tan concentrada jugueteando con el pelo que no me di cuenta de que se había despertado hasta que se le tornó negro.

—¡Oh! —exclamé, retrocediendo tan rápido que me caí de culo—. ¡Estás despierto! —Había adoptado la apariencia del tipo de ojos y pelo negro y me miró con perplejidad. Antes de que me preguntara qué le estaba haciendo en el pelo, comencé a farfullar—: ¿Estás bien? ¿Cómo te encuentras? ¿Quieres algo?

Trató de incorporarse, pero se quedó quieto y se llevó la mano a la frente.

—Joder, me duele.

—¡Lo siento mucho! Es culpa mía.

Me miró frunciendo el ceño.

—¿Por qué es culpa tuya?

—Te electrocutaste por mi culpa.

—Creo que la culpa es de esa hada loca.

Negué con la cabeza.

—Si no hubieras... yo no... Gracias. —Sonreí y le tomé la mano libre entre las mías—. Gracias, gracias de veras. Estoy convencida de que me has salvado la vida o, al menos, el alma.

Se irguió sin soltarme la mano. Eso me gustó, y mucho.

—¿Qué te estaba haciendo?

Me senté en la cama junto a él y clavé la mirada en el suelo.

—No lo sé. Lo mismo que solía hacerme con el calor, pero esta vez fue diferente, más intenso. Fue como si me quemara por dentro, como si me metiera el calor a la fuerza. Y esta vez no... —Me callé. No le había contado a Raquel lo que veía en mi interior. ¿Podría confiar en Lend?

—Y esta vez no ¿qué?

Respiré hondo.

—Esta vez no desapareció.

Aparté la mano, me quité la venda y observé la marca roja y, debajo, las llamas líquidas. A Lend pareció cortársele la respiración. Le miré, perpleja.

—¿Lo ves?

—¡Claro que lo veo!

BRUJA ESTÁTICA

Lend me veía las llamas bajo la piel. No podía creérmelo. A lo mejor resultaba que no eran paranormales.

—¿En serio? ¿Cómo es que las ves? —pregunté.

—¡Es de color escarlata! Es imposible no verla. Es una quemadura bastante grave. —Lend me tomó la mano con delicadeza, mirando la herida—. Aunque sigues teniendo la mano helada.

Dejé caer los hombros, desilusionada.

—Entonces no lo ves.

Me miró con expresión confundida.

—¿Hay algo más?

Me mordí el labio y negué con la cabeza, evitándole la mirada.

—No, nada.

—Evie, ¿qué te hizo?

—No lo sé. —Eso era cierto. No sabía qué me había hecho ni qué habría pasado si Raquel no le hubiese impedido seguir.

—Ves algo dentro, ¿no? —Volví a negar con la cabeza, luego cerré los ojos y asentí—. ¿De qué se trata?

—No lo sé. Es como... es como si su calor se hubiera quedado en mi interior, justo debajo de la marca, dando vueltas y más vueltas. Nunca había visto nada debajo de mí misma.

—¿Ni siquiera cuando te había hecho lo mismo con anterioridad?

—No lo sé, era diferente. —Recordé que siempre me hacía sentir más calor, pero desaparecía en cuanto Reth se marchaba—. Nunca me molesté en mirar porque no era permanente. La sensación siempre se disipaba. Antes era como si me prestara temporalmente su calor. Esta vez ha sido como si me lo forzara y me obligara a aceptarlo.

—Tal vez acabe desapareciendo.

—No lo sé —dije intentando no romper a llorar—, pero lo noto en otros lugares, no sólo en el brazo.

—¿Dónde?

—En el corazón —susurré.

Lend guardó silencio un buen rato.

—¿Qué te dijo Raquel?

—No se lo conté. Me han clasificado como paranormal. No quiero que me consideren un bicho raro.

—Lo entiendo. Llevo toda la vida escondiéndome de ellos. Pero ¿dónde piensas encontrar las respuestas que necesitas?

—No saben un pi-pi de las hadas.

Lend se rio.

—¿Qué? —pregunté.

—¿A qué viene lo del pi-pi? ¿No te han enseñado palabrotas de verdad aquí?

Me sonrojé y luego me eché a reír.

—Es una especie de broma entre nosotras. Lish... Alisha, mi mejor amiga... es una sirena y un ordenador habla por ella. No traduce las palabrotas, sólo dice «pi-pi», y se me ha pegado.

—Supongo que, en cierto modo, tiene sentido. —Todavía me sostenía la mano y observaba la quemadura. Me encantaba sentir mi mano en la suya. Era increíble que, después de todo lo sucedido, algo tan nimio me emocionase. Sin duda habría sido mejor si Lend no estuviera mirando la herida que había sido la causa de las descargas y que seguramente me convertiría en un bicho más raro todavía, pero me conformo con poco.

—¿No se lo puedes preguntar a nadie? La verdad es que estoy preocupado.

Me reí.

—Soy yo la que arde por dentro. Lish guardaría el secreto, pero no sabe nada que la AICP no sepa. Le podría preguntar a Reth qué pi-pi me ha hecho, pero no me apetece volver a verlo jamás. Estoy segura de que las otras hadas no me ayudarían. Ayudar no es lo suyo.

Lend me miraba extrañado.

—¿Acabas de decir que ardes por dentro?

—Eso es lo que siento en el brazo y en el pecho... como una especie de fuego líquido dorado que da vueltas.

—Fuego líquido —repitió con incredulidad.

Me encogí de hombros, un poco a la defensiva.

—Pues sí.

Lend suspiró.

—«Ojos como arroyos de nieve derretida, fríos por causas que ella desconoce. Cielo arriba, infierno abajo, llamas líquidas para ocultar su aflicción. Muerte, muerte, muerte sin liberación. Muerte, muerte, muerte sin liberación.»

«Pero qué coño», pensé. Y eso dije:

—Pero qué coño.

Lend me soltó la mano y se frotó la cara con las manos.

—No lo sé. El espíritu femenino nos recitó esa especie de poema profético. No sé qué significa, aunque parece que se refiere a ti. Tus ojos, y siempre dices que tienes frío, y ahora el fuego líquido en tu interior.

—Esto, sí, vale, pero olvidas la parte que dice «muerte, muerte, muerte» ¡No soy una asesina! —Me levanté. Ofendida. Me parecía increíble que Lend pensara eso.

Se rio lacónicamente y negó con la cabeza.

—Estoy convencido de que no eres la asesina. No tienes pinta de haber matado a cientos de paranormales.

—Ah. —Me volví a sentar, sintiéndome un tanto estúpida—. Entonces, ¿qué crees que significa?

—Ni idea. Pensaba que se refería a quien estuviera detrás de todo esto, pero ya no sé qué pensar.

Cavilé al respecto. La situación era, cuando menos, rara y escalofriante.

—Uno de los versos era sobre el cielo y el infierno... ¿conoces la mitología de las hadas? —Negó con la cabeza—. Según cuenta la leyenda, eran demasiado malas para el cielo y demasiado buenas para el infierno, así que se quedaron a medio camino... la Tierra y el Reino de las Hadas. Han estado atrapadas desde entonces, sin cambiar, sin morir, tratando de encontrar el camino al cielo o al infierno. Tal vez a cualquier otro lugar, no lo sé. Supongo que quieren escapar. ¡Quizás el poema sea sobre las hadas!
—Si era sobre las hadas entonces no era sobre mí. Necesitaba que fuera sobre las hadas.

Asintió con aire meditabundo.

—Podría ser.

—Además, Reth fue quien me salvó de los vampiros y se marchó poco después de haberme llevado a su casa... ¡Tuvo tiempo de volver y matar a todos los vampiros!

—Pero ¿por qué? El poema habla de «ella», no de «él».

Fruncí el ceño. Tenía razón.

—De todos modos, hay muchas hadas. Fue Reth quien me metió el fuego en el cuerpo. Creo que es Reth.

—Tal vez. Si te soy sincero, no entiendo nada. No

debería haber venido. Ni he averiguado nada ni he ayudado a nadie.

Le di un golpecito con el hombro.

—Me has ayudado.

Me devolvió el golpe.

—Algo es algo.

Sonreí, contenta, y luego fruncí el ceño. El Centro no era el mejor hogar para Lend. Aunque no quería que se marchase, la situación era absurda.

—Hablaré con Raquel para ver si podemos sacarte de aquí.

Se rio sin ganas.

—No permitirán que me vaya, y si lo hacen sería con el dispositivo de seguimiento, lo cual significa que no podría regresar a casa. —Se volvió hacia mí con el semblante serio—. Deberías marcharte. Podrías irte de aquí.

Negué con la cabeza, apesadumbrada.

—No puedo, no tengo a nadie. No tendría dinero, ni familia ni a dónde ir. —Desde que había descubierto que la agencia que cuidaba de mí me había clasificado como uno de los seres de los que proteger al mundo, me costaba mucho más olvidar que estaba sola. Las palabras de Reth me atormentaron de nuevo. Qué hada más estúpida. Suspiré con pesadez—. Cielos, ni siquiera me apetece ver otro episodio de *Easton Heights*.

Lend me rodeó con el brazo y me dio una palmadita en el hombro.

—Al menos todo esto tendrá una consecuencia positiva.

Le di un codazo en el estómago mientras me reía.

—Lo que tú digas.

—¿No tendrás por casualidad una tarjeta inalámbrica en ese cacharro? —Lend había apartado el brazo y miraba el portátil en el que habíamos visto la serie.

—No, lo siento.

—¡Evie! —exclamó Raquel desde la puerta—. ¿Por qué no llevas el comunicador?

—Me lo dejé. ¿Qué pasa?

—Tienes trabajo.

—¿Trabajo de verdad? ¿Hoy? —Sabía que lo que acababa de vivir justificaba de sobra un día de baja por enfermedad.

—Sí, hoy, ahora mismo. Date prisa.

Suspiré y me levanté. Le dejé el portátil a Lend para que se entretuviera.

—Hasta luego, Lend. Gracias de nuevo por electrocutarte para salvarme.

—Ha sido un placer.

Seguí a Raquel al exterior.

—No es que esté nerviosa ni nada, y eso que el último trabajo estuvo a punto de costarme la vida y hoy Reth me ha agujereado el brazo, pero ¿de qué se trata?

—Irlanda. Una bruja, tal vez.

—¿Una bruja? Oh, puaj. ¿No puede ir otra persona? —Sólo me había topado con una bruja, pero había sido una experiencia de lo más desagradable.

—No, y no está confirmado. Necesitaremos que nos des el visto bueno para su caza y captura. ¿Recuerdas lo que le pasó a Alex?

Me tuve que reír. Alex era un tipo introvertido e inútil que había trabajado durante una temporada con nosotras. Medía un metro noventa y pesaba unos setenta y cinco kilos. Sabía de todo sobre los paranormales, pero no valía nada como agente de campo. Una vez regresó arrastrando triunfalmente a una «bruja» que en realidad no era más que una anciana fea. Vaya desastre. Nunca más le asignaron misiones, solamente labores de papeleo.

—Odio a las brujas. —Me daban escalofríos, mucho más que los vampiros.

—Jacques te acompañará. No quiero que salgas sola de momento.

—Vale. —Jacques, aparte de contar con los atributos propios de un hombre lobo, era descomunal. La clase de tipo que conviene tener cerca cuando hay problemas. Pasé por mi habitación para recoger el bolso con los dispositivos de seguimiento, el comunicador, la pistola y la daga.

Nos reunimos con Jacques junto a Transporte. Nos esperaba un hada. Fehl. Por supuesto, tenía que ser una de las pocas hadas que me hacía caso. Estaba harta de las hadas, pero el trabajo era el trabajo y era lo que había. Fehl no dijo nada, con la misma expresión de aburrimiento y molestia de siempre. No me había fijado con anterioridad, pero tenía los ojos de color rubí, como el pelo. Al igual que su voz, resultaba escalofriante y hermoso a la vez.

—Ten cuidado, ¿vale? —me advirtió Raquel.

—Sí, sí. —Estaba agotada y tenía ganas de acabar lo antes posible.

Jacques y yo nos colocamos a ambos lados de Fehl. Nos tendió las manos y se las tomamos mientras una puerta aparecía frente a nosotros. Sin darme cuenta, le había dado la mano de la quemadura. Fehl la vio y esbozó una sonrisa fugaz.

—Reth no terminó —murmuró.

Estaba segura de que Raquel no lo había oído, así que apreté los dientes, cerré los ojos y recorrí el Camino de las Hadas para llegar a tiempo a mi cita con la bruja.

ALMAS PERDIDAS

Salimos a trompicones del Camino de las Hadas y emergimos en un campo frío y neblinoso, rodeado de hierba seca y alta, bajo un sol apagado. Fehl desapareció de inmediato por la puerta que había en un árbol muerto a nuestras espaldas. Hasta nunca. Me abracé a mí misma.

—Debería haberme abrigado.

Jacques se encogió de hombros.

—Tampoco hace tanto frío.

Vi el lago de aguas turbias un poco más allá, circundado por una pequeña arboleda. ¿Por qué aquellas criaturas nunca estaban en una isla tropical? No me habría importado ir a Hawaii.

Fruncí el ceño.

—Deberías esconderte cuando nos acerquemos y dejarme sola, así es más probable que se acerque, si es que está allí.

—¿Estás segura de que no te pasará nada?

—Si no fuera así, tranquilo, ya te enterarás.

Sonrió y atravesamos el campo en silencio. Cuando estábamos a unos metros del lago, Jacques se apartó y se ocultó tras un grupo de árboles raquíticos. Con la mano en la pistola, me acerqué al lago, cogí una piedra del suelo y la arrojé al agua. No pasó nada. Repetí la acción. Nada.

Lo cierto es que no confiaba en que pasara algo. Las brujas viven en lagos y arroyos y parecen ancianas arrugadas. Su glamour no es muy atractivo que digamos, pero lo que está debajo es horrible. Son de un verde pálido, con ojos grandes, redondos y recelosos completamente blancos. Por pelo tienen mechones que parecen hierbajos podridos y, por si fuera poco, tienen tres hileras de dientes afilados y ennegrecidos. ¿He dicho ya que comen niños? Sí, niños. Piden ayuda y después los sumergen en el agua hasta que dejan de resistirse. Luego se los comen tal cual.

El protocolo para las brujas es bien sencillo. Es mejor no ir a por ellas cuando están en el agua porque son demasiado fuertes, pero si se consigue que salgan es bastante fácil paralizarlas, colocarles el dispositivo de seguimiento y solicitar transporte. A diferencia de los vampiros, no es posible neutralizarlas. Se las retiene en una unidad especial en Siberia. La AICP la llama «Detención Humana», lo cual es un tanto extraño ya que las brujas son cualquier cosa menos humanas.

Al cabo de unos diez minutos, me cansé de deambular y arrojar piedras al lago. Tal vez yo ya fuera demasiado mayor para atraer a las brujas. Miré alrededor en busca de algo que me indicara que no estaba perdiendo el tiempo. La mayor parte de la vegetación estaba inerte ya que la primavera todavía no había llegado a esa zona de Irlanda. Entonces vi algo a mi derecha. A unos cuatro metros de distancia había un pequeño montículo, moteado de verde y gris, que parecía fuera de lugar. Desenfundé la pistola y me acerqué con suma cautela. Mientras lo hacía me llegó un intenso olor a moho... el inconfundible olor de una bruja. Contuve la respiración y fui de puntillas hasta el otro costado de la bruja. No me lo podía creer.

Estaba muerta.

Ni siquiera sabía cómo matar a una bruja. Siempre estaban presentes, algo así como las sirenas. Pero estaba muerta, no me cabía la menor duda. Debajo del glamour los ojos blancos estaban desorbitados y una expresión de confusión se había quedado grabada en su horrible rostro. ¿Cómo habría ocurrido aquello?

Traté de encontrar pistas a mi alrededor, pero no vi nada. Entorné la mirada y volví a observar a la bruja. Había algo debajo del glamour, justo donde los harapos le cubrían el pecho. Le aparté la ropa con un palo. Vi una marca leve, una marca de color dorado pálido, que se volvía cada vez más tenue mientras la contemplaba, hasta que desapareció por completo.

Entonces me percaté de otra cosa: la bruja parecía despedir vapor en aquel aire frío, lo cual significaba que el cuerpo todavía estaba caliente y que había perdido la vida hacía poco tiempo.

—Oh, pi-pi —susurré. Me erguí y giré sobre los talones con la pistola en alto. Aquella zona resultaba siniestra, como si los arbustos secos o los árboles presagiaran mi muerte de manera inminente.

—¿Jacques? —dije en voz baja mientras me alejaba del lago. Apreté el botón de alarma del comunicador y confié en que Fehl no estuviera muy lejos del lugar de transporte—. ¿Jacques? —dije sin gritar, aunque llevaba tanto rato allí que seguramente ya me habían visto. Lejos, a mi izquierda, oí el crujido de una ramita. Solté el bolso con las tobilleras y saqué la daga.

—¿Jacques? ¿Eres tú, Jacques? —La voz me temblaba tanto como las manos—. ¿Jacques?

Un grito rompió el silencio, como si a alguien le hubieran arrebatado el alma del cuerpo. El alma de Jacques. El cuerpo de Jacques. Aunque me odié por ello, me di la vuelta y corrí como alma que lleva el diablo hacia el árbol. Si aquella cosa había acabado con la bruja y Jacques, yo no tenía nada que hacer. Respiraba a duras penas mientras corría más rápido de lo que me creía capaz. Al fin y al cabo, trataba de alejarme de una muerte casi segura.

Me aproximé al árbol, pero no vi nada. Fehl no había respondido a la llamada. Eché a llorar mientras corría. Moriría si Fehl no aparecía pronto. Llegué al árbol y seguía sin haber nada. Me di la vuelta temblando como un flan, segura de que mis días habían llegado a su fin. El campo estaba vacío. Sollocé como una desconsolada. No sabía si debía esperar a Fehl o arriesgarme a invocar su nombre. En el momento en que me disponía a hacerlo, el árbol se iluminó detrás de mí y me aferré a la mano tendida de Fehl.

—¡Vámonos, ya!

Al final de la arboleda vi un destello luminoso con forma de persona, y luego la puerta se cerró.

EGOÍSTA DE REMATE

Cuando me desperté en el sofá, Raquel estaba sentada en una silla cerca de mi cocina, hablando tranquilamente por el comunicador. Había pasado la noche allí porque yo no quería estar sola.

Tenía el ceño fruncido mientras se frotaba la frente con la mano libre. Me incorporé. Me miró, me dedicó una sonrisa cansada y luego prosiguió la conversación durante varios minutos. Cuando terminó, me senté sobre las manos para que no me temblaran.

—¿La han encontrado?

Negó con la cabeza y dejó escapar un suspiro que estaba mucho más cargado de estrés y tensión que los que exhalaba cuando yo la cagaba de verdad, como cuando tenía catorce años y le robé el comunicador con la idea de reprogramar el mío para que reprodujese música. Me cargué el sistema y todo el mundo se quedó encerrado en su habitación durante varias horas. Aquello no sentó nada bien y durante un mes me asignaron tareas de limpieza en Contención.

Ojalá ahora todo fuera tan fácil.

Aunque no quería saberlo ni preguntarlo, lo hice:

—¿Y Jacques?

Raquel negó con la cabeza.

—Estaba muerto.

Miré hacia el suelo con los ojos anegados de lágrimas. No había hecho nada por ayudarle, ni siquiera lo había intentado. Raquel se sentó a mi lado y me rodeó los hombros con el brazo.

—No podrías haber hecho nada. Si le hubieras ayudado, también estarías muerta. Sé que a Jacques le alegraría saber que murió tratando de ayudarte a escapar.

En realidad estaba segura de que a Jacques le alegraría estar vivo en esos momentos. De todos modos, estaba armado y contaba con la fuerza sobrenatural de los hombres lobo. Si le habían quitado la vida con tanta facilidad yo no habría podido hacer nada de nada.

Convencerme de aquello no evitaba que recordase su grito.

—Tengo que reunirme con todos los directores de departamento. Se nos ocurrirá algo para poner fin a esta situación.

Recordé mi teoría y me erguí.

—¡Es Reth!

—¿Qué es Reth?

—¡Reth es el asesino! Creo que es el culpable de todo.

—¿En qué te basas?

—¡En la marca! En el pecho de la bruja había una marca que resplandecía como el oro. Igual que... —Me callé. No le había contado a Raquel lo de mi brillo interno y no pensaba hacerlo—. Me dejó la misma marca, creo que es él.

Raquel negó con la cabeza.

—Sé que estás enfadada con Reth, y no sin razón, pero no es él.

—¿Cómo lo sabes? ¡No sabes nada acerca de las hadas!

Raquel me miró sin perder la compostura.

—Llevo mucho más tiempo que tú trabajando con las hadas, y sé que Reth no ha hecho nada. Mientras estabas en la misión le sometimos a una vista disciplinaria.

—¿Una qué?

—Se analizó lo que te hizo. Había siete personas en el consejo que podrían dar fe de que Reth estuvo allí todo el tiempo.

¿Una vista disciplinaria? Pero ¿es que no se daban cuenta? A las hadas no les importamos lo más mínimo, ni tampoco nuestras normas. Como le había explicado a Lend, estaban en el Centro por la orden que se les había dado desde un buen principio... servir a la AICP.

—¿Lo castigarán?

—Sus actos fueron improcedentes y se le reprendió con severidad. —Dicho así, Raquel sabía que me parecía una bobada.

—Ah, se le reprendió. ¡Así aprenderá la lección! Ahora sí que me siento segura.

—Reth ya no debería preocuparte. Le ordené expresamente que no te tocara. No lo volverá a hacer jamás. Así que, por favor, no te amargues con eso.

Me observé la muñeca. La manga de la camisa me la tapaba casi por completo, pero veía el brillo dorado bajo la piel descubierta. Sí, no tenía motivo alguno para preocuparme.

—Sigo pensando que está implicado en todo esto... o tal vez otra hada, alguna que la AICP no tenga controlada.

—Bueno, mencionaré tu teoría durante la reunión, pero no tenemos por qué desconfiar de las hadas. Las dos sabemos que las hadas no hacen nada sin una motivación de por medio.

—Sí, y las dos deberíamos saber que no comprendemos sus motivaciones.

Raquel exhaló un suspiro del tipo «estoy harta de hablar de esto contigo» y se levantó.

—Lish quería que fueses a verla en cuanto te encontrases mejor. Estaría más tranquila si pasaras el día con ella. No quiero que estés sola y, por favor, no te dejes el comunicador.

Raquel me dio una palmadita en la cabeza como si fuera una niña de cinco años, y se fue. Estaba muerta de frío, así que me di una ducha con agua demasiado caliente. No pude evitar mirar hacia abajo. El fuego líquido dorado seguía en el mismo lugar del pecho, sin perder brillo.

Al salir de la ducha me observé con detenimiento en el espejo, pero sólo veía aquellas llamas líquidas si las miraba directamente. Tenía la impresión de que mi cara sería diferente, pero seguía siendo la misma Evie de siempre: mona pero no espectacular, de nariz pequeña y boca pequeña. Y ojos gris claro, muy claro.

En ese momento se me ocurrió algo terrible. Si advertía mis aspectos paranormales sólo si los miraba de manera directa, entonces no sabía si mi cara ocultaba algo. No podía mirarme los ojos sin un espejo y tal vez habría estado brillando por dentro toda la vida sin haberme dado cuenta. Quizás por ese motivo Lend no lograba imitarme los ojos. De repente, sentí como si mi cara fuera una máscara que escondía lo que estaba debajo.

La idea me aterraba y no tenía posibilidad alguna de confirmarla ni descartarla. Eso era lo mejor de ser única y especial: no había respuestas.

Disgustada, me sequé y me puse el jersey más grande y suave que tenía. Era de color azul claro y las mangas eran más largas que mis brazos, lo cual era idóneo ya que así no me veía la muñeca. Me trencé el pelo y recogí el comunicador. Al llegar a Procesamiento Central, Lish, desesperada por hablar conmigo, se pegó al cristal.

—Evie, ¿estás bien? Me tenías preocupada.

Esbocé una débil sonrisa.

—Sí, las últimas dos semanas han sido un rollo.

—Siéntate, por favor. Últimamente no has venido mucho a verme. Te he echado de menos.

Acerqué una de las sillas con ruedas, me senté y me llevé las piernas al pecho.

Le conté a Lish todo lo que me había pasado con Reth y luego con la bruja. En esos instantes, me di cuenta de lo mucho que había echado de menos a mi mejor amiga. La vigilancia redoblada de Raquel, los trabajos cada vez más peligrosos y Lend me habían mantenido muy ocupada. Lish, un ser anfibio inmortal e inteligente, entornó la mirada con una sonrisa maliciosa.

—¿Y el tal Lend, el que te salvó de Reth, es muy... mono?

Me reí.

—Imita a Landon a la perfección.

—¿Te refieres al Landon de *Easton Heights*? Ah, entonces seguro que estás enamorada de él.

Negué con la cabeza.

—No, su cara real me gusta mucho más, y es divertido y simpático. No se lo digas a Raquel, pero me gusta...

Lish asintió, sin dejar de sonreír.

—¿Es una especie de manojo de hormonas andante como Landon?

La absurdidad de la pregunta me hizo reír.

—Esto... creo que no, y me alegro.

—Ah, sí. Demasiado... —Lish se calló y me guiñó uno de sus párpados transparentes de forma exagerada—... paquete, ¿no?

—Ya me conoces... me gustan los pesos ligeros.

Lish se rio y le salieron burbujas de la boca.

—¿Ves qué bien se me dan las metáforas?

—¡De primera! —Solíamos practicar las metáforas y los clichés; para Lish era importante identificarse conmigo a pesar de nuestras diferencias.

—Pero la pregunta clave es, claro está, ¿le gustas?

—Esto... creo que no. Se ha electrocutado un par de veces gracias a mí, no lo olvides, y está atrapado en el Centro por mi culpa. No debería estar aquí. Es una tontería que lo retengan.

—¿Tienen alternativa?

—No lo sé... podrían escucharle o ayudarle. Sea de donde sea, seguro que también saben qué está pasando. Si a la AICP no le preocupara tanto dar caza y captura y hacer seguimientos y todas esas idioteces, si le trataran de igual a igual o como a un aliado, es probable que Lend colaborara con ellos para resolver la situación antes de que mueran más paranormales.

Lish parecía orgullosa de mí. Tal vez no fuera tan partidaria de la AICP como yo siempre había creído.

—¿Has hablado de todo esto con Raquel?

—Pues no.

Había estado demasiado nerviosa. Siempre había tenido clara mi relación con la AICP, pero desde que sabía que pertenecía al Nivel Siete me preocupaba que mis actos despertaran sospechas. Los paranormales no estaban al mismo nivel... siempre eran «los otros». Insistir en que liberasen a Lend resultaría muy sospechoso en esos momentos.

Entonces me percaté de que estaba allí preocupada por si Lend me consideraba algo más que una amiga (si es que acaso le gustaba como amiga), preocupada por mi situación respecto a los humanos en la AICP, preocupada por mí misma. Sólo pensaba en mí. Como cuando huí corriendo y dejé a Jacques en la estacada. Los paranormales estaban muriendo. Era fácil olvidarse de las brujas y los vampiros asesinados, pero Jacques no se merecía aquello. Tenía que acabar.

—Hablaré con Raquel. Lo que están haciendo no sirve de nada.

Lish me sonrió con los ojos.

—Buena chica.

Le devolví la sonrisa y me pregunté si Lish llevaría mucho tiempo tratando de hacerme ver eso. Nunca había tenido problemas con ella, y algunos de los paranormales incluso me caían bien, sobre todo los hombres lobo. Al fin y al cabo, no tenían la culpa de ser como eran.

Por supuesto, los paranormales no tenían la culpa de nada. Las brujas no se despertaban un día y pensaban: «Oye, ¿no sería divertido zamparse niños?» Eran como buitres. Sí, resultaban desagradables, pero ése era su sino.

Sin embargo, ¿acaso eso lo justificaba todo? ¿Significaba que se les debía seguir permitiendo que viviesen en lagos y pantanos, a la espera de un sabroso tentempié? Me estaba empezando a doler la cabeza de tanto pensar. Necesitaba descansar.

—Oye... ¿te importa si me marcho a ver a Lend?

—Pi-pi, no. Vete a ver al raro de tu novio.

Me reí, apreté la cara contra el cristal a modo de despedida y me encaminé hacia la celda de Lend.

Todavía iba como el tío bueno de pelo y ojos negros. Estaba dibujando en el cuaderno que le había dado. Una expresión de alivio le recorrió el rostro al verme.

—Has vuelto.

Asentí, tratando de sonreír. Entonces, para mi gran bochorno, rompí a llorar. Lend se levantó de un salto y me abrazó.

—¿Qué ha pasado?

—Esa cosa estaba allí. Mató a la bruja y luego a Jacques. Yo salí corriendo.

Lend no me soltó.

—¿La llegaste a ver?

—Más o menos. —Se la describí como mejor supe—. ¡Ah, y dejó una marca en el pecho de la bruja! Una marca dorada, clara y brillante, que se desvaneció mientras la miraba.

—¿En el cuerpo de la bruja?

—Creo que estaba debajo del glamour y que nadie más habría podido verla. Se parece a lo que tengo debajo de la piel ahora. Pero Reth tiene una coartada.

Lend frunció el ceño con aire meditabundo.

—¿Estás bien?

—No lo sé. Nunca me había asustado tanto. Estaba convencida de que moriría. Y Jacques... le oí morir. —Me eché a llorar de nuevo. Lend me acompañó hasta la cama, se sentó a mi lado y me rodeó los hombros con el brazo—. Lo siento —dije, secándome los ojos.

—No te disculpes. Me alegro de que escapases. Eres la primera persona que ve algo. Resulta muy útil.

—Lo sería si no estuvieras encerrado aquí. Pienso hablar con Raquel para convencerla de que necesitamos colaborar contigo y dejar de retenerte como a un criminal. Tenemos que pararle los pies a esa cosa.

Lend asintió y me dio la impresión de que también se enorgullecía de mí. Se inclinó hacia mí y me besó en la cabeza. ¿Cómo era posible que me sintiera tan bien y tan mal a la vez?

NO ME LLAMES

Resuelta a cumplir mi palabra, saqué el comunicador y le envié un mensaje a Raquel en el que le preguntaba cuándo podríamos hablar. Recibí una respuesta a los pocos minutos.

—Oh. Estará fuera tres o cuatro días —me volví hacia Lend—, pero hablaré con ella en cuanto vuelva. La AICP se equivoca. Les preocupa tanto controlarlo todo que no se dan cuenta de que algunos paranormales podrían ayudarles. Como tú. Pero la convenceré para que te deje en libertad sin dispositivo de seguimiento.

—Eso espero.

—Yo también. —Suspiré. Todo se había complicado demasiado—. Cuéntame algo sobre ti, algo divertido y superficial. —Me eché hacia atrás y apoyé la espalda en la pared. Lend hizo otro tanto y se colocó a mi lado.

—¿Qué quieres saber?

—¿Cómo es tu vida fuera? Bueno, no tienes que contarme ningún secreto —me apresuré a añadir—, pero, por ejemplo, ¿estudias?

—Estoy en el último curso del instituto. Acabo de

recibir las cartas de aceptación de la universidad. —Sonrió—. Por supuesto, no sé muy bien cómo recuperaré todo el trabajo perdido estos días.

—¿Vas a ir a la universidad? ¡Qué pasada! Un momento, entonces vas a un instituto normal. Jo. ¿Cómo es? ¿Fuiste al baile de fin de curso? ¿Vas a muchas fiestas? ¿Tenéis taquillas?

Se rio.

—¿Taquillas?

—Molan un montón.

—Oh, sí, claro. El instituto es un poco aburrido, la verdad. Es como vivir en el Centro. Todos creen saber todo sobre los demás, pero, como suele decirse, no es oro todo lo que reluce. Aunque eso ya lo sabías, ¿no? —Me dio un leve codazo—. En cuanto al baile de fin de curso, no, no salgo con nadie.

—¿Por qué? Pero si estás buenísimo. —Me sonrojé—. Es decir, tengas la apariencia que tengas estoy segura de que le gustarás a las chicas.

—Sí, siempre les gusta esta cara.

—¿De quién es en verdad?

Sonrió enigmáticamente.

—Mía, más o menos. Pero me siento raro con otras personas, como si fingiese o representase un papel y sólo les gustase ese papel. En realidad no me conocen.

—Lo entiendo. —No añadí que me entusiasmaba saber que no tenía pareja. La mejor noticia de la semana. Si Lend fuera como los personajes de las series, habría salido con todas las chicas, delante y detrás de la cámara. Por una vez, me alegré de que la vida real no fuera como los culebrones de la televisión. Entonces le pregunté algo que me interesaba de veras—: ¿Tienes familia? —Se me entrecortó la voz. Más que el instituto, los bailes, salir o incluso las taquillas, lo que más me llenaba de pesar y tristeza era la familia. Aparte de Lish y Raquel, yo no tenía, ni había tenido.

—Eso entra dentro de los temas de los que no puedo hablarte. —Puse cara larga y añadió—: De momento. ¿Qué hay de ti? ¿Cómo acabaste aquí?

—Me encontraron, más o menos. —Le conté la historia del vampiro y el cementerio.

—¿Nunca has tenido familia?

—No, sólo hogares de acogida. Algunas familias eran buenas, pero no era el modo más estable o feliz de pasar la infancia.

—Lo siento.

—Sí, yo también. —No me gustaba pensar en ello; me dolía saber que mis padres, fueran quienes fuesen, no me querían. Podría entender que me hubieran dado en adopción, pero me habían abandonado. No los recordaba, ni tampoco nada de lo ocurrido antes de las casas de acogida y las distintas familias que me adoptaron—. De todos modos, no pasa nada. Raquel es muy buena persona... me da tanto la lata que podría fingir que es mi madre. Me acompañó a la primera misión de caza y captura para que me sintiera cómoda, y se esfuerza para que mi vida en el Centro sea lo más normal posible. Lish es mi mejor amiga, aunque no se le da muy bien jugar al escondite.

Lend no conocía a Lish, así que hablamos de ella y de infinidad de cosas durante varias horas. Le pedí que me describiera con todo lujo de detalles un día de su vida, a qué universidad quería ir y qué estudiaría. Creía que haría Bellas Artes, pero se rio y dijo que preferiría algo más práctico. Luego me preguntó cómo era la vida en el Centro. Nos contamos todo tipo de historias, y aquella distracción me sentó de fábula.

Al final, estaba tan cansada que era incapaz de hablar con coherencia.

—Debería acostarme, pero volveré mañana, ¿vale?
Sonrió.

—Perfecto. Oh, espera. —Abrió el cuaderno y sacó una página. Me había escrito el poema—. Por si se te ocurre algo.

—Gracias. No se lo enseñaré a nadie.

—Lo sé. —Sacó otra página y me la dio, sonriendo. Era un dibujo de mí del día que iba con el vestido con el estampado de cebra y las botas color rosa chicle.

Santo cielo, cómo me gustaba Lend. Cuando regresé a mi unidad observé el dibujo largo y tendido. Me había retratado a la perfección, lo cual me hizo albergar la esperanza de que pensaba mucho en mí. Al fin y al cabo, yo me pasaba el día pensando en él. Despejé la cama y me tumbé con el dibujo al lado.

Leí el poema varias veces, pero no se me ocurrió ninguna idea genial. Era demasiado extraño y vago. Se me ocurrían algunas explicaciones que encajaban a medias, pero no eran del todo satisfactorias. Además, me costaba concentrarme porque me seguía aterrando la idea de que tal vez tuviera que ver conmigo. Metí el poema debajo del dibujo, apagué la luz y me dormí.

Abrí los ojos en la habitación a oscuras. Había una luz tenue cerca de mí y alguien tarareaba una melodía hechizante que me resultaba dolorosa. Asustada, alargué la mano y estuve a punto de tirar la lámpara al suelo al encenderla. Reth estaba sentado al final de la cama.

—Hola —dijo con una voz y sonrisa agradables.

—¡No puedes tocarme! —Me incorporé y me tapé con las sábanas.

—Pues ya que lo dices, tienes que invalidar esa orden.

—¿Qué?

Me miró con expresión paciente, como si le explicara algo a una niñita cabezota.

—Tienes que anular esa orden.

—¿Y por qué iba a hacer tal cosa? —Lo fulminé con la mirada. Estaba chalado.

—Porque no había acabado.

—Oh, no, creo que sí habías acabado. —Sostuve la muñeca en alto. Todavía tenía la marca escarlata, que resplandecía bajo la luz de la lámpara, o eso me parecía. Entonces, dado que tenía el brazo levantado, le hice un corte de mangas.

—Te va a hacer falta algo más.

—Oh, eso tiene remedio. —Levanté el otro brazo y le hice otro corte de mangas.

Sus ojos dorados brillaban bajo la tenue luz.

—No ha funcionado, todavía estás fría.

—Estoy bien, muchas gracias.

—«Ojos como arroyos de nieve derretida, fríos por causas que ella desconoce.»

Miré hacia donde había dejado el poema; seguía allí, debajo del dibujo.

—Sí, lo conozco. Acaba con muertes y más muertes.

Negó con la cabeza.

—No habla de ti, sino de ella. El tuyo tiene otro final. Lo comprenderás todo si me dejas llenarte.

—¿A qué te refieres? —exclamé. Reth comenzaba a frustrarme. Si pensaba ser desagradable, al menos podía ser claro. Aquel rollo misterioso y odioso no funcionaría conmigo.

—Tenemos que acabar. No puedo explicártelo ahora... secretos de sumario y cosas así. Déjame acabar y lo entenderás todo.

—Dime qué me hiciste o lárgate. —Reth tenía las respuestas, pero sabía que no tenía intención de compartirlas conmigo. Estaba demasiado cansada para soportar las tonterías propias de las hadas.

—Muchos preferirían que ella fuera la elegida. Si no termino, tal vez no sobrevivas. Me gustaría que sobrevivieses. —Me sonrió cariñosamente.

—¿Quién es «ella»? ¿Una de tus hadas amigas?

—¡Válgame Dios, no!

¿Se podía ser más inútil?

—¿Eres tú el que está matando a los paranormales?

Ladeó la cabeza.

—¿Por qué haría una cosa así?

—Tú sabrás.

—No tengo motivo alguno para matar a esas criaturas.

Respiré hondo y lo intenté de nuevo:

—¿Qué me hiciste? —Exhausta, esperé su respuesta.

—Voy a llenarte, a crearte. Intenté ser cuidadoso, pero no colaboraste, luego te negaste a aceptarlo y se me agotaron las opciones. No te dolerá si te comportas y dejas de decir que no lo necesitas. ¿Acabamos?

—¡¿Llenarme de qué?!

—Por favor, Evelyn, anula la orden.

—¡No, jamás! Nunca volverás a tocarme.

Entornó aquellos ojos grandes y atemporales y me sonrió de nuevo, con un atisbo de crueldad.

—Disfrutaré cuando me supliques que vuelva a tocarte.

—Sal de la habitación.

Arqueó las cejas.

—Hasta que vengas a mí, amor mío.

La luz se apagó y maldije porque no quería estar a solas con él en la oscuridad. Para cuando volví a encender la luz, Reth ya había desaparecido.

CORAZONES FULGENTES

—¿A qué crees que se refería? —me preguntó Lend con el ceño fruncido. Me había sorprendido con la apariencia de un joven rubio regordete y con acné. Me hizo reír ya que normalmente solía ir de tío bueno. De todos modos, me daba igual la apariencia exterior porque le veía debajo.

—No lo sé. Siempre cuesta saber a qué se refiere Reth cuando habla. —Acababa de contarle lo que Reth me había dicho sobre el poema y la necesidad de llenarme.

—Bueno, aunque lo odie a muerte seguramente tiene más recursos que nosotros. ¿Qué dijo exactamente sobre el poema?

—Dijo que el final no era sobre mí, sino sobre ella, sea quien sea. Pero eso es bueno, ¿no? La verdad que no me apetece nada lo de causar «muerte, muerte, muerte, muerte, muerte» y tal y cual.

Lend se rio.

—No, claro que no. La muerte con sandalias de plataforma relucientes. Buena imagen.

Le di un golpecito en el hombro.

—Oye, estoy asustada. Creías que te iba a matar, ¿lo recuerdas?

—Oh, sí, vaya día más duro.

—Y que lo digas. No sé si las cosas siempre han sido así de raras y no me he dado cuenta o si están empeorando.

—Están empeorando.

—Bueno, aparte de las profecías poéticas y de las hadas obsesivas, quiero preguntarte algo importante.

—¿El qué?

—¿Tienes carné de conducir?

Se rio.

—¿Y eso es importante?

—¡Sí! ¡Mataría por tenerlo! Oye, a lo mejor el poema se refiere a eso. Enloqueceré y atacaré a la gente porque no me dejan conducir...

—Tal vez, nunca se sabe. Pero, sí, tengo carné de conducir.

Me apoyé en la pared, suspirando.

—Jo, eso sí que mola.

—El carné está a la misma altura que las taquillas. De hecho, a veces guardo el carné en la taquilla y tengo miedo de que explote de lo mucho que mola.

Le di otro golpecito en el hombro.

—Cállate. Ya me contarás qué es lo que mola cuando hayas vivido aquí una buena temporada. —Me miró con expresión curiosa; todo ese rato me había estado observando con detenimiento.

—La cara te da igual, ¿no?

—¿Qué cara? —pregunté, confundida.

Sonrió y me mostró los aparatos correctores.

—Ésta.

Me reí.

—Qué más da. Vas de muchas cosas distintas.

—Sí, pero ésta no es muy mona.

—Pues no, pero no eres tú. —Volvió a mirarme con

expresión curiosa. Sonreí—. Lo único que me fastidia es que tu voz siempre cambie. Ojalá supiera cómo es de verdad. Oh, y también me parece un poco raro cuando vas de chica, pero hace tiempo que no imitas a ninguna.

Negó con la cabeza.

—Tú sí que eres rara.

—Eso lo dice un chico invisible que cambia de forma...

Se rio y se apoyó también en la pared.

—No hemos dado con la solución.

—Lo sé, lo siento. —Me había devanado los sesos, pero no encontraba el modo de que los comentarios misteriosos de Reth y aquel estúpido poema encajaran con lo que había visto. Lo que más me preocupaba era cómo acabaría mi poema, si es que existía. Mira que odio a las hadas.

—¿Evie? —preguntó en tono titubeante—. ¿Podrías enviar un mensaje de correo electrónico en mi nombre? Si lograra que la información llegase al exterior tal vez mi... mi grupo podría ayudar.

Me quedé de piedra. ¿Me estaba usando? Entonces recordé que no debía ser egoísta. ¿Y qué si me estaba usando? Debería hacerlo. La AICP no había resuelto la situación ni tampoco le permitía hacer nada. De todos modos, confiaba en que yo le gustase y no me estuviese manipulando simple y llanamente.

—No lo sé. Tengo ordenador, pero sólo uso Internet para comprar y sé que la AICP controla todo lo que hago porque me cancela el noventa por ciento de las compras. Podría crear una nueva cuenta de correo electrónico o usar la tuya o algo, pero estoy segura de que se darían cuenta enseguida, aunque tal vez el mensaje ya habría salido. —Me mordí el labio, nerviosa.

—¿Qué pasaría si lo interceptaran?

Sonreí como si tal cosa.

—Pues... me encarcelarían de por vida por traidora. Aunque nunca se sabe... les gusta lo que hago y creo que Raquel me defendería. A lo mejor no me pasaría nada. —Nunca había estado en una vista disciplinaria; la mera idea me aterraba.

Lend negó con la cabeza.

—No, lo siento, no vale la pena.

—Si crees que la información de la que disponemos ayudará a tu grupo a poner fin a todo esto, entonces sí que vale la pena. —Vaya, ¿me estaba haciendo la valiente o qué?

—No serviría de nada que los dos acabáramos encerrados. Tengo otra misión aparte de pararle los pies al asesino.

Fruncí el ceño.

Por mucho que Lend me gustara, si me estaba pidiendo que quitásemos de en medio a la AICP tendría que negarme en redondo. No era una organización perfecta, pero hacía muchas cosas buenas. El mundo me parecía un lugar mucho más seguro sin los vampiros y las brujas y el resto de criaturas y bichos chupasangres y carnívoros.

—¿Cuál es la otra misión?

—Quiero sacarte de aquí.

—Querrás decir que quieres que te saque de aquí, ¿no?

Me cogió la mano... sí, la mano. Eso me gustaba, y mucho.

—No, quiero sacarte de aquí. Te mereces una vida mucho mejor que la que tienes en el Centro. Te mereces cosas como las taquillas.

—¿Y el carné de conducir?

—Tampoco hay que pasarse.

Sonreí. Aunque me moría de ganas de salir y vivir una

vida normal (fuera lo que fuese; ya no fingía saberlo), no creía que fuera posible. Si según la AICP era un ser paranormal, entonces tenían jurisdicción sobre mí, lo cual significaba que no podía desaparecer así como así.

Me sonó el comunicador. Lo saqué con la mano libre. No pensaba soltarle la mano a Lend hasta que él lo hiciese. Su piel era una pasada. Cálida y tersa. Por no mencionar el cosquilleo que me producía y que no tenía nada de paranormal.

Miré hacia la pantalla. Era Lish.

—¿Qué pasa?

—Ven a Procesamiento Central. Tenemos problemas. Raquel ha vuelto y los Supervisores le vienen pisando los talones. No deberían verte a solas con Lend.

—Voy enseguida. Gracias, Lish. —Me colgué el comunicador del cinturón. Lish siempre cuidaba de mí—. No sé qué está pasando, pero Raquel y varios peces gordos están de camino y no debería estar aquí.

Me dio un apretón rápido y me soltó la mano, no sin que antes me diese un vuelco el corazón.

—Hasta luego.

Corrí en dirección a Procesamiento Central. Lish estaba aterrorizada.

—¿Qué pasa? —A juzgar por su expresión, se trataba de algo realmente importante. Me había asustado.

—Hoy han atacado el Centro de Colocación y Seguimiento de Birmingham, en Inglaterra.

—¿Atacado? ¿A qué te refieres?

—Todos los paranormales están muertos. —Aquella frase, pronunciada con la voz de robot, me resultó tan inquietante y terrible que no supe cómo reaccionar.

—¿Ha sido la misma cosa?

—Sí. Todos están muertos, pero no hay armas ni nada que indique qué ha acabado con ellos.

—¿Hay testigos?

—No. Es un centro pequeño. Los humanos no han visto nada. —Una buena noticia. Al parecer, aquella cosa no iba a por los humanos. Me sentí aliviada hasta que recordé que tal vez no fuera humana. No resultaba muy reconfortante—. ¿Algo más?

—Ahora mismo no dispongo de más detalles. Seguramente se producirá un cierre total.

—¿Qué es eso?

Tardó unos instantes en responder; la observé mientras sus ojos iban de una pantalla a la otra. Hacía el trabajo de veinte personas.

—El procedimiento de cierre total exige que todos los activos en el campo y en los edificios satélites regresen al Centro. Cuando todos estén a salvo se realizará el cierre... nadie entra ni nadie sale.

—Oh, vaya. —Aquello iba en serio—. ¿Cuánto tiempo pasará hasta entonces?

—El cierre debería producirse en dos horas. —Para ser una agencia gubernamental, la AICP era más que eficiente.

—¿Y cuánto durará?

—Hasta que estén seguros de que ya no existe riesgo alguno.

—Es decir, mucho tiempo.

—Es imposible saberlo. Estoy recibiendo información en estos momentos, tengo que consultarla. —Apartó la vista y se centró en una de las muchas pantallas. Ojalá Lish no estuviera atrapada detrás de aquel cristal. Era mi mejor amiga, pero a veces resultaba muy inaccesible.

Me volví hacia un lado al ver que se formaba el contorno de una puerta en la pared. Raquel salió con un hada. Me pregunté cuándo llegarían los Supervisores. Había visto varios con anterioridad, cuando la AICP se había constituido. No recordaba casi nada, salvo que me habían dado muchos golpecitos en la cabeza, algo que detestaba.

Raquel parecía haber envejecido diez años en los últimos días.

—Inicia el protocolo de cierre —dijo sin tan siquiera saludar a Lish.

—Protocolo de cierre iniciado. —Lish movió las manos con rapidez y precisión.

—Llama a las otras hadas —ordenó Raquel al hada que la había traído. Con expresión molesta, el hada abrió otra puerta y desapareció por la misma. Finalmente, me vio—. Oh, Evie. Estás aquí. Perfecto. Tenemos que hablar.

—Sí, cierto. —Antes de que pudiera iniciar el discurso al que había estado dándole vueltas desde que decidiera defender a Lend, una luz brillante recorrió la pared y se abrió un gran espacio negro. Salieron infinidad de hadas, muchas más de las que había visto en toda la vida, más de las que imaginaba que estaban en poder de la AICP. Había por lo menos cien.

Resultaba abrumador. La belleza de un hada distrae a cualquiera. Tantas a la vez era como un maremoto para la vista... espectacular e inevitable. Me costó entender lo que Raquel les estaba diciendo. Aparte de la sobrecarga sensorial de las hadas, me percaté de algo, algo que no había visto nunca.

La ropa de las hadas es similar a la nuestra, pero siempre parece más vieja y más refinada, aunque también más sencilla. Las hadas masculinas llevaban las camisas desabotonadas, con el pecho descubierto, y lo más grotesco es que no tenían pezones ni ombligo. Las hadas siempre despiden un leve destello, pero en aquel momento había una especie de pequeño resplandor en el lugar donde suponía que tenían el corazón. No era muy extravagante, pero sí que llamaba la atención. Esperaba que no tuviera nada que ver con el brillo de mi propio corazón.

Entonces observé los rostros. Muchas estaban aburridas y molestas, típico de las hadas, pero algunas parpadeaban un poco, como si todo aquello les divirtiera. Eso me preocupó; si algo divertía a las hadas no podía ser bueno. Entonces mi mirada se cruzó con la de Reth. Aunque no iba con ese grupo de hadas risueñas, era quien más sonreía.

Me apetecía salir de aquella habitación. Me estaba mareando de ver tantas hadas. Me esforcé por ignorar la mirada de Reth y esperé a que Raquel terminara de dar instrucciones y las hadas se dirigieran a los grupos que les habían sido asignados.

—Raquel, tenemos que hablar.

Se volvió hacia mí con expresión seria.

—Sí. Necesito que me cuentes todo lo que sepas sobre Lend.

—¿Por qué?

—Porque los Supervisores están al llegar y Lend es de los pocos vínculos que tenemos con lo que está sucediendo.

—¡Vaya tontería! Dicho así parece que tiene algo que ver. No es un vínculo sino un recurso.

—Me temo que tenemos otra visión. ¿Qué te ha contado?

Me crucé de brazos y la fulminé con la mirada.

—¿Qué te hace pensar que me ha contado algo? Y, aunque lo haya hecho, ¿por qué iba a decírtelo?

—Me lo dirás porque es tu trabajo —replicó de forma tajante.

—¿Mi trabajo? Tengo dieciséis años. ¡No quería nada de todo esto! Además, ¿cómo es que puedo ir por ahí sin tobillera de seguimiento y a Lend ni siquiera se le permite salir de la celda? Si no le temieses tanto y lo pusieses en libertad podríamos colaborar con él y su grupo para tratar de resolver este asunto.

—Sabes que no podemos hacerlo. Los estatutos no permiten liberar a un ser paranormal desprovisto de un dispositivo de seguimiento.

—¿Y yo qué demonios soy entonces, eh? No tienes derecho a decirme que Lend es un enemigo porque es un paranormal desconocido mientras que yo estoy en el dichoso Nivel Siete.

Suavizó la expresión.

—Por favor, no te pongas así, ahora no. Me he esforzado lo indecible para que los Supervisores no te vean como a un ser paranormal sino como a una chica capaz de hacer cosas inusuales. Ahora no podemos ayudar a Lend, cielo.

Los ojos se me llenaron de lágrimas.

—No me llames cielo. No soy tu hija. Soy tu empleada.

Una expresión de dolor le recorrió el rostro y luego endureció las facciones.

—Si no nos ayudas tendrás que permanecer encerrada en tu habitación.

Solté una risa áspera.

—Perfecto, ahora me castigas. —Ni me creía lo tonta que había sido al fingir y desear que Raquel fuera mi madre. Jamás dejaba de actuar con profesionalidad, fueran cuales fuesen las circunstancias. No formaba parte de mi familia.

El ruido de la habitación aumentaba a medida que las hadas traían más paranormales. Los hombres lobo que trabajaban de guardas de seguridad pululaban por los alrededores e intentaban que los paranormales formasen una línea ordenada delante del acuario de Lish.

Raquel suspiró.

—Creo que lo mejor sería que te fueses a tu habitación. No sería aconsejable que los Supervisores te viesen en este estado, y están a punto de llegar.

Me disponía a replicarle con petulancia cuando unos gritos nos distrajeron.

—¡No! —chilló un vampiro mientras se zafaba de uno de los guardas—. ¡Aquí no! ¡Esto no! El rastreador es más que suficiente, no pienso ser un conejillo de indias. —Perpleja, vi que se trataba de Steve. Me parecía que había pasado una eternidad desde aquella noche en el cementerio.

—¿Pasa algo? —preguntó Raquel—. Si eres paciente podremos procesar y acomodar a todo el mundo.

Steve la miró con un brillo de desesperación en los ojos.

—Prefiero morir —susurró. Antes de que nadie tuviese tiempo de reaccionar se abalanzó de un salto sobre Raquel.

Chillé mientras le mordía el cuello. Nadie se movió.

—¡Haced algo! —grité tratando de desenfundar la pistola, aunque ya no la necesitaría. Steve se apartó del cuello con una expresión de sosiego y paz justo en el momento en el que se le activó la tobillera. El glamour desapareció y en cuestión de segundos el cuerpo se desplomó sobre el suelo, inerte.

Todos nos quedamos mirando, atónitos, el cadáver del muerto viviente. Raquel se llevó la mano al cuello para detener el flujo de sangre. Estaba pálida y asustada.

—¡Raquel! —Corrí a su encuentro y la sujeté por los brazos. ¿Y si Steve la había matado? ¿Y si mis palabras mezquinas eran las últimas que le diría jamás?—. ¿Estás bien? Creía... Estaba tan asustada que...

Se produjo otro resplandor y los cinco Supervisores

entraron en la habitación. Raquel se irguió, me apartó las manos de manera brusca y adoptó una expresión impertérrita mientras se volvía hacia el grupo de recién llegados. Dejé caer los brazos, destrozada por aquel rechazo. Se acercó a los Supervisores para saludarlos y me dejó allí sola, rodeada de paranormales.

Supongo que estaba entre los míos.

OH, PI-PI

Habían pasado dos días y me estaba volviendo loca. Con el Centro al límite de su capacidad, todos los paranormales estaban más que tensos. No se había podido escoger peor momento para el cierre. Dado que los hombres lobo constituyen la mayor parte de las fuerzas de seguridad de la AICP, siempre funcionábamos bajo mínimos durante la luna llena. La mayoría de los guardas estaría inconsciente el día siguiente por la noche, y eso con todos los miembros de la AICP encerrados en el Centro. Entre ellos figuraban criaturas con las que nadie se querría topar en un callejón oscuro... salvo en mi caso, ya que es mi trabajo, pero ni siquiera a mí me gustaba su compañía.

Frustrada y asustada, me enfundé un vestido gris oscuro y las botas color rosa chicle. Tal como estaban las cosas, no había tenido la oportunidad de ir a ver a Lend, pero ahora me había prometido que sería distinto. Envolví unas cuantas galletas y salí. Normalmente no me topaba con casi nadie por el camino, pero ahora estaba atestado de hombres lobo, personas que cargaban cosas en jaulas, ayudantes trajinando de aquí para allá y vampiros. Tras lo ocurrido con Steve, me esforzaba por evitarlos. Para empezar, no les caía nada bien y, además, todos estaban muy nerviosos. No quería que mi sangre fuese la excusa perfecta para el suicidio de un vampiro.

Quise ir a ver a Lish, pero Procesamiento Central parecía un zoo. Eché un vistazo y me percaté de lo poco que conocía a los paranormales. Era la primera vez que veía a buena parte de aquellas criaturas. Era imposible abrirse paso, así que me di por vencida y me dirigí hacia el ala de reclusión. Aunque era más tranquila, la mayoría de las celdas estaban ocupadas. No pude evitar mirar por las puertas abiertas para ver qué había dentro. Resultaba deprimente. Todos los paranormales estaban tumbados lánguidamente en la cama, descorazonados.

Cuando llegué a la habitación de Lend no había nadie en el pasillo. Entré a hurtadillas a toda velocidad.

—¿Qué pasa? —preguntó, levantándose de un salto.

—Es una locura... cierre total. La cosa se cargó el Centro de Birmingham. Todos nuestros paranormales están encerrados en el Centro. Nadie puede entrar ni salir hasta que se haya resuelto el problema.

—Bueno, al menos servirá para proteger a los paranormales de los que la AICP está al tanto. Algo es algo.

—Supongo.

—Anoche tuve visita —dijo. Me percaté de que iba del negro atractivo. Me fijaba tanto en su verdadero ser que casi no percibía la apariencia externa.

—Oh, ¿los Supervisores?

—Sí. Si estuviera al cargo de una organización internacional secreta de tal magnitud escogería un título mejor que el de Supervisor.

Me reí.

—Y que lo digas. ¿Estás bien?

—Sí. Me preguntaron de todo, pero no les dije nada. Fue productivo.

Asentí con aire sombrío.

—Raquel y yo... nos peleamos... por ti. No la he vuelto a ver ni tampoco me ha permitido hablar con los Supervisores. —Le mostré las galletas—. Supuse que te apetecería un regalito, es lo menos que puedo hacer.

—Gracias. —Las cogió y las dejó en la cama. Nos quedamos allí de pie, un tanto incómodos.

—Será mejor que me vaya. No quiero que nos metamos en problemas justo ahora.

Lend parecía desilusionado.

—De acuerdo.

De forma impulsiva, me incliné hacia él y le besé en la mejilla. Cuando me aparté, Lend sonreía.

—Hasta pronto —le dije devolviéndole la sonrisa, sonrojada. Salí de la habitación prácticamente flotando.

A la mañana siguiente por fin pude ver a Lish. En Procesamiento Central reinaba el estrés y todos chismorreaban y contaban rumores en los pasillos mientras iban de un lado para otro. Sin embargo, Lish estaba en su salsa, consultando las pantallas y dando órdenes a las personas y paranormales que estaban frente a ella.

—Hola, ¿qué tal? —Me apoyé en el cristal haciendo caso omiso de la cola de criaturas.

—Ocupada. Estoy redistribuyendo las tareas porque los hombres lobo estarán fuera de servicio esta noche. Además, tengo que encontrar más alojamiento permanente.

—¿Por qué no usas el gimnasio para que pernocten allí los hombres lobo? Al menos tendrás más sitio libre esta noche. —El gimnasio era un espacio enorme donde los paranormales más enérgicos, es decir, furibundos, podían campar a sus anchas.

Lish me miró y me sonrió con los ojos.

—Una idea excelente, gracias. —Regresó a las pantallas.

Cerca del principio de la cola había un vampiro que no conocía; su glamour era el de un adolescente guapísimo con pelo oscuro y ojos azul claro. Me dedicó su sonrisa más seductora.

—Hola —dijo.

Ya había iniciado su ritual personal para embelesarme. Los vampiros tienen cierto poder de control mental. Pueden influirte y llevarte a su terreno siempre y cuando estés en la misma onda. Si estás asustado, pueden aterrorizarte; si sientes atracción, te ponen cachondo. Por desgracia para aquel vampiro, yo veía el cadáver que estaba debajo del adolescente. Oh, sí, estaba para comérselo.

Rompí a reír.

—Ni en sueños.

Me miró enfadado y ofendido.

—¿A qué te refieres?

—Prefiero a los tipos con corazón. Lish, avísame si necesitas algo. Hasta luego. —Alzó la vista y se despidió. La echaba de menos. Tenía ganas de pasar un rato con ella cuando todo aquello acabara.

Me sonó el comunicador y me sorprendió ver que era Raquel. Pensé en no hacerle caso, pero no tenía nada mejor entre manos así que me dirigí hacia su despacho. Levantó la vista del escritorio y me miró con una sonrisa tensa. Tenía ojeras y varios mechones de pelo se le salían del moño. Era la primera vez que la veía así.

—Evelyn, gracias por venir. —Me encogí de hombros. Pensé en comentarle que no me quedaba otra, pero me lo replanteé al verle la venda del cuello. Gracias a Dios un mordisco no bastaba para acabar con ella—. Sé que las cosas se han puesto muy cuesta arriba últimamente y que lo has pasado mal. Cuando todo esto termine te llevaré de vacaciones.

Eso sí que no me lo esperaba.

—¿Unas vacaciones de verdad? ¿Algo así como dormir en otro lugar y pasear o pasar el rato durante el día?

Sonrió.

—Sí, unas vacaciones de verdad donde quieras.

Ah, se me ocurrían tantos lugares. No pude evitar devolverle la sonrisa. Nuestra relación no pasaba por su mejor momento ni de lejos, pero era un gran gesto por su parte. Nunca la había visto tomarse un día libre.

—Me parece bien. —En realidad me parecía genial: las dos juntas, en algún lugar cálido y paradisíaco. Casi como una familia.

—Perfecto. Ahora tengo un montón de papeleo y varias entrevistas.

—Ah, sí, claro. —No sé qué más esperaba de aquel encuentro, pero me marché un poco desilusionada. No habíamos hablado de nada importante. Quería ayudar en el Centro y, después de mi exabrupto, Raquel seguramente quisiera que me mantuviera lejos, pero que muy lejos, de los Supervisores. Además, estaba segura de que no quería volver a hablar de Lend.

Me sentía sola, así que intenté ir a ver a Lend a hurtadillas, pero el pasillo estaba atestado de hombres lobo asegurándose de que todo estuviera en orden antes de que les sedasen. Supuse que podría volver más tarde; la espera no alivió la sensación de desilusión.

Por suerte, esa noche daban *Easton Heights*, aunque era una reposición. Me enfundé unas mallas negras y una camiseta de tirantes y subí varios grados la temperatura de la unidad... ¿para qué esperar a las vacaciones tropicales? Me acurruqué en el sofá, un poco más calentita. La vibración de la pantalla de vídeo me sobresaltó justo cuando comenzaba la serie. Era Lish.

—¿Qué pasa? —dije tratando de no asustarme. Ojalá no se hubieran producido más incidentes.

—Esta noche dan *Easton Heights*, ¿no? —preguntó la voz monótona.

—Sí, pero pensaba que no tendrías tiempo.

—Los hombres lobo están descansando y el resto del Centro está asegurado. Tengo ganas de ver a quién besa Landon esta semana.

Me reí.

—Yo también. —Enfoqué la pantalla de vídeo hacia el televisor. Era lo más parecido a estar juntas en la misma habitación. Fingí que Lend estaba en el sofá, cogiéndome la mano a mi lado. Había repasado mentalmente todas las veces que nos habíamos cogido de la mano intentando decidir si realmente contaba como cogerse de la mano. Ése era mi deseo, pero siempre lo habíamos hecho para consolarnos y no porque nos gustásemos y cogernos de la mano nos hiciese felices.

—¿Qué pi-pi pasa? —dijo Lish a mitad del episodio.

—¿Cómo? —pregunté mientras giraba la pantalla para enfocarme.

—Acaban de aparecer cinco tobilleras nuevas en el mapa. No tiene sentido.

—¿Como si se tratase de cinco capturas?

Lish asintió con el ceño fruncido. Sin apagar la pantalla de vídeo, llamó a Raquel.

—Raquel, tengo cinco tobilleras nuevas.

—¿Qué? —preguntó Raquel.

—Acaban de activarse cinco tobilleras.

—¿Cómo? ¿Quién lo ha hecho?

—No lo sé. La activación era incompleta, por lo que no hay información al respecto. Todas están en la misma zona, en la periferia de París. ¿Quieres que envíe a alguien para que averigüe qué pasa?

—No, no podemos arriesgarnos. Bueno, sí... envía a un hada. Que eche un vistazo rápido y vuelva de inmediato.

—¿Alguna otra orden?

—No... salvo que se trate de un agente que no regresó a tiempo para el cierre; en ese caso, indícale al hada que lo traiga de vuelta.

—De acuerdo, llamaré al hada que está de servicio. —Lish alzó la vista y se dio cuenta de que yo todavía estaba en la pantalla de vídeo—. Lo siento, Evie, tengo que dejarte.

—Sí, claro. —Apagué la pantalla y seguí mirando la serie mientras pensaba en lo que acababa de oír. Qué raro. ¿Quién andaría ahí fuera en una misión de caza y captura? Todos los agentes habían vuelto al Centro. Tal vez alguno no hubiera llegado a tiempo y tratara de ponerse en contacto con nosotros. No entendía cómo era posible que se hubieran olvidado de alguien durante el cierre. La AICP era demasiado eficiente como para permitirse tal descuido.

Entonces recordé una cosa. Durante la misión de la bruja se me había caído el bolso con las tobilleras.

Con cinco tobilleras, para ser exactos.

PASA ALGO GRAVE

Intenté volver a conectarme con Lish por la pantalla de vídeo, pero el canal estaba ocupado. Marqué el número de Raquel en el comunicador mientras me ponía una de las botas. Maldije. También estaba ocupado. Estuve a punto de caerme al meterme la otra bota a toda velocidad. Luego cogí la pistola y la daga. Corrí pasillo abajo, esperando que mi corazonada no fuese cierta, que se tratase de una extraña coincidencia. Las alarmas no habían saltado todavía, lo cual indicaba que no había pasado nada grave. No podía haber pasado nada grave.

Al llegar a Procesamiento Central resbalé, salí despedida de espaldas y me golpeé el hombro contra la pared. El suelo estaba lleno de agua y las mallas se me habían empapado. No podía respirar. Sí que pasaba algo grave. Me levanté, recorrí el tramo final, estuve a punto de resbalar de nuevo y, por fin, abrí las puertas correderas.

—No —susurré; estaba tan conmocionada que era como si, a mi alrededor, todo se hubiera ralentizado, detenido, desaparecido. Sabía que tenía que avanzar, pero el cuerpo no me respondía. Sólo era capaz de mirar fijamente el agujero irregular que había en el acuario de

Lish. Quedaba un palmo de agua en el fondo y allí, cerca del agujero, estaba Lish.

No podía estar muerta. No. Lish era eterna. Era mi amiga, mi mejor amiga. El mundo no tendría sentido sin ella. Seguramente sólo estaba malherida... tendría que traerle más agua de inmediato.

Corrí a su encuentro.

—¡Lish! Tranquila, estoy aquí, te ayudaré. —Me colé por el agujero y chapoteé hasta colocarme a su lado. Sus ojos, sus hermosos ojos, estaban abiertos, y los párpados transparentes, semicerrados. No se movía. En el pecho tenía la marca de una llama dorada que se estaba desvaneciendo lentamente—. ¡Lish! —Me arrodillé y la cogí entre los brazos. No estaba muerta, no era posible. Le acaricié la mano y me di cuenta de que las membranas interdigitales eran más delicadas de lo que había imaginado. Las escamas iridiscentes relucían.

No se movía, no podía moverse. Lish, mi Lish, estaba muerta. No podía hacer nada al respecto, y era culpa mía. Había dejado las tobilleras que habían servido de cebo; aquella cosa se había colado en el Centro por culpa mía. Me incliné sobre Lish y la besé en la cabeza.

—Lo siento mucho —dije, rompiendo a llorar.

Estaba empapada por completo y no dejaba de temblar. No quería moverme porque, si no me marchaba, si no la soltaba, entonces Lish no se iría del todo. Cambié de postura y lancé un grito ahogado. Algo afilado y duro me había atravesado las mallas y me había cortado en el muslo. El agua se tiñó de rojo, lo cual bastó para sacarme de aquel letargo. Volví a besar a Lish y la dejé con suavidad en el fondo del acuario. Me levanté y, con una mueca de dolor, me arranqué la esquirla de cristal del muslo.

Aquella cosa estaba allí. Salí corriendo del acuario

hasta llegar a la pared donde se encontraba el botón de alarma. Rompí el cristal protector con el codo y apreté el botón. Las luces del techo aumentaron de intensidad, se activaron las luces estroboscópicas y se disparó una alarma estridente.

Raquel... Raquel tenía que saberlo. Saqué el comunicador y marqué el número mientras corría a su despacho.

—¿Qué? —dijo—. Estoy tratando de ponerme en contacto con Lish, no sabemos a qué se debe la alarma.

—Lish está muerta. —Sollocé sin dejar de correr—. Esa cosa está aquí, en el Centro.

Raquel se quedó en silencio durante lo que me pareció una eternidad.

—Que Dios nos ayude —susurró Raquel, tras lo cual se apresuró a añadir—: Reúnete conmigo en Transporte. Se lo comunicaré a todo el personal. Esa cosa no persigue a los humanos... seguramente podremos salir.

Cambié de dirección y comencé a correr hacia Transporte, pero me paré en seco.

—¿Qué hay de los paranormales? ¿Y de Lend?

—No tenemos tiempo. Vete a Transporte.

Vacilé. Todo mi ser quería huir y escapar del Centro. La Muerte rondaba por los pasillos y yo tenía que salir de allí como fuera.

—No —susurré al tiempo que apagaba el comunicador. Regresé corriendo por donde había venido, en dirección a la celda de Lend. Estaba atrapado. Estaría indefenso, igual que Lish.

Oh, Lish.

Nadie merecía morir de esa manera. Al pasar corriendo junto al gimnasio volví a pararme en seco. Había más de cien hombres lobo durmiendo. Charlotte estaba allí... y Jacques también debería estar en el gimnasio. Me entraron arcadas. No podía despertarlos para que huyeran.

No podía llevármelos. ¿Qué podía hacer? Entonces caí en la cuenta.

—¡Denfehlath! —invoqué. Al cabo de unos segundos se abrió una puerta en la pared y ella salió con una expresión de entusiasmo en los ojos color rubí.

—Salva a los paranormales, empezando por los hombres lobo —le ordené.

Dejó de sonreír.

—¿Qué? —musitó.

—Empieza ya. ¡Tendrás que desplazar muchos cuerpos dormidos!

Me fulminó con la mirada, temblando de ira, pero entró en el gimnasio. No podía desobedecerme. En cuanto las puertas se hubieron cerrado tras de ella, coloqué la palma en las mismas y la sostuve allí durante quince segundos. La almohadilla se volvió roja, marqué una combinación y la bloqueé.

Un par de vampiros aparecieron por un pasillo lateral y me vieron.

—¿Qué pasa? —me preguntó Vlad. Iba con el tipo que antes había intentado ligar conmigo.

—¡Tenéis que esconderos! ¡La cosa está aquí! —El final del pasillo se iluminó y una figura dobló la esquina. Tenía forma de persona, pero era de fuego dorado vivo y resplandecía tanto que la imagen se me quedó grabada en la retina. Se nos acercó, hermosa y terrible como un sol de carne y hueso—. ¡Corred! —grité a los vampiros. No habían reaccionado. ¿Cómo era posible que no hubieran visto la luz? Se volvieron hacia la criatura justo cuando llegó a su altura. Los vampiros no estaban asustados—. ¡Corred! —grité de nuevo.

La criatura ladeó la cabeza y se volvió hacia mí mientras alzaba ambas manos y colocaba una en el pecho de cada vampiro. Horrorizada, les vi ponerse rígidos y brillar durante unos instantes. Luego, como si alguien hubiera apagado lo que se había encendido en su interior, se desplomaron sobre el suelo, inertes.

No podía moverme. La cosa se volvió hacia mí. Estaba apenas a unos cinco metros. Los ojos se me empañaron; era demasiado brillante.

Fue a mi encuentro deslizándose. Me nació un grito en la garganta, sin duda el último de mi vida. Se detuvo a escasa distancia, pero los rasgos eran irreconocibles. Era tal el resplandor y el calor que emanaba que todo se desdibujó.

—Me encantan las botas —dijo en broma la voz de una mujer.

Me di la vuelta y corrí como alma que lleva el diablo, esperando que mi vida llegase a su fin en cualquier momento. Volví la vista. Me seguía los pasos. Al menos no había entrado en el gimnasio. Giré en un pasillo y corrí hasta una puerta, la abrí y salí por otra puerta situada en el otro extremo. Estaba cerca de la celda de Lend. Si lograba que Lend saliese y llegase a Transporte, podría marcharme. De acuerdo con el plan de evacuación, las hadas deberían de estar en Transporte.

Estuve a punto de pasarme su habitación; me paré en seco y entré a toda velocidad. Lend estaba de pie, con expresión preocupada.

—¡Está aquí! —dije jadeando—. Está aquí, en el edificio... tenemos que irnos ahora.

—¡No puedo! —Se señaló el tobillo—. ¡Vete sin mí, ya!

Me arrodillé junto a su pierna y cogí la tobillera. Sería mi último acto como miembro de la AICP... lo que estaba a punto de hacer equivalía a ganarse la cadena perpetua. Coloqué el pulgar en el centro de la tobillera y le di las gracias a los dioses por haber sido yo quien se la había puesto a Lend. Eso significaba que podía quitársela, si bien quedaría registrado en el sistema informático y pasaría a ser una traidora.

—¿Qué haces?

—No te muevas. —Me esforcé por mantenerme inmóvil. Al cabo de unos veinte segundos una luz verde parpadeó. Me incliné hacia abajo y soplé con delicadeza sobre la luz, tras lo cual se volvió roja. Se oyó un ruidito mientras los sensores se retraían.

—¡Vamos! —Le cogí la mano y me guardé la tobillera en el bolsillo—. Tenemos que ir a Transporte ahora mismo. —Salimos al pasillo, doblamos la esquina y... allí estaba ella, caminando hacia nosotros—. No, no, no —susurré.

—¿Qué? —preguntó Lend mirándola—. Oh, qué raro.

—¡Corre! —chillé mientras le tiraba de la mano y corría en la dirección opuesta a la mujer de fuego... que también era la opuesta a Transporte. Me devané los sesos para intentar dar con una ruta alternativa.

—¿Quién era?

—¿Quién era? ¿Bromeas? Era la cosa... ¡la chupavidas!

—¿Cómo?

—¿Es que no has visto cómo ardía? —jadeé doblando otra esquina. Lend debía de estar conmocionado.

No estaba pensando con claridad. Llegamos a un pasillo sin salida.

—Evie, esa mujer no ardía.

—¡Brillaba tanto que los ojos me quemaban! —Le propiné un puñetazo a la pared—. Vamos, por aquí. —Volvimos corriendo por el pasillo y nos desviamos por otro. El Centro era idéntico en todas partes. Un plano de planta genial para perderse y quedarse atrapado. Me lo sabía de memoria, pero con las prisas me había confundido. Nos detuvimos al llegar a otro pasillo. Había cuatro cadáveres desplomados sobre el suelo—. Por aquí —susurré incapaz de apartar la mirada de los cadáveres mientras abría una puerta para atajar. Salimos a un pasillo vacío... sin salida. Horrorizada, me di cuenta de que no sabía dónde estábamos—. Tal vez una de esas habitaciones nos lleve a alguna parte. —Desesperada, abrí las puertas en busca de una salida. Eran trasteros. No había nada—. Volvamos —dije conteniendo las lágrimas. Abrí la puerta, atravesamos corriendo la habitación y salimos al pasillo. Ella ya estaba allí.

—Aquí estás —dijo con una voz tan normal y alegre que me resultaba extraño.

Grité, empujé a Lend al interior de la habitación y esperé a que la puerta se cerrase. Corrimos hasta el pequeño pasillo y cerré también esa puerta.

—¡Eso no la detendrá! —Seguramente podría fundir las puertas. No estaban diseñadas para soportar tanto calor y fuego.

—Evie, ¿estás segura de que es ella? —me preguntó Lend sin resuello y confundido.

—¡Sí! Pero ¿qué te pasa?

Se mantuvo en silencio unos instantes.

—Parece una persona del todo normal... —Se calló—. Como tú.

EL PODER DE LOS
NOMBRES

—¿A qué te refieres con lo de que se parece a mí? —pregunté—. ¡Está ardiendo!

—¡Yo no lo veo así! Tal vez lo esté debajo del glamour o lo que sea, pero no lo he visto.

—¡Entonces muéstrame cómo la ves!

La cara de Lend se iluminó y se encogió varios centímetros. No me creía lo que veía. Ella era rubia de pelo corto y tenía una cara bonita y una complexión similar a la mía, quizás un poco mayor que yo. También tenía unos ojos color gris claro que Lend no lograba imitar.

—Los mismos ojos —dijo Lend en voz baja.

—Eso no es... Yo no... ¿Qué es ella? ¿Por qué arde debajo de la piel? Brilla y resplandece como... —Bajé la vista y me subí la manga—. Como esto —me observé las llamas debajo de la piel—, pero un millón de veces más.

—«Llamas líquidas para ocultar su aflicción» —recitó Lend con la apariencia de la chica de fuego.

—Bueno, se ha aprendido bien la parte de «muerte, muerte, muerte». Tenemos que resolver esto sea como sea. —Saqué el comunicador. Si lograse ponerme en contacto con Raquel nos mandaría ayuda. El comunicador parpadeó y luego indicó que Raquel no estaba disponible—. No puedo llamar a Fehl. Le ordené que salvase a los hombres lobo. Todavía no habrá tenido tiempo de llevárselos a todos. —No podía arriesgar sus vidas para salvar la mía. Sólo me quedaba una opción; negué con la cabeza porque no quería ni planteármela.

—¿A que es emocionante? —dijo Reth detrás de nosotros. Me di la vuelta rápidamente. Hablando del rey de Roma... Se apoyó como si tal cosa en la pared, sonriendo—. Me encantan estos encuentros. —Miró a Lend y frunció el ceño—. No es ella.

—¿Cómo lo sabes? —pregunté.

—Ya nos conocemos. Una chica encantadora. Muy generosa.

—¡La dejaste entrar!

—Me ordenaron que fuera a ver qué pasaba. No especificaron que no trajera a nadie conmigo, y ella me lo pidió con tanta amabilidad...

Negué con la cabeza con incredulidad y rabia. Eso era lo que pasaba por creer que era posible controlar a las hadas. Mi mejor amiga lo había pagado muy caro.

—Te mataré por lo que has hecho —dije con lágrimas de ira en los ojos.

Reth suspiró.

—En serio, no hace falta dramatizar. Ya habrá tiempo para eso cuando ella atraviese las puertas.

Volví la mirada, nerviosa. No sabía qué poderes poseía aparte de arrebatarle la vida a los inmortales, pero prefería no averiguarlo.

—Comprobaré las puertas otra vez —le dije a Lend. Él asintió, se iluminó y pasó de ser mi doble a su forma normal.

—Me acuerdo de ti —afirmó Reth—. Si Evelyn muere, la culpa será tuya por habernos interrumpido.

—¡Cállate! —Corrí pasillo arriba y abajo abriendo

las puertas en busca de una salida—. Estoy harta de tus acertijos.

—No son acertijos. No terminé de llenarte y me temo que nuestro nuevo amigo es un tanto impulsivo. No sé qué hará ella, pero es muchísimo más fuerte que tú. Una pena, la verdad. Me caes muy bien, amor mío. Había puesto muchas esperanzas en lo nuestro.

Saqué la daga, me planté frente a él y se la puse en el cuello.

—Cállate de una vez. Sácanos de aquí.

—Ojalá pudiera. Por desgracia, no puedo tocarte y tú no puedes atravesar las puertas de las hadas sin tocarme. Recibí una orden expresa de la AICP y no puedo quebrantarla.

Cerré los ojos y negué con la cabeza. Tenía que existir otro modo. No volvería a usar su nombre, resultaba demasiado peligroso.

—¡Evie! —exclamó Lend en tono angustiado. Miré hacia la puerta y vi que se estaba poniendo de un rojo brillante por el centro. Ella estaba a punto de atravesarla.

—Mierda, mierda, mierda. —Íbamos a morir. Miré a Reth.

Me observaba con una ceja arqueada y con un brillo en los ojos dorados.

—Me temo que no te queda mucho tiempo, cariño.

—¡Vale! ¡Vale! Lend, cógele la mano. —Con desgana, Lend corrió a tomarle una de las manos.

Una expresión triunfal se dibujó en el rostro de Reth. Recordé sus palabras: disfrutaría cuando le suplicase que me tocase. Había estado en lo cierto. Miré hacia la puerta y vi la marca de la mano a punto de atravesar el metal combado. La puerta se estaba doblando tanto que acabaría por abrirse.

—Anula la orden de la AICP —susurró Reth con impaciencia.

Cerré los ojos, reprimiendo el miedo y las náuseas.

—Lorethan, haz caso omiso de la orden de la AICP. Tócame. —Estuve a punto de atragantarme al pronunciar esas palabras—. Sácanos de aquí. Llévanos a la casa de Lend —me apresuré a añadir para no acabar de nuevo en el reino de Reth. Se rio con el típico sonido metálico y resonante. Alargó la mano y me rodeó la muñeca, la que ya había llenado de fuego, y nos arrastró hasta la oscuridad. Oí una voz femenina que gritaba algo y luego nos rodeó el silencio abismal del Camino de las Hadas.

El calor comenzó de inmediato. Me subió por el brazo y gimoteé, tratando de no gritar de dolor mientras avanzaba a tientas. Me resistí cuanto pude pero el fuego que había en mi interior se había avivado ante la perspectiva de recibir más.

—Basta —susurré—. Basta, por favor.

—Evelyn —dijo Reth; su voz era un bálsamo contra el dolor.

Percibí un atisbo de luz al otro lado de los párpados; abrí los ojos mientras los tres emergíamos de la oscuridad y llegábamos a un bosque bañado por la luz del sol del atardecer.

—Suéltame. —Me eché a llorar mientras me arrodillaba; la mano de Reth todavía me rodeaba la muñeca y el dolor punzante de las llamas me recorría el brazo en todas direcciones.

—¡Suéltala! —gritó Lend, y se abalanzó sobre Reth.

—Eres un metomentodo, ¿no? —Reth me soltó la muñeca. Me desplomé sobre el suelo, dejé caer la daga y jadeé mientras el dolor se mitigaba y el calor se asentaba de nuevo en la muñeca y el corazón. Ahora había más en mi interior. Me apoyé en las manos y las rodillas. Reth resplandecía contra la tenue luz del ocaso.

Se inclinó hacia abajo y me rodeó el rostro con sus finas manos. Esa vez no sentí el fuego sino el calor que tanto había ansiado. Todavía lo anhelaba.

—Si me dejas acabar te lo contaré todo. No habrá más preguntas. La búsqueda habrá llegado a su fin. Entonces estarás conmigo.

Las llamas de mi interior me empujaron hacia Reth. El corazón le brillaba debajo de la camisa. Sería tan fácil, tan seguro. Reth me habría llenado del todo. Le miré a los ojos ambarinos y abrí la boca para entregarme a él.

Lend tosió y aparté la vista. Se estaba levantando del suelo a varios metros de distancia. Reth debía de haberle arrojado hasta allí.

—¿Estás bien? —pregunté zafándome de las manos de Reth y su calor tentador.

Reth suspiró.

—Evelyn, mira que pones las cosas difíciles.

Le di la espalda y fui al encuentro de Lend.

—¿Estás bien? —Lend asintió—. Perfecto. —Tenía que ocuparme de Reth de inmediato. Me di la vuelta, pero ya estaba a mi lado—. Lore...

Se colocó detrás de Lend y le puso la daga en el cuello antes de que acabara de pronunciar su nombre.

—Ten mucho cuidado con lo que digas a partir de ahora —advirtió Reth con una sonrisa socarrona—. Aunque estoy cansado de recibir órdenes, me gustaría que me dieses la última. Oh, no, no digas nada. —Negó con la cabeza al verme abrir la boca. Lend estaba asustado—. Un desliz y mucho me temo que la muerte de otro amigo pesará sobre tu conciencia. Te diré exactamente lo que tienes que decir y luego lo repetirás.

Asentí sin mediar palabra y sin hacer caso a Lend,

que había negado con la cabeza de manera imperceptible. No podía perderle. Esa noche no, no tras lo de Lish.

—Genial. Quiero que me ordenes que me cambie el nombre.

—Yo... ¿Puedo hacer eso?

—No puedo desobedecer una orden expresa. Por favor, dime que me cambie el nombre.

Había caído de lleno en sus manos y le daría lo que quería. ¿Acaso lo había planeado todo desde un principio? Como de costumbre, andábamos a trompicones en la oscuridad mientras que las hadas observaban desde las alturas una serie de pautas y caminos que no veíamos hasta que era demasiado tarde.

—Lorethan —dije contra mi voluntad—, cámbiate de nombre. —Apenas lo susurré, pero fue suficiente.

Se le dibujó una sonrisa radiante en el rostro. En aquel momento era realmente hermoso y entonces recordé por qué en una ocasión había pensado que las hadas eran ángeles. Nada tan perfecto se merecía estar en la Tierra. Apartó a Lend y recorrió la distancia que nos separaba de un paso. Me rodeó la cintura con los brazos y se inclinó hasta rozarme la oreja.

—Gracias. Los nombres tienen tanto poder... un día te diré el tuyo. Mucho me temo que ahora tengo demasiados asuntos pendientes, demasiadas personas a las que ver, demasiados favores que devolver. Hasta la próxima, amor mío. —Retrocedió un paso. El aire que le rodeaba resplandeció y desapareció en él.

De repente, en su ausencia, el atardecer me pareció frío y la arboleda oscura e inhóspita.

—Pero ¿qué he hecho? —susurré horrorizada.

CASTIGADO

Me negaba a admitir la verdad. Había liberado a Reth. Las posibles consecuencias eran abrumadoras. En esos momentos, no podía pensar en ellas... de hecho, era incapaz de pensar en nada. Lend se levantó del suelo.

Corrí a su encuentro.

—¿Estás bien? Lo siento mucho. La he cagado bien cagada. —Rompí a llorar de nuevo.

Lend me abrazó.

—No, no es cierto. Si no fuese por ti, estaría muerto.

Apoyé la cabeza en su hombro y sentí un calor reconfortante y saludable, muy distinto del de Reth. Necesitaba estar en brazos de alguien. Entonces caí en la cuenta de que habíamos escapado, de que estábamos a salvo. La pena por haber perdido a Lish y el alivio por haber salvado a Lend me produjeron una sensación de angustia.

Al cabo de unos minutos Lend se apartó.

—Estás temblando. Hace mucho frío. —Miró a su alrededor—. Creo que sé dónde estamos. Fue buena idea que le ordenaras a Reth que nos trajera a mi casa. —Estaba segura de que nunca había tomado una decisión sabia con Reth, pero al menos ahora no dependíamos de él. Lend me cogió la mano—. Por aquí.

Di un paso y proferí un grito de dolor. Me había olvidado de la pierna; el corte en el muslo comenzaba a dolerme ahora que el efecto de la adrenalina había pasado. Observé la herida bajo la luz mortecina.

—¿Qué es eso? ¿Estás sangrando?

—Me corté la pierna... cuando Lish estaba... —Me callé para contener las lágrimas.

—¿Puedes caminar? No está muy lejos.

—Creo que sí.

Lend me soltó la mano y me rodeó la cintura con el brazo. Caminamos por entre los árboles mientras el día llegaba a su fin y daba paso a la pálida luz de la luna llena. Al cabo de unos minutos, con un dolor punzante y palpitante en la pierna, vi luces entre los árboles.

—¡Allí! —Lend parecía entusiasmado e inquieto. Me pregunté cómo sería su casa. Siempre me había imaginado un lugar como el Centro, repleto de paranormales. Me quedé muda de asombro cuando nos acercamos un poco más. Era una bonita casa blanca de dos plantas con un porche envolvente. Hacía ocho años que no entraba en una casa de verdad. Lend abrió la puerta.

—¿Papá? ¡Papá!

—¿Lend? —Un hombre bajó corriendo por las escaleras que daban a la puerta principal. Se conservaba muy bien para sus casi cincuenta años, con pelo y ojos negros... estaba claro de dónde había sacado Lend su cara favorita—. ¿Dónde te habías metido?

—Pues... es una larga historia. Está herida. ¿Podrías mirarle la pierna?

El padre de Lend se fijó en mí por primera vez... El hecho de que Lend tuviera padre me produjo una sensación parecida a la amargura.

—Por supuesto, pero tendrás que contármelo todo mientras lo hago. Te has metido en un buen lío. —Contradiciendo lo que acababa de decir, el padre de Lend lo abrazó con tanta fuerza que lo levantó del suelo. Lend tuvo que soltarme y me sentí incómoda presenciando aquel encuentro—. No vuelvas a darme otro susto como éste en tu vida.

Lend se rio.

—No cuentes con ello. ¿Le miras la pierna?

Su padre se volvió hacia mí.

—¿Dónde te duele?

Todo aquello era demasiado extraño para mí: Lend en aquel entorno, aquella bienvenida, la casa acogedora, Lend con un hombre normal que era su padre. No tenía glamour, no había nada debajo de su cara amable. Tenía la impresión de haber llegado a otro mundo; sabía que no era el mío y que el Lend que vivía allí nunca sería mío.

—¿Es grave? —me preguntó preocupado al ver mi expresión.

Me apresuré a negar con la cabeza.

—No... yo... es el muslo derecho.

—Nos han pasado muchas cosas esta noche —dijo Lend con tacto.

Su padre se arrodilló en el suelo de madera, junto a mi pierna.

—Echaré un vistazo para ver qué pinta tiene. —Me bajó un poco las mallas—. Bueno, no es tan grave. Iré arriba a buscar el kit. Hay que limpiar la herida y luego le daré un par de puntos. Nada del otro mundo. —Me sonrió con aire tranquilizador y luego miró muy serio a Lend—. Trae ropa seca y prepárate para explicármelo todo.

—No te preocupes... ha dado miles de puntos. —Lend sonrió y siguió a su padre escaleras arriba. Me quedé en la entrada, sintiéndome como una intrusa hasta que Lend regresó. Me dio un fardo de ropa—. Es mía, te quedará un poco grande, pero te servirá.

Fruncí el ceño mientras la cogía.

—¿Por qué tienes ropa? —Al fin y al cabo, la podía imitar con los distintos glamour.

—Lo creas o no, suelo ponérmela. Casi nunca cambio de forma y suelo llevar esta cara.

Tenía sentido. La ropa del glamour parecía perfecta pero la textura era extraña. En público era más inteligente llevar ropa normal. Me condujo hasta un pequeño baño y cerré la puerta con llave.

Me quité las botas, esas estúpidas botas color rosa chicle que siempre me recordarían a la horrible chica en llamas, y luego la camiseta de tirantes. No quería mirarla, pero la muñeca era como un fuego al rojo vivo que brillaba incluso en aquel baño bien iluminado. Resplandecía más que nunca. Para no mirarme el pecho me puse una de las camisetas de Lend encima de la mía. Me despegué las mallas y me limpié lo mejor posible la sangre que me había caído por la pierna.

Me puse los pantalones cortos de Lend y me anudé el cordón de la cintura tratando de no mancharlos de sangre. Entonces, para mi bochorno, recordé que ese día no me había molestado en depilarme. Mis piernas no sólo eran blancuzcas y flacuchas, sino que también pinchaban.

El hecho de que me preocupase lo que Lend pensase sobre mis piernas me pareció de lo más esperpéntico. Acababa de perder a mi mejor amiga, me había escapado por los pelos de la chica en llamas, había traicionado a la AICP y había conseguido que un hada loca hubiera estado a punto de matar al tipo que me gustaba. ¿Realmente importaba que tuviera vello en las piernas? Me eché a reír y luego a llorar con tal fuerza que al final me dolía la cabeza.

Lend llamó a la puerta.

—¿Estás bien?

Respiré hondo e intenté serenarme. Abrí la puerta y aparté un poco los pantalones cortos del lugar del corte.

—Sí —dije gimoteando para así no sollozar.

—Lo hará aquí. —Lend me rodeó los hombros con el brazo y me condujo hasta la cocina, bien iluminada y de un amarillo cálido. Me senté en una silla, su padre se arrodilló junto a la misma y me limpió la pierna con un paño templado.

—Por cierto, me llamo David.

—Evie —repliqué. Cuando hubo terminado de limpiar la sangre me puso algo en la herida que escocía. Respiré hondo rápidamente.

—Lo siento. Mejor que no se infecte. Ahora sentirás un par de pinchazos; te anestesiaré un poco para que no notes los puntos. —Intenté no estremecerme y mantenerme inmóvil, sin temblar—. ¿Dónde has estado? —preguntó. Alcé la vista, extrañada.

—Es una historia bastante larga —respondió Lend.

—Pues empieza —dijo su padre con expresión resuelta sin dejar de curarme la herida.

Lend suspiró.

—Me colé en el Centro de la AICP.

En mitad de una puntada, David alzó la mirada, horrorizado.

—¡¿Qué?!

Yo tampoco entendía nada. Lend siempre había dado a entender que le habían enviado al Centro.

—¡No me quedó otro remedio!

—Yo... —David respiró hondo, cerró los ojos y negó con la cabeza—. Será mejor que esperes a que termine. —Siguió con los puntos, acabó, cubrió la herida con una gasa y la sujetó con esparadrapo. Se levantó, guardó el kit, se cruzó de brazos y fulminó a Lend con la mirada—.

Bien, empieza por el principio y cuéntamelo todo, acláralo todo, para que después te castigue de por vida.

Lend bajó la cabeza.

—Escuché lo que dijiste en la reunión, cuando afirmaste que la respuesta estaba en la AICP, en el Centro. Sabía que nadie podría hacerlo y creía que yo sí. Fui al cementerio vestido de zombi y vagué arrastrando los pies. Al cabo de dos noches apareció una agente y, bueno, le pegué. —Pareció avergonzarse de la confesión—. Después solicité una recogida. Cuando llegó el hada entré con ella. Me llevó hasta el Centro y me topé con la directora.

—¿Con Raquel? —preguntó David. Le miré, sorprendida. ¿De qué la conocía?

Lend asintió.

—Imité su cara y el comunicador y luego encontré su despacho. Estaba buscando información cuando... cuando me atraparon.

David puso los ojos como platos y observó el tobillo descubierto de Lend.

—¿Cómo escapaste?

Lend me sonrió.

—Evie me ayudó, aunque también fue quien me atrapó. Puede ver mi verdadero ser.

Su padre me miró con una expresión de asombro y miedo.

—¿Eres de la AICP?

Negué con la cabeza. No era nada ni pertenecía a nadie. Ya no tenía hogar, mi mejor amiga había muerto y, después de lo que había hecho, Raquel no contaría conmigo. Me mordí el labio, conteniendo las lágrimas.

—Ya no. Creo que la AICP ha dejado de existir.

—Bueno, pues me parece bien, y te lo dice un antiguo empleado.

MI PRIMERA NOCHE
FUERA

No podía creerme lo que el padre de Lend acababa de decirme.

—¿Eras... trabajabas allí? —La AICP solía ser un trabajo de por vida.

—De hecho, era de la AACP. La dejé unos diez años antes de que la AICP se formalizara. Jamás creí que eso llegaría a pasar. Los países se negaban a colaborar los unos con los otros cuando se trataba de asuntos relativos a los paranormales. No llegué a saber qué desencadenó el cambio.

Balanceé el pie, incómoda.

—La estás mirando —dijo Lend sonriendo.

David arqueó las cejas.

—¿En serio? Un momento, Lend, no has acabado tu relato, no creas que lo he olvidado.

Lend suspiró.

—En realidad, el relato es más de Evie que mío, sobre todo teniendo en cuenta que lo único que hice fue estar encerrado en una celda blanca. No les conté nada y no me soltaron. Entonces los paranormales capturados fueron víctimas de ataques y, finalmente, supieron que esa cosa era la responsable. Evie tuvo un encuentro con la criatura y...

—¿La viste? —me preguntó David.

—Los dos la vimos —respondí. Traté de desterrar su imagen de mi mente, pero cuando cerraba los ojos era como si se me hubiera quedado grabada en los párpados—. Una vez la vi justo después de que matara a una bruja y a Jacques, un hombre lobo, pero no la vi con claridad.

—¿Es una mujer? ¿Qué es?

Lend se encogió de hombros.

—A mí me pareció una chica normal, pero Evie ve a través de cualquier glamour.

La expresión de sorpresa de David iba en aumento.

—¿Es eso cierto?

Asentí.

—En mi vida no hay glamour. —Mi chiste preferido me dolió esa noche. A Lish siempre le había gustado.

David se dejó caer pesadamente en otra silla.

—Vaya. Cuántas posibilidades... Nunca he oído de nadie que pudiera... Increíble. No me extraña que al final encontraran puntos en común para formar la AICP. Entonces, ¿qué es esta cosa?

—No lo sé. Nunca he visto nada parecido. —Se me iluminó la muñeca. Bueno, eso no era cierto del todo. Reth, el estúpido de Reth—. Es como... como una llama líquida viviente. Brilla tanto que me duelen los ojos.

—Vaya, eso es nuevo. ¿Qué glamour lleva?

Lend me dedicó una mirada de disculpa, resplandeció y se transformó en la Chica de Fuego. David maldijo en voz baja. Miró a Lend haciendo de Chica de Fuego y luego a mí.

—No logro imitarle los ojos —reconoció Lend. Me estremecí al oírle imitar la voz de la Chica de Fuego—. Tampoco los de Evie.

Me sentí culpable y sucia, aunque no había hecho nada malo. David me miró con recelo.

—¿Y la has traído a casa?

Lend recuperó su apariencia normal.

—Papá, ni se te ocurra empezar. Me salvó la vida. Esa cosa me habría matado. Evie también salvó a todos los hombres lobo. No sabe quién o qué es esa cosa, igual que nosotros.

David negó con la cabeza, preocupado.

—Bueno, supongo que ahora sabemos qué estamos buscando. Al menos su descripción. Pero no sé qué es ella.

No sabía si se refería a mí o a la Chica de Fuego.

—No soy... Tienes que creerme. Sea lo que sea, no soy como ella. Es horrible y mató... mató a mi mejor amiga. —Se me quebró la voz. Me había arrebatado a Lish. No quería volver a pensar en ella y no soportaba que el padre de Lend sospechase que estaba compinchada con ella.

—La cosa se coló en el Centro anoche. —Lend me rodeó los hombros con el brazo. Le agradecí ese pequeño gesto con toda el alma. Me creía a pesar de todo. Alcé la vista y me di cuenta de que su padre también me creía. Su expresión volvía a ser amable—. Debió de haberlo planeado todo porque los paranormales estaban encerrados en el centro y los hombres lobo dormían. Eran un blanco fácil. Nosotros escapamos por los pelos. Tengo que contarle a mamá todo lo que hemos visto.

Volví a sorprenderme. No sé por qué había dado por sentado que no tenía padres. Tal vez fuera adoptado; los seres como Lend no son comunes. La fecha en que su padre dejó la AACP coincidía con la de su nacimiento. Tendría que averiguar más detalles al respecto.

—No puedes ir a verla esta noche, hace demasiado frío —repuso el padre de Lend, lo cual me confundió todavía más.

—¿Evie? ¿Te encuentras bien?

Estaba temblando.

—Tengo frío —dije, intentando no castañetear los dientes. Además, estaba abrumada y exhausta.

David se levantó.

—Te daré algo para la pierna; te dolerá cuando el efecto de la anestesia haya pasado. Si te parece bien, te daré unos analgésicos para ayudarte a dormir, ¿vale?

—Sí, gracias. —No me apetecía tratar de dormirme sola. Quería evadirme, huir de la realidad.

Rebuscó en una alacena y regresó con un par de pastillas y un vaso de agua. Me las tragué y esperé que me hicieran efecto lo antes posible.

—¿Dónde se quedará a dormir? —preguntó David—. Las habitaciones de los invitados no están accesibles esta noche.

—Ah, sí. Que se quede en mi cuarto, yo dormiré en el sofá.

—No te preocupes, ya duermo yo en el sofá. —No quería seguir importunándoles.

—Después de salvarle la vida a Lend y sacarle del Centro creo que te has ganado una cama —dijo David sonriendo.

—Arriba te daré una sudadera para que no pases frío —sugirió Lend.

—Gracias.

—Baja cuando hayas acabado, jovencito. Todavía tenemos temas pendientes.

Lend reprimió un suspiro y asintió. Sonó el teléfono y David respondió.

—Está en casa —dijo aliviado—. Todo está en orden. Ah, y tenemos información nueva.

Preguntándome si sería la madre de Lend, me levanté y le seguí escaleras arriba. Pasamos junto a un par de puertas. Ambas estaban cerradas a cal y canto por fuera.

Nerviosa ante la perspectiva de que su puerta también contase con las mismas medidas de seguridad, me sentí aliviada cuando se paró y abrió una puerta que no tenía cerrojo.

—Oh, oh —dijo mientras recogía varias cosas del suelo antes de que las viese—. Lo siento, es la primera vez que una chica entra en mi habitación. —Sonrió con timidez mientras las guardaba en un cajón de la cómoda.

Le dediqué mi mejor sonrisa.

—Es la primera vez que entro en la habitación de un chico, así que estamos en paz. —Me gustaba. Las paredes de color azul claro estaban repletas de dibujos y pósteres. Me apetecía quedarme allí para observar cómo Lend se definía por medio de la habitación. Así no tendría que pensar o estar sola.

—Oh, aquí está la sudadera. —Sacó una de color verde oscuro del armario desordenado. Me la puse y me alegré de que me tapase la muñeca. Además, olía a Lend. Era un aroma fresco, como el de una cascada o una catarata. Me abracé a mí misma para calentarme.

La cama era lo único que no encajaba en la habitación. Era una cama de dosel y los pies y el cabezal eran metálicos y muy elaborados. No pegaba con el sencillo y suave edredón azul. Toqué uno de los postes.

—De hierro. —Sonreí aliviada. Estaba claro que el padre de Lend conocía bien las leyendas de las hadas. Me sentía más segura, al menos en lo concerniente a Reth. Sin embargo, el hierro no me protegería de las pesadillas.

—Si necesitas algo estaré abajo, ¿vale?

Me volví y sonreí.

—Gracias.

Se quedó allí unos instantes, incómodo; luego se me acercó y me dio un abrazo rápido.

—No, gracias a ti —dijo. Acto seguido, se marchó y cerró la puerta tras de sí.

Contuve la respiración. No quería estar sola. Quería llamarle y pedirle que se quedara conmigo hasta que me durmiera, pero no me atreví. Ya me había pasado toda la noche gritando y chillando delante de él.

Apagué la luz, pero enseguida comencé a ver pequeños resplandores que me recordaban a la Chica de Fuego. Encendí la luz de nuevo. Esa noche no dormiría a oscuras. Me metí en la cama y me acurruqué para calentarme debajo de las sábanas.

A pesar de que me esforzaba por evitarlo, no dejaba de pensar en cosas que prefería no recordar. Allí estaba yo, sola en aquella cálida casa con una familia. Jamás regresaría a mi casa de la AICP, jamás le diría a Raquel lo mucho que ella significaba para mí. «Oh, por favor —recé al silencio— que no le pase nada a Raquel.»

Sin embargo, la pobre de Lish no volvería a estar entre los vivos. Su lugar lo había ocupado la bella y terrible Chica de Fuego, una especie de muerta andante que rondaba por los pasillos estériles del Centro. Seguramente estaría deslizándose por las habitaciones, arrebatándole la vida a quienquiera que se cruzara en su camino.

Esperaba que nunca saliera del Centro.

CONVERSACIONES DE CHICAS

Recorrí los pasillos del Centro, parpadeando por el exceso de blancura. Estaba vacío. Seguía esperando encontrar cadáveres, pero el lugar estaba impoluto, abandonado. Me situé delante de mi unidad y atravesé la puerta sin que se abriera. Resultó muy extraño.

Ella ya estaba allí, sentada en mi sofá color púrpura.

—Hete aquí. —Me dedicó una sonrisa agradable. No había duda de que teníamos los mismos ojos, si bien sus labios eran un poco más carnosos que los míos. También parecía ser unos centímetros más alta.

—¿Por qué no ardes? —pregunté—. Y, oye, ¡es mío! —Llevaba el vestido con el estampado de cebra.

—Oh, relájate. —Puso los ojos en blanco.

—¿Dónde está el fuego? —Me miré la muñeca... el mío también había desaparecido.

—Está ahí mismo. —Señaló hacia el rincón, donde las llamas líquidas palpitaban y brillaban, esféricas con unos bordes en cambio constante. Extendí la mano hacia ellas. Por primera vez me percaté de su hermosura. Las deseaba.

—Todavía no puedes cogerlas —dijo—. Siéntate.

Me acomodé en el extremo más alejado del sofá, entrecerrando los ojos. Era consciente de que debía temerla, pero no era lo que me ocurría.

—¿Qué es esto?

—Un sueño, tontainas.

—Oh. —Qué raro—. ¿Vas a matarme?

—Podría haberlo hecho ya, sin querer. A veces me dejo llevar. —Desplegó una sonrisa traviesa—. Es un poco difícil no perderse con las prisas. Pero ahora que sé quién eres, nunca haría tal cosa.

—¿Y tú quién eres?

—Oh, perdona. Soy Vivian.

—Mataste a mi mejor amiga. Pensé que tendría pesadillas.

Se encogió de hombros.

—No sería muy benévolo por mi parte venir aquí y asustarte. Sólo quiero hablar. Hace tiempo que intento contactar contigo.

—Espera, un momento, ¿de verdad estás aquí? ¿Dónde estoy? —¿Qué me había puesto el padre de Lend en aquellos analgésicos?

—No sabes nada, ¿verdad? Ahora compartimos un alma, así que he pensado que tenía que aparecer y presentarme como está mandado.

—¿Qué quieres decir con eso de que compartimos un alma? —Le lancé una mirada furibunda—. No quiero compartir nada contigo; ¡yo tengo mi propia alma!

—Relájate, de verdad. Estás muy tensa. Compartimos «un» alma, no «tu» alma. Le tomé prestada una a Reth cuando me trajo aquí; tenía un montón en la mano, lo cual era raro; normalmente sólo se puede tirar del pecho. Quería ver si era capaz de arrebatárselo todo, nunca me había trabajado a un hada antes, porque no me dejan tocarlas, pero se apartó antes de que consiguiera gran cosa. Chica, vaya viajecito.

—Un momento, ¿también te dio parte del fuego? ¡Lo odio! ¡Arde como el infierno!

—Igual es que lo haces mal. Es una sensación extraordinaria.

Negué con la cabeza. Nos estábamos desviando del tema que tocaba.

—¿Tú qué eres?

—Mira que eres maleducada. Somos lo mismo.

—¡No somos lo mismo! —Me estaba poniendo de los nervios. Ni siquiera en sueños conseguía que me respondieran con claridad.

—No seas imbécil, Evie. Si hubiera sabido que te pondrías tan pesada, no habría venido. Supongo que al final resulta que no quieres respuestas.

Sabía que debía entristecerme o enfadarme, pero parecía carecer de emociones. El fuego del rincón seguía distrayéndome. Quería contemplar las llamas, tocarlas. Era lo único que podía hacer para seguir con la mirada clavada en Vivian.

—No quiero nada de ti. Mataste a mi mejor a. ¿recuerdas?

—No, en realidad no. ¿Quién era?

—La sirena.

—Oh. —Pareció desconcertada—. ¿Era amiga tuya?

—Sí. —Dejé vagar mi mirada hasta el rincón. No eran exactamente como llamas, sino más doradas y fluctuantes. Casi como aquel esmalte de uñas tan fantástico que tuve una vez... pero en forma de fuego. Aquello no tenía ningún sentido. Negué con la cabeza para tratar de aclararme las ideas.

Vivian se encogió de hombros.

—Lo siento pero le hice un favor.

—¿Un favor? —En esos momentos me veía incapaz de apartar la mirada del rincón; no quería.

—Le di descanso. Un poco de paz. ¿No crees que todos esos milenios deben de pesar mucho? Además, esas cosas no deberían estar aquí. Lo único que hago es dejar que se marchen. Liberarlos, por decirlo de alguna manera.

—Oh —murmuré con actitud distraída.

—Es lo que se supone que tenemos que hacer, ¿sabes? —insistió.

—¿Oh?

—Sería más divertido si estuviéramos juntas. Podría ser un asunto como de hermanas.

Me levanté. Tenía que tocarlo, ver qué sensación me producía.

—Todavía no puedes tenerlas —dijo con tono enojado—. Además, son mías. Ya te conseguiremos unas. Y entonces no tendrás frío ni estarás sola. ¿No estás harta de tener frío y estar sola?

Si extendía el brazo lo tocaría.

—¿Qué es? —Levanté la mano y, aunque sabía que me quemaría, la hundí en el interior.

El fuego se dispersó y se arremolinó a mi alrededor. Me giré hacia Vivian. Volvía a ser una figura resplandeciente y brillante.

—Te lo dije. Estás vacía. Te ayudaré a llenarte.

Asentí con lágrimas en los ojos. Era lo que yo deseaba. No quería seguir estando vacía. Vivian se acercó a mí, convertida en calor y luz, y entonces ladeó la cabeza.

—Tienes que irte. Ya hablaremos un día de éstos. —Noté que sonreía bajo las llamas y entonces todo volvió a tornarse oscuro y frío.

UNA BROMA DE MAL GUSTO

—¿Vivian? —Abrí los ojos, presa del pánico, y me quedé mirando el techo. ¿Adónde había ido?

—Evie, despierta. —La voz de Lend me sobresaltó.

—¿Qué estás haciendo aquí?

Sonrió.

—Es mi habitación.

Me incorporé y miré en derredor. Todo lo ocurrido el día anterior cobró sentido y deseé que no hubiera sido así. Era como volver a perder a Lish.

—Lo siento —dijo Lend—, pero te necesitan abajo.

Parpadeé e intenté enfocar la vista.

—¿Quiénes?

Se encogió de hombros con incomodidad.

—Una gente que trabaja con mi padre. Lo siento. Te he dejado dormir cuanto he podido.

—Oh, vale, tranquilo. ¿Puedo pasar antes por el baño?

—Por supuesto. Está aquí abajo. —Le seguí hasta el pasillo y señaló el cuarto de baño—. Oye, ¿quién es Vivian?

Se me revolvió el estómago al recordar el sueño.

—No lo sé —espeté al entrar en el baño. ¿Por qué me

sentía culpable ocultándole un estúpido sueño a Lend? Negué con la cabeza e intenté tomármelo como una pesadilla carente de sentido. Al fin y al cabo, muchas de las cosas que Vivian había dicho ya las había oído en boca de Reth. Lo más probable era que mi mente intentara asimilar todo lo ocurrido. Pasando por alto el nerviosismo que notaba en el estómago, me enjuagué la boca con un poco de pasta de dientes.

Cuando salí, Lend me estaba esperando y le seguí escaleras abajo. En esos momentos las dos puertas cerradas a cal y canto estaban abiertas. Mientras me preguntaba qué me depararía el encuentro, entré en la cocina detrás de Lend y me quedé petrificada.

El padre de Lend, dos hombres lobo y un vampiro. Era como el comienzo de un chiste malo o algo así. Un médico, dos hombres lobo y un vampiro entran en un bar.

—¿Qué tomarán? —pregunta el camarero.

—Pues a él —responde el vampiro, mirando al médico.

Bueno, vale, los chistes no son mi fuerte.

Los ojos amarillos de los hombres lobo que me miraban con recelo y el rostro cadavérico y arrugado del vampiro... Intenté alargar la mano hacia la pistola antes de recordar que ya no la tenía. Además, tampoco sabía dónde estaba, lo cual me puso nerviosa. Los pantalones les cubrían los tobillos pero estaba convencida de que no llevaban dispositivos de seguimiento debajo.

El glamour del vampiro era una mujer guapa, de aspecto siniestro y poco más de veinte años. Pelo negro con mechones carmesí; ojos muy maquillados, y toda vestida de negro con ropa muy ajustada. Buena forma de pasar desapercibida. Los dos hombres lobo, que iban cogidos de la mano, eran un hombre y una mujer de unos treinta años. Él era alto, iba con la cabeza rapada y ella tenía el pelo castaño y rizado, muy corto. Aunque su cara me resultaba familiar, no lograba ubicarla.

En esos momentos comprendí el por qué de las puertas cerradas a cal y canto con cerrojos. Mierda, acababa de pasar una noche de luna llena con dos hombres lobo no neutralizados. Además de con un vampiro, aunque estaba totalmente convencida de poder lidiar con un vampiro incluso sin mi querida pistola.

—Lend, monstruito —dijo la vampiro con una mirada iracunda—. No vuelvas a hacer eso.

Lend bajó la cabeza.

—Lo siento, no era mi intención... ¿Cuándo habéis llegado?

—Ahora mismo. —Se giró hacia mí—. ¿Entonces? —Hablaba con malicia. No me caía bien—. ¿AICP, no?

—¿Y qué? —Arqueé las cejas (deseando saber alzar sólo una como hacía Lend)—. ¿Chupasangre, no?

—Sí. Igual que Luke y Stacey. —Señaló con la cabeza hacia los hombres lobo.

—Oh, claro. Como si fuera imbécil y no me hubiera enterado de que han pasado la noche como lobos.

Los tres paranormales parecieron sorprenderse.

—Vale —espetó el vampiro—. ¿Ya has descubierto qué es David?

Le dediqué una mirada inexpresiva.

—¿En serio que me habéis despertado para esto? Porque a no ser que alguno de vosotros le hiciera algo anoche, él es humano. —Le lancé una mirada para asegurarme. Sí, sólo humano.

David carraspeó.

—Queríamos preguntarte acerca de esto. —Se hizo a un lado y señaló la mesa, donde vi mi pistola, ¡sí, mi pistola! mi comunicador y la tobillera de Lend. David parecía triste—. ¿Has traído la tecnología de la AICP a mi casa? ¿Te seguirán el rastro?

—¡No! —A decir verdad, ni siquiera me había acordado de ello dada la confusión de la noche anterior. No pasaría nada, pero David tenía todo el derecho a estar preocupado—. Créeme, ya estarían aquí. El rastreador está desactivado y mi comunicador no tiene GPS ni nada por el estilo. No hacía más que joderse y resetearse cada vez que pasaba por el Camino de las Hadas, así que se lo quitaron. De todos modos, siempre sabían dónde estaba porque las únicas veces que me marchaba era con un hada. No pueden rastrear el comunicador a no ser que pulses el botón de alarma, te lo prometo.

El vampiro volvió a intervenir.

—Sí, claro, pero de todos modos puedes llamarles, ¿no?

Le fulminé con la mirada.

—Sí, porque lo que quiero es pasar el resto de mis días encerrada. Menuda juerga. ¡De hecho, creo que voy a entregarme ahora mismo!

—Matarían a quien fuera necesario con tal de recuperarte —añadió con desprecio.

Exhalé con fuerza e intenté no gritarle. Los vampiros me ponían de los nervios más que cualquier otro ser paranormal: la desconexión entre su glamour y su verdadero rostro me superaba.

—Oye, muerta viviente, ¿sabes lo que hice? Incumplí el primer apartado de los estatutos. Sí, has oído bien, el primer apartado. Sí, el que dice que si dejas suelto a un ser paranormal sin autorización te encierran para el resto de tus días de mortal. Aunque quisiera volver, lo cual no es el caso, y aunque tuviera algo a lo que volver, lo cual probablemente no exista, no podría. Así que muérdeme.

Dio la impresión de que pensaba tomarme la palabra, pero David lo evitó.

—Ya basta. Aquí estamos todos en el mismo barco, Arianna. Lend me contó todo lo ocurrido y creo que Evie tiene razón: si pudieran seguirle el rastro, ya estarían aquí. —Cogió el comunicador—. Lleva toda la noche encendiéndose y apagándose. Lo encontramos con tu ropa en el baño.

El corazón me dio un vuelco. ¡Raquel! Seguro que estaba preocupada. Ojalá pudiera llamarla, decirle que estaba bien... entonces darían con mi paradero y me encerrarían de por vida.

—Probablemente estén intentando averiguar si sigo con vida o no —dije con tristeza antes de hacer una pausa. ¿Cuántas veces les había dicho que no trabajaran con las hadas, les había instado a confiar en Lend y hacer algo al respecto juntos? Por supuesto, mi clasificación era prueba suficiente de cómo la AICP me veía en realidad. Independientemente de lo que sintiera por Raquel, ella era de la AICP. —Negué con la cabeza—. Da igual, que piensen que estoy muerta.

La mujer lobo habló con voz suave y con temor en los ojos.

—¿De verdad la viste?

Tardé unos instantes en caer en la cuenta de que se refería a la Chica de Fuego, Vivian. Cerré los ojos y asentí. No era más que un estúpido sueño. En realidad no sabía cómo se llamaba. No quería hablar más del tema; no quería pensar más sobre el tema.

—¿Qué tal tienes la pierna? —preguntó el padre de Lend.

—Oh, está bien. Me duele un poco, pero nada grave.

—Me alegro. Vamos a dar un paseíllo.

—De acuerdo. —Confundida, miré a Arianna. Los vampiros evitaban la luz del sol. No porque fueran a arder o algo así sino porque bajo la luz directa su ser verdadero resultaba visible. Sólo un poco pero, de todos modos, la evitaban igualmente.

—Supongo que querrás llevar pantalones largos —dijo Lend—. Hoy hace bastante frío. —Le seguí arriba. Rebuscó entre su ropa y frunció el ceño—. Eres más delgada que yo.

Me eché a reír.

—Pues sí, y la verdad es que me alegro.

Alzó la mirada hacia mí y sonrió. Al cabo de unos instantes sacó unos pantalones de pijama de franela viejos y gastados.

—Son de hace un par de años; probablemente no se te caigan. —Me los dio y se quedó ahí parado. Arqueé las cejas y se sonrojó—. Oh, sí, te dejo sola para que te cambies.

En cuanto la puerta se cerró, me quité sus pantalones cortos y me enfundé los pantalones de pijama rojos y azules. Me quedaban un poco largos, pero no se me caían. Combinados con la capucha verde que me sobraba por todas partes, no estaba muy atractiva que digamos. Exhalé un suspiro. No habría ido mal darme una duchita, por no hablar de maquillarme un poco. Tenía las pestañas tan rubias como el pelo; sin rimel me sentía como una niña de cinco años.

Abrí la puerta y Lend sonrió.

—Te quedan mejor que a mí.

—Vaya, pues entonces deben de quedarte fatal. —Le sonreí.

Me dio mis botas para así completar mi ridícula vestimenta. Para colmo de males, él estaba monísimo con una camisa térmica que le quedaba perfecta (creedme, me di cuenta) y unos vaqueros. Le miré la cara. Me encantaban los ojos que tenía... sus verdaderos ojos. Siempre eran su rasgo más reconocible.

—¿Estás bien? —preguntó, y su mirada triste y dulce hizo que me acordara otra vez de todo.

—No, la verdad es que no, pero intento no venirme abajo delante de todo el mundo. —Me esforcé sobremanera para no llorar. Lloré como una descosida durante *El diario de Noah* y, sí, más de una vez me he dormido entre sollozos... bueno, muchas, pero estaba sola. No me gustaba hacerlo delante de otras personas.

—Si necesitas algo, dímelo.

Sonreí; quería pasar a otra cosa para dejar de pensar en asuntos que me entristecían. Se me hacía raro estar en el territorio de Lend; me sentía mucho más segura cuando los dos estábamos en el Centro. Por ejemplo, en ese preciso instante me apetecía tomarle de la mano, pero no tenía el valor suficiente para intentarlo con su padre y el estúpido vampiro abajo.

Lend y yo nos reunimos con David y Arianna en el exterior y me fijé mejor en lo que nos rodeaba. Un estrecho camino asfaltado salía de la casa y se internaba entre los árboles, pero giramos a la derecha y recorrimos un sendero medio oculto del bosque durante unos veinte minutos. Los árboles estaban cubiertos de brotes, el aire fresco y limpio despedía un toque de calidez. La primavera se acercaba. Intenté centrarme en el sol que se filtraba por entre las ramas.

—¿Dónde estamos? —le susurré a Lend.

—Virginia.

Por entre los árboles que teníamos delante vi una laguna alimentada por un ancho arroyo situado a nuestra derecha. Dejamos atrás los últimos árboles y nos colocamos en la orilla. La laguna era oval, bastante grande, y de un color azul claro que reflejaba el cielo despejado. Los bordes estaban cubiertos de escarcha.

—Oh, bien —dijo Lend—. Hoy puede salir.

Fruncí el ceño ante la horrible idea de que quizá fueran amigos de una bruja. Pero la expresión de Lend —emocionado y feliz— me dio a entender que no habría un final violento.

—¿Quién? —pregunté.

Me sonrió.

—Mi madre.

ES DE FAMILIA

—¿Tu madre? —pregunté. Me giré hacia la laguna, buscando una casa de algún tipo, pero no había nada. Lend cogió una piedra y, con un giro experto de muñeca, la hizo rebotar por la superficie del agua. Algo que yo siempre había querido hacer y que él dominaba. Los demás observaban el agua expectantes, así que yo hice otro tanto.

El centro de la laguna se agitó como si de repente se hubiera producido un cambio de corriente. El agua giró hacia nosotros, se acumulaba y movía por motu proprio, y formó una pequeña estela. Reconozco que estaba nerviosa. La mayoría de mis experiencias con seres paranormales incluían cosas capaces de matarme. Era lo único que podía hacer para no retroceder cuando la ola se acercó, fluyendo más rápido y alzándose por encima de la superficie de la laguna.

Cuando estuvo a escasos metros de la orilla, el agua salió disparada hacia las alturas. Unas cuantas gotas heladas me cayeron en la cabeza. El agua se calmó y dejó ver a una mujer que estaba de pie. Bueno, lo de estar de pie es relativo teniendo en cuenta que seguía en el agua y estaba hecha de esa misma sustancia. La luz se reflejaba en su silueta llena de ondulaciones; resultaba absolutamente increíble. Tenía la parte superior del cuerpo bien formada, un rostro de belleza fascinante y un pelo que le caía en cascada. Nos tendía unos brazos esbeltos. A partir de la cintura, el agua caía y formaba una especie de vestido que la unía a la laguna.

—Hola, mamá. —Lend la saludó con alegría.

Ella se echó a reír. Me fascinó. Siempre había creído que Reth tenía una voz y risa maravillosas, pero ella lo dejaba realmente mal parado. Transmitía la sensación de estar junto a un arroyo un día caluroso, dejando correr el agua entre los dedos mientras uno olvidaba todas las tribulaciones mundanas, sintiendo sólo aquel frescor y limpieza. Era como un burbujeo de notas musicales nítidas.

—Hola, querido —dijo. Al mirar a Lend sus facciones formaron una sonrisa. Veía el otro lado a través de ella pero, por la forma que tenía de manipular el agua y reflejar la luz, se veían todas sus expresiones. Era como Lend en estado normal, pero mucho menos estable. Advertí también otra cosa. El corazón, o el lugar que habría ocupado su corazón, parecía generar luz, como si resplandeciera desde el interior. Debe de ser algo normal entre los paranormales. ¿Por qué no me había percatado antes?

—Cresseda —dijo el padre de Lend. Parecía feliz y triste a la vez mientras la observaba. Me pregunté cuál sería la historia familiar.

—David.

—Llegó a casa sano y salvo.

Ella volvió a reír.

—Te lo había dicho. Y consiguió la respuesta. —Me clavó la mirada. Yo no sabía qué hacer, así que alcé la mano para saludarla.

Lend bajó la mirada mientras negaba con la cabeza.

—No, lo siento. No encontré nada. Vi qué provocaba esto, pero no tengo ninguna respuesta.

Cresseda negó con la cabeza, las gotas de agua le caían por delante.

—La respuesta la tienes contigo. —Sonrió, y dio la impresión de que me perforaba con la mirada, a pesar de sus ojos acuosos—. Bonito equilibrio. Lend enseña al mundo lo que quiere que vea y tú ves a través de lo que el mundo quiera enseñarte.

—¿Qué quieres decir? —interrumpió Arianna.

A Cresseda le embargó un brillo trémulo que pareció estar a punto de desfigurarla.

—Lend encontró lo que tenía que encontrar.

David frunció el ceño.

—Quieres decir... ¿lo enviaste tú? —Se giró hacia Lend—. ¿Fuiste por eso? ¿Ella te lo pidió?

Lend negó con la cabeza.

—No, fui porque os oí hablar. ¿No obtuvisteis esa información de un espíritu?

—Sí, pero yo...

—Las cosas no son como deberían. Ahora quizá regresen. O quizá se hayan perdido para siempre —declaró Cresseda con aire pensativo. Y sin resultar de gran ayuda, la verdad. No se le daba demasiado bien lo de hablar con sentido. Por supuesto, Lend se había especializado en responder al azar y de forma vaga mientras estaba en el Centro. Ahora quedaba claro dónde lo había aprendido—. Se avecinan cambios. «Ojos como arroyos de nieve derretida.» —Ella volvió a sonreírme.

Me encogí de hombros, incómoda.

—No se refiere a mí.

Ella negó con la cabeza. No sabía si estaba de acuerdo conmigo o me indicaba que me equivocaba.

—Ahora hay menos agua. —Su voz destilaba pesar—. Lo siento por Alisha. ¿Lo enmendaréis?

—¿Cómo te has enterado de lo de Lish? —pregunté, con voz entrecortada.

—Formaba parte de las aguas. ¿Nos la devolverás?

Negué con la cabeza, desmoronándome otra vez.

—No puedo. Está muerta.

—Cresseda —dijo David con voz suave pero autoritaria, como si intentara que se centrara—. Sabemos un poco más sobre la cosa que provoca esto. Confiábamos en que pudieras ayudarnos.

Agitó una mano con gesto despectivo.

—No es cuestión de las aguas, es cuestión del fuego y el espíritu. El camino no es mío y no puedo verlo. —Lend dejó caer los hombros. Todos los del grupo adoptaron una expresión decepcionada—. ¿Y, Lend? Ponte erguido, deja de encogerte. Precioso mío.

Estuve a punto de echarme a reír. Supongo que, al fin y al cabo, era realmente una madre. Desplegó una amplia sonrisa y la luz que se reflejaba en ella se tornó más brillante, entonces el agua que la formaba se desintegró y cayó en la laguna con un sonoro chapuzón.

—Adiós, mamá —dijo Lend con voz queda.

Arianna se cruzó de brazos malhumorada.

—Vaya, esto ha sido una soberana pérdida de tiempo.

—No sé —caviló detrás de nosotros una voz que sonaba demasiado familiar—. A mí me ha parecido bastante entretenido. —Me giré; el terror me atenazaba tanto el estómago que me temblaron hasta los dedos.

Todos los demás parecían igual de asombrados, aunque sólo Lend parecía asustado. Reth estaba en medio del sendero como una especie de bello dandi victoriano. Incluso llevaba un bastón; quedaba claro que él era un espíritu libre y tenía su propio estilo. De no haber sido tan impresionante, habría resultado ridículo. A él le funcionaba y, en cierto modo, le daba un aspecto más espeluznante.

—¿Qué quieres? —preguntó David con voz mesurada y cauta.

—He venido a recuperar lo que es mío. —Me sonrió. Se había acabado. Sin su nuevo nombre, yo era impotente. Ni siquiera tenía armas. Me iba a llevar y no podría impedirlo.

—¡No la toques! —Lend se colocó delante de mí de un salto, con los pies bien plantados en el suelo y los brazos extendidos. Si no hubiera estado tan asustada, la situación habría resultado enternecedora: Lend se creía capaz de poder ahuyentar a un hada. A mí me entraron ganas de llorar. No volvería a verle y eso me desgarraba por dentro.

Reth frunció el ceño.

—Te estás poniendo muy pesado.

Le puse la mano a Lend en la espalda.

—¡Lend, no! —Tenía que salir de allí. Sabía de lo que Reth era capaz, lo que Reth haría.

David, con las manos en los bolsillos, se acercó al hada.

—Lo siento, me parece que no nos conocemos. Me llamo David. ¿Qué interés tienes en Evie?

Reth ni siquiera lo miró.

—Ya es hora de que nos marchemos. —Me tendió la mano. Los pensamientos se agolpaban en mi mente mientras me planteaba la manera de salir airosa de la situación sin que se produjeran bajas.

Arianna se mantuvo firme y escupió en el sendero delante de él.

—No te la llevarás a ningún sitio.

Reth arqueó una ceja.

—Qué compañías más encantadoras tienes, amor mío. —Sacudió la mano perezosamente y Arianna salió disparada contra un árbol.

El brillo del sol se reflejó en algo que David llevaba en los nudillos mientras intentaba golpear a Reth en la cara. ¿De qué creía que serviría? Le encajó un puñetazo y Reth cayó hacia atrás, sujetándose la cara con un chillido inhumano. Me quedé boquiabierta cuando David se giró hacia nosotros.

—Vámonos ahora mismo.

Se dio la vuelta demasiado pronto. Reth levantó la mano desde el suelo y susurró algo.

Chillé al notar un ardor en la muñeca y que me arrastraban hacia delante. Hundí los talones en la tierra pero el tirón era demasiado fuerte y caí hacia delante, con lo que derribé a Lend. No tenía nada a lo que agarrarme. Me sujeté la muñeca como si fuera capaz de arrancar el fuego de allí.

Lend se colocó encima de mí de un salto, me asió por la cintura y nos apuntalamos con sus pies. Aminoramos la marcha. Reth levantó la otra mano y se produjo una llamarada que también me tiraba del corazón. Proferí un grito agónico. Sentía tal dolor que apenas podía respirar, ni pensar. Detrás de Reth apareció una puerta. Unos cuantos pasos más y sería suya para siempre.

—¡No! —Lend me sujetó con más fuerza. David se giró para volver a golpear a Reth, lo cual obligó al hada a mover una mano; aliviada, solté un grito ahogado cuando noté que mi corazón se liberaba. Reth dejó a David petrificado.

Reth se quitó el polvo de encima sin soltarme la muñeca.

—Vaya, vaya con los contrincantes. Veamos. —Lanzó una mirada furibunda a Lend y levantó una mano.

—No, no le hagas daño, ¡ya voy, ya voy! —Sollocé. Por lo menos así acabaría el dolor y Lend estaría a salvo.

—¡No! —Lend tiró de mí hacia atrás y me alejó varios pasos de Reth.

Sonriendo, Reth abrió la boca. Iba a matar a Lend.

El agua, llena de espuma y salpicada de pedazos de hielo, pasó disparada por nuestro lado, echándome el cabello hacia delante con la fuerza del movimiento. Antes de alcanzar a Reth, el agua describió una curva, giró por donde había venido y se arremolinó a nuestro alrededor. El fuego que notaba en la muñeca se extinguió, los hilos invisibles se cortaron. Lend y yo nos sentamos tranquilamente en medio del remolino mientras observábamos la imagen de Reth ondulándose en el agua.

—La verdad —espetó Reth, mirando más allá de donde estábamos—, esperaba que al menos tú lo entendieras. Ya sabes lo que ella significa para nosotros. Para todos nosotros.

—Es mi hijo.

Reth arrugó la nariz con desagrado.

—Entiendo. Muy bien, a mí él no me importa. Me llevaré a Evelyn y me iré tan contento.

—Ella también está bajo mi protección.

—Ella no te pertenece. Las aguas no reclaman nada.

—Ni tampoco el aire.

—¡Nosotros la creamos!

Se me heló la sangre. ¿A qué se refería?

—La creación no implica reclamación —aseveró Cresseda.

—Pero sin embargo reclamas al chico —apuntó Reth con desprecio.

—Márchate. —La voz de Cresseda había pasado de ser como un arroyo burbujeante a una cascada clamorosa; era la pura representación del poder: eterno e inexpugnable.

Reth se alisó el chubasquero y recogió el bastón.

—Muy bien. De todos modos, no soy el único que vendrá a buscarla. Hasta la próxima, amor mío. —Blandió el bastón y retrocedió atravesando la puerta.

ÚNICO EN SU GÉNERO

Arianna no estaba muerta o, en todo caso, «más» muerta. Nunca pensé que me sentiría tan aliviada con respecto a un vampiro, pero la chica tenía agallas. Cuando volvimos a casa, David le remendó las costillas mientras que Stacey y Luke se refugiaron en la planta de arriba, evitándome después de enterarse de lo sucedido. No me extrañaba. Yo era como la peste: allá donde iba, pasaban cosas malas.

—¿Cómo le hiciste daño a Reth? —pregunté cuando David hubo acabado de comprobarle las costillas a Arianna. Sabía que Reth había cambiado de nombre, pero no tenía ni idea de cómo se llamaba.

David se introdujo la mano en el bolsillo y sacó una cosa. Parecían unos nudillos de latón pero de un color distinto. De hierro. Una idea brillante.

—El diseño es mío.

¿Iba de guay o qué?

—¿Me harías unos? —preguntamos Lend y yo al unísono.

David se echó a reír.

—Ya veremos.

—¿Y si Reth vuelve? —preguntó Lend.

—Tiene motivos para no haber venido a casa. Aquí no somos demasiado amigos de las hadas. Pero yo no infravaloraría el poder de tu madre. Ahora que Reth sabe que los elementos acuáticos protegen a Evie, no creo que intente nada. Pronto olvidará que algún día le interesó.

Tenía la esperanza de que fuera cierto, pero lo dudaba seriamente. Sonaba demasiado desdeñoso, demasiado típico de Raquel. Yo no era sólo una chica bonita con la que Reth quería bailar; su interés por mí iba mucho más allá. Detrás de todo aquello había algún propósito siniestro. De todos modos, obviamente David era experto en hadas y, con la protección de Cresseda, tal vez estuviera realmente a salvo. Hasta que tuviera que marcharme de allí, por supuesto.

—Hay unos cuantos trucos más —explicó David, acercándose a la encimera. Cogió una hogaza de pan, cortó dos rebanadas y nos las tendió—. Llevad siempre un poco de pan seco en el bolsillo.

—De acuerdo —convine, frunciendo el ceño con expresión dubitativa mientras miraba el pan.

Se echó a reír.

—Funciona. A las hadas no les gustan los elementos que los vinculan a nuestra tierra. El pan es el principal alimento de los humanos... no lo tocarán. Con el hierro pasa lo mismo: los ata aquí, guarda una estrecha relación con el encarcelamiento. Por eso les hace daño.

—¡Perfecto! —Por lo menos el pan sí que podía llevarlo a todas partes—. ¿Me podrías devolver la pistola? —La pistola no servía de gran cosa contra las hadas pero sin ella me sentía desprotegida.

Frunció el ceño pensativo, acabó asintiendo y me la dio. Tuve que contenerme para no acariciar la empuñadura rosa.

Arianna se arregló la ropa mientras me dedicaba una mirada furibunda.

—¿Por qué está el hada tan obsesionada contigo? Tampoco eres tan mona.

David se aclaró la garganta ruidosamente.

—Lend, ¿por qué no llevas a Evie a la ciudad y le compras ropa y tal?

El corazón me dio un vuelco. Aquel plan prometía.

—¿Puedo quedarme? —Desde que había llegado allí, imaginaba que me echaría de una patada en cualquier momento. Con la amenaza añadida que Reth suponía, sabía que no tardaría en hacerlo. En esas circunstancias, ni yo habría deseado mi propia compañía.

—Por supuesto. —Me sonrió—. Me has devuelto a mi hijo. Siempre serás bienvenida. —No pensaba llorar, otra vez no, pero esa sola frase significaba muchísimo para mí. Al final, a lo mejor resultaba que no estaba totalmente sola.

Lend frunció el ceño.

—Intentas librarte de nosotros para poder hablar de todo esto, ¿verdad?

—Sí.

—Vale. —Lend extendió la mano—. ¿Llaves? ¿Y una tarjeta de crédito?

David se sacó una tarjeta de la cartera y le dio las llaves del coche.

—Regresad antes de que oscurezca. Sigues castigado.

—Prometo no divertirme lo más mínimo —repuso Lend con solemnidad.

—Lárgate de aquí, holgazán —instó su padre, meneando la cabeza.

Nos montamos en un turismo color plata. A lo mejor es que soy rara, pero Lend estaba muy sexy al volante.

—Y bien —dijo—, supongo que tienes algunas preguntas...

—Sólo una: ¿cuál es el límite de la tarjeta? —Pareció asombrarse hasta que empecé a reír—. Es broma. No voy a tentar a la suerte, no te preocupes. De todos modos, me gustaría llevar unos pantalones que no sean tuyos, no te lo tomes a mal. Y sí que tengo unas cuantas preguntas... preguntas de verdad.

Sonrió.

—Me lo imaginaba. ¿Qué te parece si empiezo por el principio?

—Perfecto.

—Ya sabes que mi padre pertenecía a la AACP. Algunas de las cosas que hacían le molestaban sobremanera. El encarcelamiento, las normas, las esterilizaciones obligadas, el seguimiento...

—¡Anda! Espera... ¿esterilizaciones obligadas?

Me miró de hito en hito.

—¿No lo sabías? Les preocupaba qué podía pasar si un hombre lobo se quedaba embarazado de otro. Mantuvieron el típico debate sobre la ética, presos del pánico y tal, y entonces declararon completamente ilegal toda reproducción híbrida entre paranormales y humanos, y se aseguraron de que ningún hombre lobo que cazaran pudiera reproducirse jamás.

Todas las bromas que yo había hecho sobre los paranormales castrados... pues resulta que no eran broma.

—Oh —susurré, horrorizada—. No tenía ni idea. —Pensé en todos los seres lobo que conocía, sobre todo en Charlotte. Siempre había sido muy cariñosa y atenta. Habría sido una madre estupenda, y la AICP la había privado de esa posibilidad después de todo lo que ya había perdido—. Creo que es lo peor que he oído en mi vida. —Entonces caí realmente en la cuenta: ¿me habrían hecho lo mismo a mí? ¿Habrían considerado un riesgo que me reprodujera? El nombre ya era lo suficientemente elocuente: «reproducción paranormal». En realidad consideraban que todos los seres paranormales eran animales. ¿Qué más me faltaba por descubrir de las actividades de la AICP?

—Sigamos, se le había encomendado la misión de localizar pruebas de la existencia de ninfas o duendecillos. Encontró a mi madre.

—¿Qué es ella, exactamente?

—Lo más parecido a una ninfa. Es un espíritu acuático. Un elemento primario. A ella le pareció divertido aparecer para hablar con él. Y mi padre se enamoró de ella. —Sonrió—. Fue lo único que necesitó para convencerse de que había acabado con la AACP. No estaban dispuestos a permitir que una persona conocedora de tantos secretos como él lo dejara, así pues fingió morir ahogado. En aquellos tiempos perdían a muchos agentes secretos y no fue difícil convencer a los demás.

—Entonces, tu madre y tu padre... —Me callé, pues de repente me di cuenta de que estaba a punto de entrar en un terreno pantanoso.

—Ella está compuesta de agua. Si intentaras tocarla la atravesarías con la mano. —Todo aquello me resultaba un misterio insondable y no quería intentar encontrarle una explicación. Por suerte, él continuó—: Pero todos los elementos primarios tienen el don de la elección. Mi madre decidió que, después de todos los años que llevaba rondando por ahí, le gustaría saber cómo era estar viva, ser humana. Así pues, adoptó una forma mortal y vivió con mi padre como si estuvieran casados. Pero no podía dejar el agua... no quería. Ella no se lo dijo, pero adquirió la mortalidad sólo durante un año. Fue tiempo más que suficiente para engendrarme. —Sonrió y se sonrojó—. Y al final de ese año, le dio un hijo a mi padre y regresó al agua.

Lo miré asombrada. Era increíble. Mi idea original de

que Lend era agua hecha vida no iba nada desencaminada. Me pregunté qué habría pensado Lish, teniendo en cuenta que ella también era un ser paranormal acuático. Me dolía saber que mi mejor amiga nunca había conocido a ese chico que me volvía loca. Se habrían caído de maravilla.

—O sea que realmente eres único en tu género, ¿no?

Se encogió de hombros.

—Supongo que sí. Mi padre lo pasó mal cuando yo era pequeño. Yo cambiaba de forma constantemente, era como un juego. Tuvo que escolarizarme en casa hasta que tuve edad suficiente para comprender que era muy peligroso que la gente se enterara de lo que era realmente. Además, ya has conocido a mi madre, no es que fuera exactamente la mujer más útil del mundo. —Me miró con cautela, como si esperara que me echara a reír—. Así pues... ésos son mis orígenes.

Sonreí y meneé la cabeza.

—Eres increíblemente alucinante.

Rompió a reír, claramente aliviado. Yo estaba exultante. En parte porque Lend se sinceraba conmigo y en parte porque sabía que tenía cabida en su familia. Pero, además de todo eso, hacía como seis años que no iba en coche. Lo miré en el asiento del conductor sin disimular la envidia que sentía.

—¿Sabes qué? —dijo al percibir mi mirada—. Ya sé que no puedes sacarte el carné, pero quizá pueda conseguirte algo mejor.

—¿Qué?

Sonrió.

—¿Qué te parece la idea de venir conmigo mañana al instituto y ver una taquilla de verdad?

Estoy segura de que proferí un chillido.

Cuando acabamos de hacer la compra (tenía tantas ganas de quitarme la ropa de Lend que me cambié en el baño de la tienda), regresamos al coche. Estaba convencida de que me había echado el ojo unas cuantas veces. Por lo menos, es lo que yo esperaba. Sabe Dios que yo también me dedicaba a mirarlo a hurtadillas.

—¿Tienes hambre? —preguntó. El coche empezó a circular.

—Oh, cielos, estoy muerta de hambre —dije. Miré el reloj del salpicadero. Eran las tres de la tarde.

—Pues entonces vamos a buscar algo de comer.

—¿No estás castigado? —bromeé.

—Mi padre nos dijo que volviéramos antes del anochecer. Todavía no ha anochecido.

Recorrimos un par de manzanas hasta llegar a un pequeño restaurante. Nunca había estado en la Costa Este aparte de para algún que otro trabajillo nocturno, así pues disfruté mirando a mi alrededor. Había muchos árboles a punto de brotar. Entramos en el restaurante y me quedé boquiabierta.

Todos los allí presentes eran paranormales.

—Esto... ¿sabes que este sitio está lleno de hombres lobo, vampiros y un par de criaturas más que nunca había visto? —susurré. Lend se echó a reír y se sentó a una mesa.

—Bueno, sí. Mi padre es el dueño.

—Oh.

—Cuando mamá regresó al agua, se quedó con un hijo muy paranormal. Sabía lo mal que estaba la situación en las agencias gubernamentales, así que decidió hacer algo al respecto. Gestiona una especie de tren clandestino para seres paranormales, les protege de la AICP, les da trabajo, les ayuda a controlar su lado más desagradable.

—¿Qué me dices de los vampiros? ¿Les deja chupar a sus víctimas hasta dejarlas secas de vez en cuando?

—Hay muchas otras fuentes de sangre. Todos saben que si infringen las normas, dejará de ayudarles. De todos modos, la mayoría son vampiros jóvenes. Todavía recuerdan cómo era ser humano y no les apasiona la idea de matar. Además ayudan en todo eso de controlar la mente.

Me sentí un poco mal. Nunca se me había pasado por la cabeza dar a los vampiros el beneficio de la duda.

—¿Tienes alguna bruja?

Lend se echó a reír.

—Somos tolerantes pero no suicidas.

Suspiré aliviada.

—Pues vale. Mola, supongo. —Lo cierto era que todo aquello me ponía bastante nerviosa. La idea de fondo era genial pero... ¿pretender que todas esas criaturas controlaran sus instintos naturales? Parecía un tanto temerario. ¿Cuántas vidas valía la pena poner en peligro para que un puñado de vampiros tuviera más libertad?

Una camarera vino a tomarnos nota e interrumpió mis pensamientos. Conocía a Lend y era guapísima: pelo rubio, ojos azules y unos labios totalmente voluptuosos. Su rostro sin glamour era igual de hermoso, aunque estaba moteado de marrón y gris. Los dos pedimos y ella se dio la vuelta. Me quedé boquiabierta. Bajo el glamour, tenía la espalda hueca como un tronco vacío y una cola.

—¿Qué tipo de criatura es? —susurré.

—¿Nona? Oh, es una *huldra*. Un espíritu arbóreo.

Al observarla a ella y a los demás paranormales del local, cambió mi visión de las cosas. Eran animados, alegres y no le hacían daño a nadie. Era un buen sitio.

Antes consideraba que la AICP era una organización

noble que protegía a los humanos, pero que también ayudaba a los seres paranormales. Los hombres lobo y los vampiros trabajaban y todos los paranormales gozaban de la condición de protegidos. Sin embargo, aquella información reciente me proporcionaba una nueva perspectiva. La AICP funcionaba a través de verdades absolutas y yo era cada vez más consciente de que en este mundo no hay nada absoluto.

El padre de Lend no estaba del todo en lo cierto, pero probablemente tuviera más razón que mis ex jefes.

Se me ocurrió otra cosa.

—Con todo lo que sabes sobre la AICP, ¿cómo es que estabas tan tranquilo mientras nosotros... ellos te retenían? Yo habría estado cagada.

Se echó a reír.

—Oh, estaba aterrado, te lo aseguro. Más que aterrado. No hacía más que pensar que me abrirían en canal o algo así. Menos mal que estaban entretenidos con los paranormales muertos, de no ser por eso no quiero ni pensarlo.

—Pues creía que eras una especie de agente secreto que sabía exactamente qué se traía entre manos, y ahora me entero de que ni siquiera tenías motivos para estar allí.

—Tengo mucha práctica actuando. Al fin y al cabo, lo hago continuamente. —Estaba en lo cierto; actuaba con todo su aspecto.

—Bueno, sigo pensando que molas un montón.

—Menos mal. —Negó con la cabeza fingiendo sentirse aliviado—. Por supuesto, delante de ti no puedo actuar. —Me dedicó una débil y tímida sonrisa. Le debía de resultar muy raro que fuese la única persona que podía verle de verdad. La idea me gustaba.

—Conmigo no hace falta que actúes —respondí. Me

sonrojé. Vaya, ¿estaba largando tonterías o qué? Al paso que iba, dentro de nada empezaría a decirle lo soñadores que me parecían sus verdaderos ojos y cuánto me gustaría que me tomara de la mano, como queriendo decir «el mundo no se acaba y soy amable contigo». Desplegó una amplia sonrisa y los dos nos centramos en la comida.

Menos mal, porque a mí poco me faltaba para soltarle lo de «Oye, ¿quieres ser mi novio?».

Cuando nos marchamos, la mitad del restaurante se despidió de Lend alegremente con la mano, y la mayoría de los clientes me dedicaron miradas de curiosidad. Supuse que era positivo que no supieran quién era. Intenté no quedarme mirando fijamente a nadie, fingiendo no ver qué eran en realidad. Además del espíritu arbóreo que era la camarera, había una mujer que tenía aletas bajo las piernas de glamour, varios hombres lobo, un par de vampiros, y estaba convencida de haber visto a dos gnomos trabajando al fondo. Ese sitio era incluso más raro que el Centro.

Al recordar mi viejo hogar noté más punzadas de culpabilidad. Ni siquiera sabía si Raquel estaba bien, y seguro que estaba muy preocupada por mí. Pero había dejado de contarme tantas cosas, ocultado tanto, que era fácil que la culpabilidad diese paso a la ira. Además, intentaba no pensar en Lish en absoluto. Si hubiera seguido en el Centro, su ausencia habría creado un vacío en mi corazón.

Ahora estaba tan alejada de mi vida anterior que me resultaba un poco más fácil. Podía fingir que seguía en su acuario, moviendo las manos a su alrededor y haciendo pitar al ordenador.

Cuando hubimos regresado a la casa, Lend exhaló un suspiro.

—Será mejor que llame a unos amigos para averiguar lo atrasado que voy en las clases. —Sacó el teléfono.

—¿Lend? —le llamó David.

—Sí —respondió Lend—. Ya hemos vuelto y ya hemos comido.

—Ya lo sé. Nona me ha llamado y me ha dicho que habíais ido allí.

La persona a quien Lend estaba llamando respondió y él empezó a hablar. Yo no sabía qué hacer. Mi primer impulso fue ir al cuarto de Lend. Siempre había pensado que el Centro me resultaba claustrofóbico, pero ahora sospechaba que tenía el problema contrario. Durante el rato que había pasado en espacios abiertos y al aire libre me había sentido tensa, nerviosa y con ganas de entrar en un sitio cerrado. ¿Qué tontería era ésa?

Además, seguía sin superar lo que Lend me había contado, sobre todo lo relativo a las esterilizaciones.

—¿David? —pregunté, entrando en la cocina.

—¿Sí? —Alzó la vista de la mesa.

—Yo... no sabía... Me refiero a la AICP. A lo que hacen. —Bajé la mirada al suelo con expresión de culpa al recordar a todos los hombres lobo que había llevado al Centro. Y ahora les había abandonado por aquel hogar feliz y seguro—. Quiero ayudar. Si es que puedo.

—Ya os lo dije a ti y a Lend, no quiero que te metas más en esto.

—No, no en los asesinatos. Me refiero a otras cosas. A lo que estáis haciendo aquí. —Entonces caí en la cuenta—. ¡Los hombres lobo! ¡Todos los hombres lobo de la AICP fueron evacuados del Centro! Podemos ayudarles.

—¿Dónde? —David se puso de pie.

Se me cayó el alma a los pies.

—Oh, no lo sé. Hice que un hada los sacara para que estuvieran a salvo. No tengo ni idea de adónde los llevó. El Centro está en el noreste de Canadá, por si sirve de algo. A lo mejor sólo los llevó fuera.

—¿Está en Canadá?

—La AACP lo quería aquí pero los demás países se pusieron hechos una furia. Todo el mundo odiaba a la AACP porque siempre teníais la mejor tecnología. Una de las condiciones para formar la AICP fue que el centro tenía que estar fuera del territorio estadounidense, y eligieron Canadá porque era lo bastante neutral. —Cuestión de política, la verdad.

Frunció el ceño, pensativo.

—Si siguen sin supervisión, no todo está perdido. Conozco a varias personas que podrían ayudarme. Tienen que estar en alguna parte.

—¿Y las tobilleras de seguimiento?

—Llevamos mucho tiempo trabajando contra la AICP, Evie. No podría hacer esto sin unas cuantas personas clave en el seno de la organización. Ya se nos ocurrirá algo. —Sonrió. Me sentí un poco mejor. Por lo menos había hecho algo para ayudar a Charlotte. O eso esperaba.

Pero el hecho de que dijera que tenía a alguien en el seno de la organización me hizo recordar a Raquel. Me aclaré la garganta, nerviosa.

—Esto... ¿podrías por lo menos averiguar si mis amigos están bien?

—Si te refieres a Raquel, ya me he puesto en contacto con mis fuentes y me comunicarán su ubicación en cuanto la averigüen.

Exhalé un suspiro de alivio.

—¡Gracias!

Entré en el salón familiar y me senté en el sofá junto a Lend, aunque no tan al lado como me habría gustado.

Al cabo de unos instantes, apagó el teléfono y suspiró.

—Estoy muerto. Voy a tardar una eternidad en hacer esto. Vuelvo enseguida. Voy a ver qué libros tengo aquí para ir empezando. —Cogió las bolsas de la compra y subió arriba.

Le vi marcharse, celosa de su vida. Estaba hasta dispuesta a hacer deberes.

—Oh —dijo Arianna, con voz monótona. Acababa de entrar en el salón y dio la impresión de que mi presencia le molestaba—. Iba a ver la tele. —Me dedicó una mirada de esas que dicen «y tú no me lo vas a impedir».

—Adelante. —No me moví y le dediqué una mirada del tipo «no te creas que me vas a intimidar, chupasangre».

Se sentó en un sillón cerca del sofá y extrajo un par de mandos. Tras recorrer un menú, escogió una serie y la reprodujo.

—¡No me lo puedo creer! —Me levanté de un salto—. Me encanta esta serie.

—¿Te gusta *Easton Heights*?

—La mejor serie de todos los tiempos.

—Ya lo sé, ¿vale? —Los ojos de su glamour se iluminaron de la emoción. Los ojos muertos de debajo hasta parecían un poco animados—. Me perdí un par de capítulos mientras estaba ahí fuera buscando a ese memo —dijo, mirando enfurecida a Lend cuando entró en el salón.

Lend se sentó en el sofá, más cerca que antes, y entonces se fijó en la serie. Exhaló un fuerte suspiro.

—Perfecto. Estoy intentando conseguir un poco de...

Después de ponerse al corriente de los episodios que se había perdido, Arianna y yo mantuvimos una larga conversación, ligeramente acalorada, sobre con quién debía acabar Cheyenne. No era tan divertida como Lish pero estaba claro que se sabía *Easton Heights* al dedillo. Me pregunté qué le parecería a Lish, consciente de que estaba hablando sobre nuestra serie con una vampiresa que iba por libre. Por lo menos Lish tendría mi apoyo en la discusión.

—Ya sabes que ella está hecha para Landon —dije.

—¡Oh, ya ves! Nunca cambiará. Ella debería aceptar que Alex la hará feliz.

—¡Estás loca! ¿Qué me dices de cuando Alex se emborrachó y fue a ese club y se enrolló con Carys antes de enterarse de que eran primos? Sí, a eso lo llamo yo estabilidad.

Lend se levantó.

—Evie, mañana tenemos que madrugar para ir al instituto.

—Oh, sí, tienes razón. —Estaba agotada—. Ya hablaremos de esto mañana —le advertí a Arianna.

Lend y yo subimos juntos las escaleras.

—Quédate en tu habitación si quieres —dije.

—No te preocupes. Ya no hay luna llena, así que Stacey y Luke pueden volver a compartir habitación. Yo me quedaré en la que sobra.

—Yo podría ocupar la que sobra.

Se encogió de hombros y sonrió.

—Ya he puesto todas tus cosas ahí, no te preocupes. Mañana ya te instalarás de forma más permanente.

La verdad es que me encantaba aquel panorama. Después de prepararme para acostarme, me lo volví a encontrar en el pasillo.

—Hoy me lo he pasado genial. Bueno, aparte del ataque de Reth.

—Yo también. —Los dos nos quedamos callados, y entonces se inclinó hacia delante y me dedicó una mirada extraña. Durante unos segundos pensé que iba a abra-

zarme o, pi-pi, incluso besarme y me puse muy nerviosa. Entonces se limitó a sonreír y añadió—: Buenas
noches.

—Oh, esto... buenas noches —respondí, sin ni siquiera conseguir ocultar mi decepción.

Al paso que iba, no me iban a besar nunca.

BROMAS DE MAL GUSTO
E INSTITUTOS

A la mañana siguiente me desperté temprano, descansada tras haber dormido sin soñar y emocionadísima ante la perspectiva de ir a un instituto de verdad. Me duché rápido y me preparé. Me agradó peinarme y maquillarme, así todo parecía un poco más normal. Escogí una camisa que Lend había elegido para mí (rosa y brillante, una monada, ¿no?) y estuve lista tres cuartos de hora antes de que tuviéramos que salir. Lend ni siquiera se había levantado. Como no tenía nada mejor que hacer, bajé a desayunar.

David estaba sentado a la mesa con Arianna y los dos hombres lobo.

—Oh, hola —saludé. Me sentí como una intrusa.

David me sonrió y Arianna incluso me dedicó un asentimiento de cabeza. Stacey y Luke ni siquiera se dignaron mirarme. Creo que les daba miedo. Genial.

—Los cereales están en la despensa, sírvete tú misma —indicó David. Eso hice. Cogí un cuenco y una cuchara y me senté en la encimera a comer. Intenté no escuchar su conversación pero la cocina era pequeña—. Si al menos supiéramos cómo los mató.

—Un momento, ¿qué? —Me giré y miré al grupo de

frente—. ¿Te refieres a la chica que mata paranormales? La vi.

—¿Ah, sí? ¿Cómo se lo monta? —Se me quedaron todos mirando, ansiosos y muy serios.

—Es raro. Hace algo así como ponerles la mano en el pecho y entonces ya están muertos. Luego queda la marca de la mano, brillante y dorada, pero va desapareciendo gradualmente. Creo que nadie más sería capaz de verla.

—¿Puedes enseñarme exactamente qué hizo? —David se levantó—. ¿Estás segura de que no tenía ningún tipo de arma?

—Sí, no tenía nada.

Arianna se me acercó.

—Enséñaselo conmigo.

Todo aquello me resultaba muy extraño. No es que me muriera de ganas de ponerle la mano a Arianna en el pecho, ni las habría tenido aunque no fuera una muerta viviente. No era lo mío. De todos modos, David nos observaba fijamente, así que me encogí de hombros.

—Bueno, se le acercó y estiró la mano así, y entonces...

En cuanto nos tocamos, Arianna abrió unos ojos como platos y empezó a sufrir convulsiones, al tiempo que profería un grito horrible.

David retrocedió de un salto y yo chillé y aparté la mano enseguida, aterrorizada. ¿Qué había hecho? Realmente era como Vivian, una asesina. Esperé, atónita, a que apareciese la marca dorada de mi mano y que Arianna se desplomara sobre el suelo. Y una parte de mí, una parte pequeña y terrible, deseaba saber qué sentiría.

Sus convulsiones dieron paso a una risotada.

—¡Oh, te lo has creído! —Se reía con tanta fuerza que se dobló en dos.

Me apoyé en la encimera y cogí aire a duras penas.

Intenté no echarme a llorar y le di un empujón en el hombro que a punto estuvo de derribarla.

—¡Mocosa estúpida! ¡Me parece increíble lo que acabas de hacer!

David exhaló un suspiro.

—Ha sido de muy mal gusto.

Stacey, en la mesa, tenía la cabeza oculta en el pecho de Luke. Estaba berreando y daba la impresión de que Luke quería cortarle el pescuezo a Arianna.

—Oh, alegrad esa cara —dijo ella, sin dejar de reír—. Ha sido alucinante, tenéis que reconocerlo. Tenías que haber visto qué cara ponías. Realmente te has creído que me estabas matando.

—Sí, pues es lo que haría justo ahora. —La fulminé con la mirada. No conseguía quitarme de la cabeza el sueño ese tan tonto. De hecho había vuelto a pensar en que Vivian era la Chica de Fuego.

—Eh, buenos días. —Lend entró en la cocina y se paró al ver la expresión de nuestros rostros—. ¿Me he perdido algo?

—Arianna es un genio de la comedia —mascullé. Volví a sentarme para acabarme los cereales.

—Evie nos estaba enseñando cómo mata esa cosa, y Arianna ha decidido ponerle un poco más de dramatismo —añadió David con sequedad.

—Fabuloso —dijo Arianna, cuando por fin consiguió controlar la risa.

—¿Estabais hablando del poema? —preguntó Lend—. ¿Qué se os ha ocurrido?

David negó con la cabeza.

—No, tienes oficialmente prohibido escucharnos. O pensar en esto. O incluso pensar en pensar en esto, ¿entendido?

—Pero yo...

—No, lo digo en serio. Tanto tú como Evie. Esto ya no es problema vuestro.

Lend cogió el paquete de cereales con el ceño fruncido y se sentó a mi lado. Sinceramente, había estado sometida a tanta presión durante tanto tiempo que me supuso un gran alivio dejar la situación en manos de adultos. No quería pensar más en hadas ni chicas locas en llamas. Yo, por lo menos, pensaba respetar las normas de David. Ya iba siendo hora de cumplir los dieciséis.

Me quité de la cabeza la imagen del cuerpo inerte de Lish con una punzada de culpabilidad. Aquélla no era mi batalla. Yo ya había librado la mía.

—¿Estás preparada? —preguntó Lend.

—Oh, sí. —Bien preparada que estaba. Alguna distracción, por favor—. ¿En el instituto hay también muchos paranormales? ¿Vampiros?

Arianna soltó un bufido.

—¿Para qué demonios va a ir un vampiro al instituto?

—Bien, pues entonces hoy no tengo que lidiar con vosotros, así que el instituto ya me parece genial.

—Mejor que vayáis tirando —dijo el padre de Lend después de mirar la hora.

Seguí a Lend hasta el coche prácticamente dando brincos.

Paramos junto a un edificio extenso de ladrillo visto y dejamos el coche en el parking abarrotado. Salí de un salto y esperé impaciente mientras Lend recogía la mochila y los libros.

—Primero iremos a la secretaría para que te hagan un pase. —Entramos por una puerta doble de cristal y un par de oficinistas alegres nos saludaron. Lend les dedicó una sonrisa encantadora—. He traído el justificante de mis faltas de asistencia y vengo a pedir un pase para mi amiga. Creo que mi padre llamó, ¿no?

—Oh, sí —respondió una de las señoras, una mujer rechoncha y pelirroja de pelo corto y rizado—. ¿Has estado enfermo, guapo?

—Sí, muy enfermo. —Lend le tendió un papel y ella le echó un vistazo antes de introducir algo en un ordenador. Me entregó un pase de visitante, que me prendí en el botón de la camisa no sin cierta renuencia. Vaya bobada.

—Bueno, pues ya estáis.

—Gracias. —Noté un cosquilleo en el estómago cuando nos giramos y cruzamos la puerta que conducía al vestíbulo principal.

Era alucinante. De verdad, increíble. El instituto estaba un tanto dejado y sucio, pero ¡los chicos! ¡Adolescentes por todas partes! ¡Adolescentes deliciosamente normales, totalmente ajenos a lo que sucedía a su alrededor! Nunca había estado en compañía de tantos. Lend y yo atravesamos el flujo del tráfico y caminamos por el pasillo, y me percaté de que nadie se fijaba en nosotros ni a ninguno de ellos le importaba nuestra presencia. Se empujaban los unos a los otros, se saludaban a gritos, se lanzaban insultos en una jerga que jamás había oído pero que prometí probar. Y yo allí en medio de todo aquello.

Era normal. Era el paraíso.

Doblamos por un pasillo lateral y Lend se paró. Levantó las manos de forma histriónica.

—Te doy... mi taquilla.

Era de un color azul pálido, la pintura estaba desconchada en las esquinas y se veía la capa anterior de color tostado. Coloqué la mano en el frío metal.

—Y bien, ¿es todo como lo imaginaste? —preguntó.

—Mucho mejor —susurré antes de echarme a reír—.

De verdad, este sitio... ¡es increíble! ¡Me cuesta creer que hagas esto todos los días!

—Qué curioso. A la mayoría de la gente que está aquí, incluido yo, le gustaría no tener que hacerlo.

—Eso es porque no tenéis ni idea del valor de ser normal. Mira. —Me puse las manos en las caderas y miré a mi alrededor—. Según *Easton Heights*, en algún momento del día se producirá una pelea a puñetazos por una chica, seguida de una pelea salvaje entre mujeres en el baño de chicas. ¿Tengo que andarme con cuidado? Y, lo que es más importante, ¿participo en la pelea o me limito a mirar?

Lend se echó a reír.

—Esto... lo más probable es que no pase. Iremos a mis clases, almorzaremos, iremos a más clases y te darás cuenta de que el instituto es para morirse de aburrimiento.

—Imposible —dije, sonriendo—. Es alucinante.

Al término de uno de los mejores días de mi vida, estábamos sentados en el coche esperando en la cola para salir del parking.

—Entonces ¿te ha gustado el rollo este del instituto? —preguntó Lend.

—Vamos a ver. —Fruncí la nariz con aire pensativo—. La Historia es aburrida, eso ya lo sabía. Algunas clases son divertidas, una agradable sorpresa. Hasta la gente normal es rara, eso ya me lo había imaginado. No he tenido que paralizar con la pistola a ninguna criatura feroz, lo cual siempre es un plus. Pues sí, el instituto mola. —Era cierto. Incluso había ido a clase de Dibujo. El profesor me hizo posar delante de toda la clase para que me dibujaran, lo cual había sido casi tan aterrador como estar en aquella habitación llena de vampiros. Por lo menos sabía en qué estaban pensando los vampiros.

Salimos del parking y vi un cartel en la esquina que aconsejaba a los estudiantes que compraran las entradas para el baile de fin de curso.

—¿Todavía no se ha celebrado el baile de fin de curso?

—Oh, no, supongo que no. —Lend se movió inquieto en el asiento y se quedó callado.

Oh, mierda... Probablemente pensara que le estaba insinuando que me invitara a ir y se sentía incómodo porque no quería. Recorrimos la mitad del camino hasta casa en un silencio perfecto, nuestro fabuloso día echado por la borda. «Te has lucido, Evie.»

—Bueno —dijo cuando por fin habló—, ¿quieres... quiero decir que es una sosada, pero quieres ir al baile de fin de curso? ¿Conmigo?

—¿Va en serio?

Se encogió de hombros sin apartar la vista de la carretera.

—No tienes por qué aceptar. Es que he pensado que quizá...

—¡Sí! ¡Me encantaría! Quiero decir que... será divertido, ¿no? —Mi sonrisa era tan resplandeciente que habría sido capaz de fundir el hielo. Lend también esbozó una sonrisa, lo cual hizo que me diera cuenta de lo nervioso que había llegado a estar. ¡No era de extrañar que hubiera estado tan callado!

—Perfecto. Será divertido.

La tarde pasó rápidamente. Cada vez que pensaba en el baile de fin de curso me embargaba una especie de sensación de vértigo por lo irreal que todo parecía. No era posible que aquello me estuviera pasando. Era demasiado alucinante. Iría al baile de fin de curso, de mi fin de curso, con Lend.

CHICAS, LLOROS, LOBOS

La cena resultó un poco violenta. Hacía años que no compartía una cena en familia. A veces, en el Centro, Raquel o Charlotte comían conmigo; cuando no era el caso, me llevaba la comida a Procesamiento Central, pero tampoco es que Lish pudiera sentarse a la mesa conmigo.

Nada de llorar durante la cena. Nada de pensar en Lish.

Stacey y Luke estaban sentados en el extremo opuesto de la mesa y, cada vez que alzaba la vista, Stacey me lanzaba miraditas que oscilaban entre aterradas y furiosas. Apenas era capaz de establecer contacto visual con alguno de ellos, no ahora que sabía lo que habría pasado si les hubiera pillado la AICP.

David se pasó toda la cena hablando por teléfono en el otro cuarto, pero apareció cuando ya casi habíamos acabado de comer y se dejó caer pesadamente en el asiento con una sonrisa de cansancio y alivio. Se volvió hacia mí.

—Lo hemos conseguido.

—¿El qué? —inquirí.

—No quería decir nada hasta que todo el mundo estuviera a salvo, pero tu pista sobre Canadá ha sido suficiente. Tengo un viejo amigo que es SCP, Supervisor Canadiense de Paranormales. Siempre han mantenido cierta independencia de la AICP porque les incomodaba la idea de que una organización internacional tuviera derechos sobre sus ciudadanos. Había estado rastreando la actividad de la AICP y, con tu información, encontró a todos los hombres lobo.

Me recosté en el asiento.

—¿A todos? ¿Y les han quitado los dispositivos de seguimiento?

David asintió contento. Aunque Stacey había abierto unos ojos como platos, era incapaz de interpretar su expresión.

—¿Adónde irán? —No podían volver a sus vidas anteriores. La AICP los tenía fichados a todos. Los capturarían de nuevo en un periquete.

—Algunos pasarán a ser SCP, escondidos justo delante de las narices de la AICP. Acaba de llegar otra tanda a la ciudad, por lo que les conseguiremos identidades nuevas y les ayudaremos a establecerse en algún sitio.

—¿Aquí? —susurró Stacey—. Qué me dices de...

Sonó el timbre. Stacey se giró hacia la entrada, pálida.

Lend, sorprendido, se levantó a abrir. Regresó al cabo de unos instantes, acompañado de Charlotte.

—¡Charlotte! —exclamé, asombrada. Stacey se levantó y rompió a llorar. Se echó al cuello de Charlotte y la rodeó con los brazos.

—¡Cuánto lo siento! —sollozó Stacey mientras hundía la cara en el hombro de Charlotte—. No tenía que haber dicho aquello... nunca... lo siento.

Mi antigua tutora se puso también a llorar e hizo que Stacey se le acercara todavía más y le acariciara el pelo.

—No pasa nada. De verdad que no pasa nada. Yo también lo siento.

Fue entonces cuando caí en la cuenta de por qué Stacey me resultaba tan familiar. Así pues, aquélla era la pariente que Charlotte había atacado y se sentía tan culpable por ello que había intentado suicidarse.

David y Arianna se pusieron de pie; Lend y yo les seguimos al exterior para que las hermanas disfrutaran de un poco de intimidad. La culpabilidad me corroía el estómago. Sabía que yo no tenía la culpa de nada de todo aquello. No había convertido a Charlotte en un monstruo, no le había hecho morder a su hermana. No las había separado personalmente cuando más se necesitaban la una a la otra. Pero sí que había ayudado a la AICP en todas las fases del proceso.

—Y bien, ¿alguna noticia más? —preguntó Arianna. Encendió un pitillo cuando nos reunimos en el porche.

—Ya sabes que no me gusta que fumes esas cosas —declaró David con el ceño fruncido.

—Ya, ¿porque puede matarme? —Sonrió con amargura, pero lo apagó.

David suspiró.

—No hay buenas noticias. La AICP ha perdido otro centro.

—¿Cuál? —pregunté con la garganta atenazada por el miedo.

—El de Bucarest.

En el de Bucarest había principalmente vampiros. Me sentí aliviada al instante aunque luego volvió a atenazarme un sentimiento de culpabilidad. ¿Me habría sentido aliviada si Arianna hubiera sido una de las víctimas?

—Por lo menos Bucarest está lejos —musitó.

—Los ataques se están intensificando. Voy a enviar el máximo número de paranormales lejos de aquí. Ya no es seguro que aquí haya una concentración tan elevada. No sabemos cómo encuentra estos lugares; no podemos correr más riesgos.

—¿Y los que se queden? —preguntó Lend.

—Ya nos las arreglaremos. Parece que ha puesto el punto de mira en la AICP, así pues esperemos seguir desapercibidos. Mientras tanto, mis contactos sacarán de forma clandestina a tantos paranormales como puedan y los filtrarán a través de nosotros.

—¿Qué está haciendo la AICP? —pregunté. Seguramente habrían tomado más medidas para protegerse a ellos y a los paranormales.

—Que yo sepa, correr por ahí como un pollo sin cabeza —dijo David con un suspiro—. Intentan dar con algún plan de emergencia, hacer que la cosa se mueva, pero siempre han sido los intimidadores, no las víctimas. No saben cómo manejar la situación.

—¿Qué podemos hacer? —preguntó Lend.

—Puedes entrar y hacer los deberes. —Lend se disponía a protestar, pero David le hizo callar levantando una mano—. Esto no es asunto tuyo. Entra y haz los deberes ahora mismo.

Seguí a Lend y me senté a su lado en el sofá mientras miraba encolerizado el libro de cálculo. Sabía que estaba frustrado pero, en ese caso, yo estaba de parte de David. Si la AICP no podía hacer nada, ¿quién podría? La mejor opción era proteger a los paranormales y escondernos.

El murmullo que oía procedente de la cocina me puso nerviosa. No sabía qué decirle a Charlotte, ¿cómo podría compensarla por lo que le habían hecho? Yo había sido partícipe.

Al cabo de más o menos una hora, salió con Stacey y Luke, junto con un par de maletas. Stacey me dedicó una sonrisa tensa, pero Charlotte se paró. Me quedé de pie, incómoda, con la mirada clavada en el suelo.

—Charlotte, no sabía lo de... lo siento muchísimo.

Me puso la mano en el hombro y alcé la vista. Sus cálidos ojos azules brillaban por encima de los amarillos de loba.

—No te disculpes, por favor. Ahora las dos somos libres. Disfrútalo. —Se inclinó y me dio un besito en la mejilla. Entonces se marchó y me dedicó una última sonrisa en la que, por primera vez, no había atisbo alguno de tristeza.

OYE, IMBÉCIL

Me sentí aliviada cuando por fin Lend cerró los libros; había pasado demasiado tiempo ahí sentada, rumiando sobre amistades perdidas, hombres lobo y las agresiones de la Chica de Fuego, que iban en aumento. Estaba harta de sentirme culpable y asustada.

—¿Te apetece ver una peli o algo?

Acepté la oferta entusiasmada y fuimos cambiando de canal al tiempo que comentábamos el mérito de varias películas que había a demanda. Apostamos por una comedia romántica (sí, está claro quién ganó la apuesta), y me acurruqué en el sofá mientras Lend preparaba palomitas. Cuando regresó, se sentó de forma que nos tocábamos.

Justo después de los créditos iniciales, me cogió de la mano y entrelazamos los dedos. A juzgar por los retortijones triunfales y alegres que notaba en el estómago, sabía que esa vez nos tomábamos de la mano de verdad. Era lo mejor que me había pasado en la vida.

¿He dicho ya lo maravillosa que es la piel de Lend? Increíblemente suave y lisa. Y tenía la mano tan caliente que la sensación era indescriptible. No era un calor raro que me subía por el brazo como con Reth, sino una calidez muy normal, placentera. Una calidez que me estremecía y me inundaba de alegría. Una embriagadora calidez del tipo «El chico súper encantador que me lleva al baile de fin de curso y yo estamos cogidos de la mano».

Me acarició la parte superior del pulgar con el suyo.

—¿Te gusta? —susurró. Me encantó que en realidad pareciera nervioso.

Me acurruqué más cerca de él, le apreté la mano y apoyé la cabeza en su hombro.

—Sí. —Desplegué tamaña sonrisa que tuve la sensación de que la boca se me desencajaría—. Me gusta. —Exhaló un suspiro de alivio y apoyó la cabeza encima de la mía.

Cuando la película estaba a punto de acabar (la mejor película que he visto en mi vida, no tengo ni idea de qué era, pero me daba igual) el padre de Lend entró en el salón. Levanté la cabeza rápidamente pero Lend ni se inmutó. David tardó un segundo en darse cuenta de lo que pasaba y sonrió.

—Me voy a la cama. No os acostéis tarde, mañana hay que ir a clase.

—De acuerdo, papá, buenas noches.

—Buenas noches —añadí. La cosa había salido bien. Volví a apoyar la cabeza en el hombro de Lend y deseé que la película no acabara jamás.

Supongo que Lend se sentía como yo porque cuando aparecieron los créditos finales dijo:

—¿Quieres ver otra?

—Sí. —¿Cómo negarse?

Escogió otra película, cogió una manta de un lado del sofá y la extendió por encima de nuestras piernas. Las últimas semanas habían sido tan raras, tan espantosas, que aquella escena de maravillosa normalidad era lo mejor que me había ocurrido en la vida.

A media película se me cerraron los ojos. Cuando los abrí la luz de la estancia había cambiado. No fui capaz de identificarla hasta que me di cuenta de que era más brillante, más cálida... y que no procedía de la tele. Alcé la cabeza. Vivian estaba sentada en el sillón, viendo la película. Su aura dorada de llamas flotaba de forma sugerente detrás de ella.

—¿Qué estás haciendo? —musité. Miré a Lend, que tenía la vista clavada en la tele, ajeno a lo que sucedía a su alrededor. Entonces volví a mirar a Vivian enfurecida—. ¡No deberías estar aquí!

Puso los ojos en blanco, se agachó y apoyó los pies en la mesa de centro.

—Relájate, no lo estoy.

Fruncí el ceño.

—Oh, estoy dormida.

—¿Cómo?

—Esto es ridículo. No eres de verdad.

Arqueó las cejas.

—¿Ah, no? Ay. Pensé que aquí por fin conectábamos.

—Eres mi cerebro intentando darle sentido a todo lo que ha pasado.

—Vaya. Bueno. —Sonrió con un brillo malicioso en sus ojos pálidos—. ¿Qué te parece si te lo demuestro? ¿Sigues teniendo el telefonillo ese de la AICP?

—No sé. —No me gustaba el rumbo que estaba tomando la conversación.

—Búscalo, echa un vistazo a los mensajes.

Estaba hecha un manojo de nervios. Aquello era ridículo... era un sueño.

—Si fueras de verdad, ahora mismo estaría súper asustada.

—¿Por qué?

—Porque estás loca y vas por ahí matando a la gente.

—Yo no mato a la gente.

—¡Mataste a Lish y a Jacques y a todos esos vampiros!

—Sí, precisamente por eso... no eran «gente».

—Da igual. ¿Te importaría mover la cosa esa resplandeciente que tienes? Me hace daño a la vista. —Lo cierto era que quería mirarla. Si la mano de Lend no me hubiera retenido con fuerza en el sofá, ya me habría acercado a ella.

Se echó a reír.

—Mira que eres rara. ¿No habías conseguido más?

—No, no lo quiero. —El hecho de tener la vista clavada en la masa brillante probablemente delatara que mentía.

—Bueno, brillas más que antes. Pensaba que ya te lo habrías imaginado.

Bajé la mirada. Mi camisa había desaparecido y estaba ahí con el sujetador. Sin duda, el corazón me brillaba más.

—Qué raro —dije, tanto porque no llevaba la camisa como por la intensidad de las llamas. Miré a Lend, asustada ante mi semidesnudez, pero seguía con la vista clavada en el televisor. Me giré de nuevo hacia Vivian—. No he hecho nada. Y sé que Reth no ha estado por aquí.

Vivian se encogió de hombros. No apartaba la mirada de la película.

—¿Sabes? No puedes seguir a tu aire para siempre.

—¿A qué te refieres?

—Me refiero a que tienes los días contados. Cuando te crearon, sólo te dieron los justos y necesarios.

—Un momento... ¿me crearon? —Reth había dicho lo mismo—. ¿Te refieres a nuestros padres? ¿Los conociste?

—¿O sea que todavía no te crees que soy de verdad

pero pretendes que responda a tus preguntas? Reconócelo, sabes que es cierto. De todos modos, ¿qué te hace pensar que tuvimos padres?

Fruncí el ceño e intenté disimular el pánico que sentía.

—No seas tonta. Claro que tuvimos padres. ¿Cómo, si no, íbamos a ser hermanas?

—Somos únicas en nuestro género. Supongo que eso nos convierte en parientes, ¿no?

—Vale, señorita única. Entonces, ¿qué somos?

—Las Vacías. ¿No te dijeron nada?

—¿Quién? —Para entonces yo ya estaba hablando a gritos. Me resultaba frustrante y la tentación de las llamas que tenía detrás me ponía de los nervios. Las deseaba.

—No me extraña que estés tan confundida. ¿Qué pasó entonces? ¿Tus hadas te perdieron cuando eras un bebé o algo así? —Vio mi expresión vacía y se echó a reír—. ¡Pues sí! Oh, ésta sí que es buena. Las hadas son de lo que no hay. Idiotas. Resulta que la comisión ha intentado que me enfrentara a ti en una especie de lucha épica y tú no tienes ni idea.

—Pensaba que no conocías a ninguna hada.

—No, he dicho que nunca le había arrebatado el alma a un hada. No me dejan que las toque... no son tan imbéciles. De todos modos, lo que estaba diciendo es... ¿qué más da? Siempre intentan entrometerse, arreglar las cosas para que encajen con sus poemitas estúpidos. Tú y yo somos lo que importa. Así que a tomar por saco lo fantasioso, seamos una familia. —Me sonrió con una expresión tierna y ligeramente histérica a la vez.

¿De qué estaba hablando? ¿La habían criado unas hadas? ¿Y por qué no dejaban de girar sus estúpidas llamas, atrayéndome?

—No sé. —Cerré los ojos—. No entiendo nada de lo que estás diciendo. Y no me gusta lo que estás haciendo.

—Madura de una vez, Evie. Será mejor que te vayas enterando si quieres seguir con vida.

—Entonces, ¿es que vas a matarme? —Abrí los ojos y la fulminé con la mirada.

—No, tonta. Te vas a matar tú sola si no te enteras de la película. Me aburro. Me voy. Pero echa un vistazo a tu comunicador, y luego me llamas. Resistiremos... de forma consciente, la próxima vez. —Me sonrió y luego las llamas doradas quedaron absorbidas en su interior. Me protegí los ojos de la luz cegadora. No sabía si se debía al resplandor de las llamas o a las muchas ganas que tenía de que se quedaran. De que vinieran hacia mí y me dieran calor.

—¿Evie?

—¿Qué? —Abrí los ojos y los entrecerré enseguida por lo inesperado de la luz. No había nada... ni siquiera el resplandor de la tele.

—Supongo que tendríamos que acostarnos —susurró Lend—. Me parece que te has quedado dormida.

—Oh, sí. —Meneé la cabeza e intenté sacarme el sueño insidioso de la cabeza.

—¿Te encuentras bien?

—¿Qué? Oh, sí, estoy bien. —Le apreté la mano y le dediqué una sonrisa forzada—. Sí, de verdad que estoy bien.

Lo que más deseaba en esos momentos era ir arriba con Lend, tal vez incluso besarnos, pero no conseguía quitarme el sueño de la cabeza. Le di unas buenas noches apresuradas para disimular los nervios y subí a mi habitación. Cuando me quité la camisa, me atreví a bajar la mirada. Probablemente no fuera más que el poder de sugestión, pero me veía el corazón más brillante. Frustrada, consciente de que era una tontería y sintiéndome culpable, esperé a oír cómo se cerraba la puerta de Lend y entonces bajé a hurtadillas a la cocina.

Estaba convencida de que allí no encontraría el comunicador, convencida de que David habría sospechado lo bastante como para esconderlo, pero de todos modos eché un vistazo. Lo encontré en un cajón lleno de utensilios de cocina.

Lo saqué.

—Esto es ridículo —susurré. Allí no habría nada raro porque esos sueños eran irreales. Miré la pantalla. Tenía doce mensajes nuevos. El último había llegado hacía dos minutos, del comunicador de Raquel. Ninguno era de Vivian... Vivian no era verdadera, era un producto de mi imaginación. Negué con la cabeza, aliviada. Entonces, de repente, eché muchísimo de menos a Raquel. No pensaba responder porque eso delataría mi ubicación, pero quería ver qué me había escrito, convencerme de que estaba bien. Abrí el mensaje.

No tenía que haberlo hecho.

«Oye, tonta —decía—. ¿Dónde quieres que nos veamos? Te quiere, Vivian.»

LO QUE NO SABES

Solté el comunicador como si me hubiera quemado la mano. Era de verdad, estaba conectada a todo, a Vivian. ¿Por qué no había prestado más atención cuando me había dicho lo que éramos? Además me había dicho que me estaba muriendo, o que iba a morir o...

Me senté y apoyé la cabeza en la mesa. Aquello era muy pero que muy terrible. Increíblemente terrible. La asesina loca paranormal no sólo sabía mucho más que yo y era capaz de introducirse en mi mente sino que encima daba la impresión de que pensaba que debíamos estar juntas. Y, por supuesto, las hadas estaban implicadas.

¿Qué pi-pi era yo?

Mis primeros recuerdos eran del sistema de acogida. La policía me había encontrado vagando desnuda y sola por un parque a los tres años. Nunca dieron con ninguna pista, por lo que pasé a estar bajo tutela del Estado. ¿Y si... y si, para empezar, no tenía padres? ¿De dónde había salido?

«Tiene alucinaciones —susurré para mis adentros con la frente contra la mesa de madera—. Está loca. No somos lo mismo.»

—¿Evie? —Me incorporé, asustada y sobresaltada.

El padre de Lend estaba en el umbral de la puerta de la cocina—. ¿No podías dormir?

—No, no, no podía dormir. —Me pregunté si debía decírselo. Pero a él le caía bien, confiaba en mí. ¿Qué harían si descubrían que aquello que les aterrorizaba era mi hermana? ¿Que quizá yo fuera exactamente lo mismo que ella? Se me empañaron los ojos de lágrimas. ¿Por qué no podía yo ser normal?

—Sí, yo tampoco. —Cogió un vaso de agua y se sentó a la mesa delante de mí.

—Tengo una pregunta. —Me planteé cómo obtener respuestas sin soltar prenda. Si es que David sabía algo. Tenía la sensación de saber más que cualquier otra persona de allí, lo cual no era gran cosa—. Reth se sabía la letra de esa especie de poema sobre Vi... sobre la chica que está haciendo esto. ¿Se trata de alguna profecía de hadas?

—¿La sabía? Qué interesante. —David adoptó una expresión pensativa—. ¿Reth es de los videntes o de los no-videntes?

—¿Qué? —Otra cosa más que desconocía. Fantástico.

—Hay dos tipos de hadas, dos comisiones. Las videntes y las no-videntes. ¿No te enseñaron eso?

—Ni me suena.

Frunció el ceño.

—¿Te pusieron a trabajar con hadas y nunca te hablaron de las diferencias? ¿Te enseñaron algo sobre el saber popular o la magia de las hadas?

Me encogí de hombros.

—La verdad es que no. Raquel se negaba a responder a muchas de mis preguntas. Siempre decía que esas cosas no importaban mientras supiéramos cómo se llamaban.

—Pero sólo trabajaban con hadas videntes, ¿no?

Me encogí de hombros.

—Creo que se conformaban con cualquiera.

Se recostó en el asiento y se frotó la cara con aspecto cansado igual que hacía Lend.

—Idiotas.

—Y que lo digas. Entonces ¿cuál es la diferencia?

—Bueno, muchas hadas son más independientes y no se implican de forma activa en las comisiones, pero en general se dividen en dos grandes grupos. Las hadas videntes son las hadas buenas, lo de buenas es relativo, claro está. Siguen siendo capaces de hacer travesuras. Pero las no videntes son incluso peores.

—Oh, entonces está claro que Reth es de los no videntes. Ya le has visto. También fue quien trajo a la Chica de Fuego al Centro.

—Y estaba al corriente de la profecía. Um. Me pregunto por qué el visionario estaba implicado. La perspicacia del espíritu femenino quedó clara desde que presagió las muertes. —Asentí, fingiendo que comprendía de qué hablaba hasta que recordé que Lend había dicho que un espíritu femenino les había proporcionado la información.

—Él mencionó algo más. —Me mordí el labio. Había llegado el momento de mentir—. Dijo algo acerca de estar vacío. ¿Que ella era una Vacía? —Le observé detenidamente para ver cómo reaccionaba pero parecía perplejo.

—No sé. No me suena. Las hadas funcionan a un nivel distinto al nuestro. Para nosotros, la planificación a largo plazo es a años vista; ellas ponen las cosas en marcha con siglos de antelación. Sobre todo se entrometen en asuntos de los humanos, pero todos los seres realmente inmortales están desconectados de nuestros marcos temporales. Como Cresseda. —Sonrió con tristeza—.

Intenta obtener una respuesta clara de ella sobre algo. Lo que pasa es que ella no tiene la misma sensación de inmediatez que nosotros. Es como si tuviera la mente en un plano distinto. De todos modos, cogemos lo que podemos.

—Sí. —¡Cresseda! Quizás ella pudiera responder a mis preguntas. Tendría que esperar hasta la mañana siguiente porque no me sería posible encontrar el camino a oscuras, pero albergué la esperanza de sacar algo en claro de todo aquello.

De todos modos, había algo más. Vivian había enviado el mensaje desde el comunicador de Raquel. No sabía qué significaba aquello, cómo lo había conseguido, pero no podía ser buena señal.

—Umm —dije, con la mirada fija en la mesa—. Sé que probablemente no te caiga bien, pero Raquel —se me quebró la voz al pronunciar su nombre— siempre fue muy buena conmigo. Y me preocupa que pueda estar... ¿Ya has averiguado algo?

David sonrió y me dio una palmada en el hombro cuando se puso en pie.

—Pensaba decírtelo por la mañana. Sé a ciencia cierta que Raquel está vivita y coleando.

—¿De verdad? —Alcé la vista hacia él con lágrimas de alivio en los ojos. A pesar de las muchas frustraciones y decepciones que me hubiera causado, era lo más parecido que tenía a una familia. Saber que estaba bien me quitó un gran peso de encima—. ¿Podrías...? —Quería enviarle un mensaje. Algo, lo que fuera, para que supiera que yo también estaba bien.

Pero lo más probable era que Raquel se llevara una decepción. Después de todo lo que había hecho... perder las tobilleras que Vivian utilizó para colarse en el Centro, liberar a Lend y huir en vez de cumplir el protocolo, no haber regresado ahora que ya estaba a salvo... no, no se alegraría de tener noticias mías. Y, además, me buscarían. Era mejor dejarlo correr.

—¿Si podría qué?

—Da igual. —Esbocé una sonrisa tímida—. Me alegro de que esté bien. ¿Estás seguro?

—Segurísimo. Y ahora voy a intentar dormir un poco.

—Oh, sí, yo también.

El amanecer llegó después de varias horas de nerviosismo y aturdimiento. Estaba agotada y enfadada. Seguramente me había quedado despierta en la cama, demasiado atolondrada por lo de Lend como para dormir, y no por estar aterrada y paranoica gracias a mi supuesta hermana espeluznante y las visitas que me hacía en sueños.

A eso de las siete Lend llamó a mi puerta.

—¿Sí?

Asomó la cabeza. Cielos, era encantador.

—Oye, ¿quieres venir al instituto conmigo otra vez? Es sólo medio día.

—La verdad es que no me encuentro muy bien. —Confiaba en que se diera cuenta de lo mal que me sabía. Era mi única posibilidad de ver a su madre sin tener que dar explicaciones a Lend o David. No estaba preparada para responder a preguntas.

—Ah, bueno. Menuda vaga estás hecha. Volveré antes del mediodía. —Me sonrió y me sentí la peor persona del mundo.

—Te esperaré ansiosa —dije, sonriendo. Agucé el oído hasta que estuve convencida de que no quedaba nadie en casa, y entonces me puse una chaqueta. Me guardé la pistola en el bolsillo. Era posible que Lend y su padre estuvieran convencidos de que Cresseda había alejado a Reth, pero yo no pensaba correr ningún riesgo.

Esta vez el sendero me pareció más corto ya que estaba nerviosa por lo que Cresseda pudiera decirme. Además, cada ramita que crujía me sobresaltaba porque estaba convencida de que Reth, o lo que es peor, Vivian, aparecería como si nada por entre los árboles.

Me paré al llegar a la orilla de la laguna, desconcertada. No tenía ni idea de qué hacer para que saliera a la superficie. Lend había lanzado una piedra pero yo era incapaz aunque me fuera la vida en ello. Frunciendo el ceño, cogí una candidata de aspecto similar e imité su lanzamiento con el movimiento de muñeca experto. Fui recompensada con un chapoteo muy poco elegante. Nada de rebotes. Lo intenté de nuevo, en vano. La mañanita iba a ser larga. Después de lanzar en parábola otras cuatro piedras, estaba a punto de darme por vencida cuando el centro de la laguna empezó a agitarse.

Cresseda se materializó delante de mí. Ya casi no había escarcha y en esta ocasión la tenía mucho más cerca.

—Oh, um, hola.

—Evelyn —dijo con su torrente de voz melódica.

—Quería saber si me responderías a algunas preguntas.

Se me quedó mirando, con el semblante serio y entristecido.

—Como dije, el tuyo no es un camino de aguas. Tu camino es de coraje y fuego.

—Sí, pero ¿sabes qué es un ser Vacío?

—Tú eres un ser Vacío.

Vale, menuda ayuda.

—Sí, pero ¿qué es eso? ¿Qué significa?

—Eso no se ha determinado. Todavía tienes que elegir, y no estás llena.

Se me quebró la voz y se me empañaron los ojos de lágrimas.

—¿Y si no quiero estar llena?

—No podemos cambiar nuestra naturaleza. —Como si quisiera demostrármelo, sonrió entristecida y me tendió la mano. Intenté tomársela, vacilante, y la toqué. Mi mano la atravesó.

—No quiero ser nada. —Las lágrimas empezaron a brotar con fuerza—. No quiero ser como ella, como Vivian. No quiero hacerle daño a nadie. ¿Voy a hacerle daño a la gente?

—Nadie puede obligarte a eso, hija. Estás atrapada entre dos mundos, igual que mi Lend. Desearás el fuego, desearás estar llena. Es propio de tu naturaleza. Espero que no caigas, pero ella es mucho más fuerte que tú.

Me sonrió y estiró los brazos como si quisiera secarme las lágrimas.

—Aférrate a lo que tu vida tiene de bueno. Sé buena con mi hijo. —Entonces el agua se desmoronó y perdió la forma regresando a la laguna.

Comencé el camino de vuelta, sintiéndome muy sola y con mucho frío. No me había dado mucha información que dijéramos. Seguía sin comprender qué eran los seres Vacíos o por qué yo era uno de ellos. Estaba deprimida y me planteé si debía ir en busca de Vivian en ese preciso instante. Daba la impresión de que ella era la única que sabía qué estaba pasando.

Pero entonces pensé en lo que había dicho Cresseda: que Lend y yo estábamos igual, atrapados entre dos mundos. Y aunque ella supiera lo que yo era, no había intentado matarme ni decirme que me mantuviera alejada de su hijo. Aligeré el paso mientras reflexionaba al respecto. Cresseda no me consideraba peligrosa y yo podía elegir. El resto de las hadas y Vivian podían continuar sin mí. Me daba igual.

Bueno, me importaba muchísimo y seguía obsesionada por el tema, pero no pensaba inmiscuirme. Mi relación con Vivian no importaba. Yo no era como ella; me daba igual estar vacía. Lo único de lo que quería llenarme era de momentos alegres en los que Lend me tomaba de la mano.

MENTIROSO, MENTIROSO, MUÑECA EN LLAMAS

Abrí los ojos rápidamente presa del pánico: el mundo temblaba. Lend se echó a reír mientras seguía saltando en el extremo de la cama. Cogí la almohada y se la arrojé. La atrapó y se sentó en la cama con las piernas cruzadas, de cara a mí.

—Perezosa —dijo.

Me incorporé y entrecerré los ojos.

—Oye, es la primera vez que hago vacaciones desde que tenía ocho años. Déjame tranquila.

—Vale, pero el instituto ha sido un aburrimiento sin tu presencia. Nadie ha alucinado con las taquillas ni nada por el estilo.

—Son todos unos imbéciles.

Bajó la mirada hacia la colcha.

—Quería preguntarte si te apetece salir con unos amigos esta noche. Van a ir a tomar una pizza.

Me erguí aún más.

—Oh, cielos, ¿salir de verdad? ¿Con adolescentes de verdad?

—Me temo que sí.

Me lancé al otro lado de la cama y le rodeé el cuello con los brazos.

—¡Es como un sueño hecho realidad!

Me devolvió el abrazo.

—¿Sabes? Es muy fácil hacerte feliz.

—Pero... ¡Oh, no! —Me aparté para mirarle; él no movió los brazos—. ¡Estás castigado! ¿Piensas salir por la ventana y robar un coche?

—Sí, porque estoy loco y ésta es una de tus series de la tele. Ya le he preguntado a mi padre. Ha dicho que no hay problema.

—Cielos, menuda disciplina más severa la suya, ¿no?

—Creo que se alegra de que por fin haga cosas normales. Siempre le ha preocupado que estuviera demasiado aislado.

Sonreí, aunque me entristecía no tener a nadie que se preocupara por si hacía suficiente vida social. Bueno, sin duda a Raquel le preocupaba si estaba muerta o no, o si hacía los deberes de francés (quizá no en este orden), pero con respecto a las emociones, siempre se mostraba más bien distante. Confiaba en que David supiera de qué hablaba cuando había dicho que no había problema.

—¿Qué?

—¿Qué de qué?

—Hay algo que te preocupa.

Le miré fijamente a los ojos verdaderos, intentando sonreír. En aquel momento no me apetecía hablar de Raquel. Sabía que debía, pero era más fácil centrarse en cosas alegres que, sin lugar a dudas, no incluían preguntarse cómo había conseguido Vivian el comunicador de Raquel.

—Últimamente me preocupan muchas cosas.

—¿Puedo ayudarte?

—Tal vez. Ya hablaremos de ello más tarde, ¿vale? Tengo que prepararme para una cita.

—¿Vas a tardar tres horas en prepararte?

—No sé. El chico con el que voy a salir está de muy buen ver... así que mejor que me ponga guapa.

Se echó a reír, me soltó y bajó de la cama.

—Sí, mi chica también. A lo mejor debería cambiarme, ¿no? —Emitió un brillo trémulo y pasó a tener el pelo rubio y los ojos azules—. ¿Qué te parece? ¿Esta cara me hace gordo?

Me reí.

—A lo mejor podrías ir de oriental.

Volvió a brillar y se convirtió en el guapo muchacho chino.

—¿Así está mejor?

—Umm. No sé, no acaba de ser mi tipo.

—¿Cuál es tu tipo? —La voz le cambiaba con cada forma que adoptaba. Como de costumbre, era algo que me fastidiaba.

—Me gustan los chicos del color del agua.

Bajó la vista al suelo.

—¿De verdad te gusta mi aspecto? ¿No te... no sé... asusta?

Me levanté, le puse la mano en la mejilla y me concentré para ver a través del glamour.

—Me gusta mucho tu aspecto. Ninguna de las caras que adoptas tiene punto de comparación.

Frunció el ceño, nervioso. Acto seguido despidió un brillo trémulo y el color se desvaneció y se quedó tal como era. No le había visto de esa manera desde que había estado inconsciente. Se me había olvidado lo asombroso que era. Sonreí sin apartar la mano de su rostro. Había cambiado de textura: era incluso más suave y lisa, si cabe.

—Hete aquí. —Si le miraba fijamente a los ojos distinguía todo su rostro en mi visión periférica mientras que cuando intentaba mirar otra cosa parecía desvanecerse.

—Aquí estoy —dijo con voz queda, con su verdadera voz. Era como la de su madre pero más intensa y con un tono más humano, lo cual la hacía mucho más cálida y familiar. Igual que introducirse en un baño humeante cuando tienes mucho frío en todo el cuerpo; me resultaba difícil imaginar una voz mejor.

—Creo que debes saberlo —dije, fingiendo que fruncía el ceño—. No pienso contentarme con tus otras voces ahora que te he oído la verdadera.

Se echó a reír y me flaquearon las rodillas. El momento en que Reth había propagado su calor por todo mi ser no tenía nada que ver con lo que sentía por Lend, con los sentimientos que me producía esa risa.

—¿Sabes que eres increíble, Evie?

—Medio me lo imaginaba. —Desplegué una amplia sonrisa, le retiré la mano del rostro y le rodeé la nuca con ambos brazos.

Él me puso una mano detrás de la espalda, para que me acercara más a él y luego me recorrió la mandíbula con los dedos. Yo estaba a punto de sufrir un ataque al corazón, casi asustada de que el beso que había soñado durante tanto tiempo por fin se produjese. Nuestros labios estaban a escasos centímetros de distancia. Entonces se puso serio y nuestras bocas dejaron de estar separadas.

Cerré los ojos y me fundí. Sus labios... oh, pi-pi, qué labios, justo cuando pensaba que tenía la piel más suave que había notado jamás. Y menuda calidez. Tuve la impresión de estar flotando: no me podía creer que estaba ahí, besando a Lend, y que era el mejor beso de mi vida.

Al cabo de unos segundos me planteé si se suponía que tenía que hacer algo más. Nunca había hecho aquello. Lend debía de estar pensando lo mismo porque movió los labios lentamente. Le respondí con los míos y nos quedamos allí de pie, descubriendo cómo besar.

Fue totalmente extraordinario.

Podía haberme pasado el día así. ¿Cómo era posible que nunca hubiera besado? Después de lo que pareció una eternidad y un instante a la vez, nos separamos. Lend me miró.

—¿Seguro que era tu primer beso? —preguntó con su maravillosa voz, observándome con suspicacia fingida.

—¿No lo era el tuyo también? —Oh, no. ¿Y si lo había hecho mal?

Se echó a reír.

—Sí. Pero me gustaría repetir...

Le respondí inclinándome hacia él y estampándole la boca en la suya.

Estábamos realmente pillándole el tranquillo al asunto cuando un golpe en la puerta nos sobresaltó y nos separamos.

—Abrid la puerta, por favor —dijo el padre de Lend desde el otro lado.

—Oh, sí, lo siento, papá —contestó Lend. Su rostro volvió a pigmentarse y adoptó su aspecto normal de guaperas. Sonrió al abrir la puerta—: Le estaba diciendo lo de esta noche.

—¿Durante los últimos tres cuartos de hora? —David arqueó las cejas. Cielo santo, ¿de verdad que habíamos estado tanto rato? Me ruboricé de pies a cabeza pero Lend se echó a reír—. ¿Por qué no venís y habláis del tema abajo?

—Vale. —Lend me tendió la mano y se la cogí, un tanto avergonzada todavía. Me pasé las dos horas siguientes atolondrada de impaciencia. No dejaba de recordar que nos habíamos besado —¡me había besado!— y el atolondramiento se acentuaba.

Al final llegó el momento de salir. A Lend se le veía

más relajado y feliz que nunca en la calle y bromeó sobre el hecho de hacerme pagar los gastos de la cita.

La pizzería era fabulosa: hasta los topes, ruidosa, con una luz tenue y mesas con bancos. John, un pelirrojo larguirucho al que había conocido en el instituto, nos hizo señas desde una mesa del fondo situada cerca de unas máquinas recreativas. Estaba con otros cinco jóvenes, a dos de los cuales ya había conocido.

Una chica que no me sonaba de nada dedicó una sonrisa radiante a Lend, de lo muy emocionada que estaba de verle. Era guapa, con el pelo negro, pero llevaba demasiado maquillaje. No me gustaba cómo lo miraba, ni la forma en que se inclinaba hacia delante, sacándole el máximo provecho a la camisa escotada que llevaba. Me acerqué más a Lend y deseé que estuviéramos cogidos de la mano. De todos modos, yo había lidiado con depredadores que ella no era capaz de imaginar ni en sus peores pesadillas. No me intimidaba. No mucho.

—¡Lend, has vuelto! —exclamó—. ¡Qué contenta estoy, me tenías muy preocupada! ¡Debes de haber estado muy enfermo! Te llevé galletas pero tu padre me dijo que era contagioso.

—Sí, ya me encuentro mejor. —Lend sonrió educadamente.

La chica no me había dedicado ni una triste mirada. Era como si intentara hacerme desaparecer por el mero esfuerzo de ignorarme con denuedo. Al final, cuando se dio cuenta de que Lend no pensaba decir nada más, me miró y esbozó una débil sonrisa.

—¿Quién eres?

—Soy Evie.

—¡Hola! Me llamo Carlee. ¿Sois primos o algo parecido? —Se la veía demasiado esperanzada cuando lo preguntó.

Me volví hacia Lend, le miré el pelo oscuro y los ojos casi negros.

—Vaya, no tenía ni idea de que nos pareciéramos tanto.

—¡Pues sí! —dijo ella riéndose aliviada. Me sentí mal.

—No, no somos parientes —declaró Lend—. Evie acaba de trasladarse a la zona.

Se le cayó el alma a los pies. Pobrecilla. De todos modos, disimulaba muy bien, eso había que reconocérselo. Desplegó una sonrisa radiante.

—¡Qué bien!

Nos sentamos y Lend me rodeó con el brazo. Todos los de la mesa se quedaron boquiabiertos.

—Tío —dijo John meneando la cabeza—, siempre había creído que eras gay.

Parpadeé con coquetería.

—Lo siento, John. ¿Te has llevado un chasco? —Todos se echaron a reír y John desplegó una amplia sonrisa.

—Bueno, un poco sí —respondió, acercándose rápidamente al costado libre de Lend para arrimarse a él.

—Oh, apártate. —Lend lo sacó del banco de un empujón. A partir de entonces pasé a formar parte del grupo. ¡Yo! ¡Parte del grupo! El día anterior me había parecido el mejor de mi vida, pero hoy lo superaba con creces. En el instituto había estado de observadora pero ahora estaba en una situación totalmente normal.

El contexto no tenía nada de especial (aparte de Lend, que me gustaba más de lo que me atrevía a reconocer). Pero entre aquellos adolescentes ridículos y negados, me sentía en mi salsa. Por supuesto que me sobresaltaba cada vez que alguna rubia aparecía en mi campo de visión y me entraban escalofríos cuando creía ver a alguien parecido a Reth, pero nadie se percató de mi nerviosismo. Me tranquilizaba saber que llevaba la pistola en el bolso y notar el peso de los nudillos de hierro en el bolsillo. Todo iría bien.

A medida que avanzaba la noche, dio la impresión de que Carlee superaba el chasco que se había llevado y se dedicó a coquetear sin miramientos con John, lo cual fue un alivio.

—Tienes el pelo realmente bonito —me dijo cuando John se levantó a jugar una partida.

—¡Oh, gracias! —repuse, realmente complacida—. Me encanta tu collar.

Ella sonrió y, mientras, Lend me rodeó con el brazo y, cada vez más ilusionada por la idea de tener amigos, me sentí eufórica. No estaba presionada, no tenía que dar explicaciones a nadie, no tenía obligaciones.

Por primera vez en mi vida, no era más que una adolescente.

Cuando llegamos a casa, en vez de entrar directamente, nos internamos un poco en los árboles. En la oscuridad Lend era una pasada, no cabía duda de que despedía una especie de luminiscencia. Mi muñeca era como una llama viva, pero no le hice ningún caso mientras el color de Lend se difuminaba y nos besábamos hasta que las manos me dolieron de frío. Cuando me empezaron a castañetear los dientes, se apartó y se echó a reír.

—Bueno, ya es hora de entrar. —Me rodeó con el brazo mientras caminábamos hacia casa—. ¿Evie?

—¿Um?

—Es que... me alegra que podamos ser nosotros mismos cuando estamos juntos. Tengo la sensación de ser totalmente franco contigo. Nunca me había sentido así.

Me desanimé. Por fin era sincero. Pero ¿qué estaba haciendo yo? ¿Saliendo con adolescentes normales y corrientes, fingiendo ser como ellos? Lend me había mostrado exactamente quién era, pero no tenía ni idea de lo que yo era.

De repente, aquel día ya no me pareció el mejor de toda mi vida sino más bien la mayor mentira que había contado jamás.

JUNTOS Y TAN SOLA

Lend y yo estábamos otra vez en el bosque, besándonos. Era de noche pero yo veía perfectamente.

—¡Vaya! —exclamó Vivian. La miré, luego volví a mirarnos a Lend y a mí. De hecho, vernos besarnos desde cierta distancia me entristeció, como si yo ya no fuera yo misma. Como si nunca lo hubiera sido, en realidad—. Miraos a los dos.

Me encogí de hombros, incómoda, viendo cómo Lend y yo nos lo montábamos.

—La verdad es que me gusta mucho.

—Es obvio. —Frunció el ceño—. ¿Qué es él?

—No es asunto tuyo, eso es lo que es.

—No, en serio, es distinto.

—Sí. Y mío.

Vivian se echó a reír.

—Oh, relájate. Robarte el noviete no entra dentro de mis planes. No me hace falta.

—¿Qué se supone que insinúas? —Le lancé una mirada furiosa.

—¿De verdad te piensas que va a seguir contigo cuando se entere de lo que eres? —preguntó sin atisbo de crueldad. De hecho, se la veía preocupada por mí.

—Le gusto —dije. Me di cuenta de que la frase sonaba patética.

—No eres quien piensa que eres. No eres uno de ellos. Puedes fingir... fingir que eres normal, fingir que eres un ser paranormal pero, al final, da igual. No somos nada en concreto. —Adoptó una expresión vacía.

—¿Por qué lo haces? —pregunté con voz queda—. ¿Por qué los matas?

—¡Yo no los mato! Yo los suelto.

—No tienes por qué matarlos.

Me miró, sus ojos pálidos transmitían un profundo pesar.

—Así somos, Evie. Es lo que se supone que debemos hacer. Soltarlos, liberarlos. No pertenecen a este mundo. Y si no les arrebatara el alma, me moriría.

—¿De verdad que les quitas el alma?

Se encogió de hombros.

—El alma, el espíritu, la energía vital, como quieras llamarlo. Hace falta una cantidad de energía enorme para mantener la vida y los paranormales viven mucho, mucho tiempo. Eso es lo que les arrebato. Supongo que es una situación en la que todos salimos ganando. Ellos por fin encuentran una salida de este mundo, frío y miserable, y yo obtengo lo que necesito para seguir adelante.

—Pero yo no hago eso y no estoy muerta ni nada parecido.

Arqueó una ceja.

—Hoy también estás más resplandeciente. O esa hada te ha visitado o has obtenido el brillo de otro sitio. No tenemos alma propia, Evie.

—Yo sí que tengo alma —repliqué con desesperación.

—Las dos somos Seres Vacíos... como pequeñas muñecas de porcelana huecas. No podemos funcionar por nosotras mismas. Cuando nos crearon, sólo nos dieron un poquito. Muy, muy poquito. Incluso los humanos tienen un alma más brillante que la nuestra, y tienen una cantidad tan patética que ni siquiera vale la pena prestarle atención. ¿No te has planteado nunca por qué siempre tienes tanto frío? ¿Por qué siempre te sientes sola?

Bajé la mirada al suelo porque me resistía a mirarla a los ojos.

—¿En serio que no tengo alma?

—No una propia. Y no sé cuánto durarás a no ser que empieces a hacer lo que se supone que es tu cometido. Pero, Evie, escúchame bien. —Me cogió la mano con la suya, igual de fría. Alcé la vista hacia ella. Los ojos le brillaban con gran intensidad—. Es maravilloso, de verdad que sí. Ese torrente, ese fuego que aparece de repente... nunca has sentido algo tan increíble en la vida. Es como si por fin estuvieras viva, y no estás sola. Tienes todos esos espíritus en tu interior ¡y no estás sola! Y yo los conservo. Aprecio sobremanera a cada una de las almas que me han sido concedidas. Son mías y las quiero y me proporcionan calidez.

Por primera vez advertí las llamas doradas que estaban detrás de Vivian. Entonces comprendí qué eran. Tenían que haberme producido tristeza, pero las deseaba más que nunca. No quería estar vacía.

—Se supone que tengo que matarte —dijo en voz baja y seria—. Por culpa de sus estúpidas profecías quieren que me deshaga de ti antes de que te enteres de lo que eres capaz de hacer. Y podría hacerlo. Matarte, quiero decir. No entiendes nada. Ni siquiera sabes cómo apropiarte de las almas, lo cual me otorga muchísimo poder. —Se la veía pensativa. Me entraron ganas de salir corriendo pero ella estaba muy quieta y me tenía la mano cogida—. Pero no quiero. El estúpido visionario, se piensan que lo saben todo, se piensan que pueden controlarme. Estoy harta de ellos y estoy harta de estar sola. Somos una familia. Deberíamos estar juntas.

No sabía qué decir. ¿Cómo se reacciona cuando alguien te dice lo fácil que le resultaría matarte y luego que quiere ser tu mejor amiga, como de la familia?

—No te encuentro. —Su mirada se volvió más intensa—. Ni siquiera las hadas que me ayudan te pueden encontrar. Dime dónde estás.

Las almas se acercaron y me deslumbraron con su belleza cegadora. Ella podía enseñarme a conseguir la mía. Abrí la boca y entonces oí reír a Lend. Le lancé una mirada, nos observé. Me rodeaba con los brazos y tenía la boca cerca de mi oreja.

—Estoy con él —susurré, apartándome de Vivian.

Dio la impresión de sentirse herida y entonces mostró una sonrisa cruel.

—Ya, claro. Dile lo que eres y ya me contarás si sigues con él. Ya verás. Sólo me tienes a mí. Soy la única.

Absorbió las llamas hacia su interior, con tanto brillo y tal belleza que empecé a llorar.

Cuando me desperté, seguía llorando. Apenas estaba amaneciendo pero no logré volver a conciliar el sueño. Me incorporé, doblé las rodillas contra el pecho y me las rodeé con los brazos. Tenía razón. Estaba vacía. Estaba sola y tenía frío, y siempre había sido consciente de ello. Me abrí el cuello de la camiseta y miré hacia abajo. La muñeca no me había cambiado desde que Reth me quemara, pero estaba claro que el corazón me brillaba un poco más.

Entonces me asaltó una idea. Un idea horrible de verdad. ¿Y si había estado chupándole la vida y la energía a Lend? ¿Y si lo estaba matando? Por fin tenía novio.

Estaba prácticamente convencida de que le quería y ahí estaba, robándole el alma.

Tenía que marcharme, huir a algún lugar donde no pudiera hacer daño a nadie, en especial a Lend. Pero después de cómo se había sincerado conmigo, de lo mucho que confiaba en mí, le debía algo más que eso. Conteniendo las lágrimas, recorrí el pasillo con pasos suaves hasta su habitación. Lend estaba dormido, casi invisible, despatarrado y enmarañado entre las sábanas. Presentaba un aspecto adorable. Se me partió el corazón. A su lado, en la mesita de noche, estaba su cuaderno de dibujo abierto.

Me acerqué de puntillas y, bajo la luz tenue del amanecer, miré lo que había estado dibujando. Era un retrato mío, empezado probablemente en la clase de dibujo. Yo estaba en una pose impertinente, sujetando la pistola y dedicando al mundo una mirada retadora del tipo «Aquí estoy yo». Lend me había dibujado tal como me veía y estaba preciosa.

Empecé a berrear como una posesa. Lend se despertó y se incorporó sobresaltado y el color asomó a su ser.

—¿Evie? ¿Qué sucede?

Meneé la cabeza. Apenas le veía por entre las lágrimas.

—Creo que te estoy matando.

AMOR ROSA BRILLANTE

Lend estaba confundido.

—¿Crees que me estás matando?

—Acabo de... me lo ha dicho Vivian... y me estoy volviendo más brillante y...

—Tranquilízate. —Lend se me acercó rápidamente y dio una palmadita en la cama, a su lado. Me senté medio llorando y con cuidado para no tocarle—. ¿De qué estás hablando?

—Sé quién hace todo esto. Se llama Vivian y es mi hermana... por así decirlo, supongo. Ha dicho que en realidad no somos hermanas pero que somos lo mismo.

—¿Cuándo has hablado con ella? —Parecía sorprendido y nervioso.

—Anoche. Y otras dos noches. Mientras dormía, en sueños.

Contuvo una sonrisa.

—¿O sea que has soñado que esa cosa es tu hermana?

—No. —Negué con la cabeza—. Pensé que no eran más que sueños, pensé que me estaba volviendo loca porque me preocupaba, pero entonces me dijo que me había enviado un mensaje al comunicador, y era cierto. Está abajo, en un cajón de la cocina. Lo encontré, lo siento.

Lend frunció el ceño.

—¿En serio?

Asentí deseando que no fuera cierto.

—Vaya. ¿Y qué te ha contado?

—Es un tanto confuso. Pero dice que somos lo mismo, que no nacimos, que nos hicieron. Que estamos vacías y me ha dicho... —Me puse otra vez a llorar—... Que no tengo alma. Que estoy vacía y que soy fría como ella, y que por eso arrebata almas. Para llenarse. Pero cree que está haciendo algo bueno, que libera a los paranormales de este mundo. Sus almas siempre están presentes, resplandecientes y hermosas, y me ha dicho que las hadas le han pedido que me mate, pero que ella quiere que seamos como de la familia.

Lend estaba callado, muy callado. Me imaginaba que llamaría a su padre a gritos, que retrocedería aterrorizado.

—Dice que si no empiezo a arrebatar almas, su energía... que moriré, puesto que no tengo alma propia. ¡Pero yo no quiero! Y, Lend, lo siento mucho pero me estoy volviendo más brillante, el corazón, ¿y si resulta que te estoy quitando el alma cuando nos tocamos y nos besamos? —Estaba llorando con tal desconsuelo que apenas podía hablar—. No quiero hacerte daño. Lo siento muchísimo, de verdad.

Permaneció sentado inmóvil durante un buen rato. Entonces, para mi sorpresa, me cogió de la mano. Intenté apartarla.

—¡No! ¡No quiero hacerte daño!

—Evie —dijo con voz seria y cariñosa. Me cogió de la mano con más fuerza—. ¿De verdad crees que es cierto? Incluso aunque esa Vivian sea quien piensas que es, ¿por qué iba a decirte la verdad?

Negué con la cabeza.

—No lo sé. Tiene sentido. ¿Acaso no tenemos el mismo aspecto? ¿Y el resplandor? Y siempre me he sentido fría y vacía.

Me puso la mano en la barbilla para obligarme a mirarlo.

—Tienes alma. Es la mayor tontería que he oído en mi vida. No se puede ser tan luminosa, feliz y cariñosa como tú sin tener alma.

—¿Y qué me dices del resplandor? Es cada vez más fuerte.

—¿Tú tienes la sensación de que me estás arrebatando algo? ¿Te parece que es lo mismo que te hizo Reth?

Fruncí el ceño y me paré a pensar. Lend me hacía sentir cálida y feliz, pero no era lo mismo. Reth siempre me había parecido ajeno a mí, como si fuera un añadido. Con Lend tenía la sensación de que calentaba algo que ya estaba en mi interior. Negué con la cabeza.

—¿Pero no te sientes más débil?

Se echó a reír.

—Ni por asomo. En todo caso, tengo más energía que nunca, y jamás me había sentido tan feliz.

No me lo podía creer. Acababa de decirle que era un monstruo, que había sido creada para arrebatar el alma de los paranormales, y él se había quedado tan tranquilo.

—Pero sé que soy lo mismo que Vivian. Hablé con tu madre. Me dijo que era verdad.

—¿Habló contigo? Vaya. No hace acto de presencia si no es para mi padre o para mí. ¿Le pareció que ibas a hacer algo malo?

—No. Dijo que tenía la posibilidad de elegir, pero que ella no sabía qué ocurriría.

—Bueno, pues ya lo sabes. Me da igual que seas lo mismo que Vivian. Es una lunática y tú no. Además, si trabaja con las hadas y quieren que te mate, ¿quién es quién para decir que lo que te cuenta es cierto? Aunque ella crea que lo es, podría estar totalmente equivocada. O mentir e intentar engañarte para que te reúnas con ella y así matarte.

—Puede ser. Creo que la criaron unas hadas. Conoce muchas de sus profecías y cosas de ésas, pero no le caen demasiado bien. —Fruncí el ceño—. Se la ve muy triste y sola. —Me costaba imaginar cómo era lo de ser criada por unas hadas. Por rara que hubiera sido mi vida, por lo menos había personas que me querían. Miré a Lend—. ¿De verdad que no me tienes miedo?

Negó con la cabeza, me soltó la mano y me rodeó con el brazo para acercarme más a él.

—Ni pizca. El hecho de no saber qué eres no te vuelve espantosa. Estoy bastante familiarizado con el tema. —Sonrió—. Además, ¿cómo me va a dar miedo alguien que lleva tanto rosa?

Me eché a reír y me sequé las últimas lágrimas de la cara. No me lo podía creer. Probablemente Lend fuera la única persona del mundo que habría reaccionado de ese modo.

—¿Crees que deberíamos decírselo a tu padre?

Guardó silencio unos instantes.

—No sé. Ya hablaste con mi madre y ella sabe mucho más que mi padre sobre esos temas. Además, es que da igual. Seguimos sin saber dónde está Vivian o cómo detenerla. Aquí estás a salvo... no puede encontrarte. Eso es lo que importa. Creo que si mi padre y algunos de los demás se enteraran se... pondrían nerviosos. Por tanto, en realidad no hay motivos para decírselo, ¿no?

Negué con la cabeza, más aliviada de lo que estaba dispuesta a reconocer.

—Nos lo guardaremos para nosotros. Y si Vivian vuelve a visitarte, o te enteras de algo más, ya veremos qué hacemos entre los dos, ¿de acuerdo? Mientras tanto, no te separes de la pistola. —A pesar de su convencimiento de que si Vivian todavía no me había encontrado ya no lo haría, su rostro transmitía cierta preocupación y tensión. Sin duda era el reflejo de mi propia expresión. Por muy segura que me sintiera allí, ella estaba en algún sitio, fuera, buscándome.

Lend debió de intuirlo en mi rostro. Me apretó la mano y me acercó más a él.

—Todo saldrá bien. Estamos juntos en esto.

Me abrumó el ver lo maravilloso que era Lend. Entonces me di cuenta de que ya no me sentía tan vacía ni tenía tanto frío. No era nada espectacular sino una sensación sutil de bienestar, de plenitud.

—Pero me dirás si alguna vez notas algo raro cuando te toco, ¿vale?

—Oh, cuando me tocas siento muchas cosas. Pero no tienen nada de raro.

Desplegué una amplia sonrisa y le di un golpecito suave en el pecho.

—Lo digo en serio.

—Lo sé. Te lo diré, te lo prometo. —Me dio un beso en la mejilla y luego miró el reloj—. Umm, mejor que salgas de mi cuarto. No sería buena idea que mi padre se despertara y nos encontrara juntos.

—Oh, sí, tienes razón. —Me levanté tan rápido que estuve a punto de caerme—. Nos vemos abajo.

Me sonrió.

—Me muero de ganas.

Cerré la puerta de la habitación y me apoyé en ella con los ojos cerrados. Vivian se había equivocado. No estaba sola.

El resto del día fue una maravilla. David me había conseguido documentación falsa y cumplimentamos todo lo necesario para matricularme en el instituto en otoño. El nuevo apellido, Green, me gustaba. No recordaba cómo me habían llamado en el sistema de acogida y tampoco es que en el Centro me hubiera hecho falta un nombre. Aun así, ver un nombre y un apellido juntos me hacía sentir como una persona de verdad, como si realmente pudiera tener una identidad y una vida fuera de la AICP.

David también había adquirido varios cursos a distancia para que estudiara sola en casa ya que el curso académico estaba tan avanzado que no tenía la posibilidad de incorporarme a las clases normales del instituto. Eso me dejó la moral por los suelos. Implicaba pasar menos tiempo con Lend y más tiempo sin taquilla propia. Pero ahora que tenía un futuro esperanzador por delante, estaba mucho más motivada para sacar buenas notas. Al fin y al cabo, tenía que acceder a la misma universidad que Lend. Si aquello implicaba más deberes, pues bueno, los haría.

Aparte de estudiar, el padre de Lend necesitaba ayuda con el exceso de paranormales. Había corrido la voz no sólo de la ayuda clandestina sino también de las matanzas. Dirigidos por los contactos de David en la AICP, los paranormales iban llegando a la ciudad en cuentagotas pero sin parar; él los trasladaba a otra ubicación o encontraba un lugar donde colocarlos.

Todos los paranormales que conocía estaban muy nerviosos, se susurraban rumores sobre el lugar donde se habían producido las últimas matanzas. Lend tenía que imitar a Vivian constantemente para mostrarles el aspecto que presentaba. Resultaba algo más que espeluznante ver al chico que me gustaba convertido en la chica que me aterrorizaba.

También me preocupaba lo que tantos paranormales podrían hacer en el mismo sitio, pero Lend me dijo que era mejor así. Se vigilaban los unos a los otros y si alguien incumplía las normas como, por ejemplo, beber sangre humana, los demás lo delataban. Nadie quería llamar la atención de la AICP ni de Vivian.

Agradecí lo que David hacía y me alegraba sobremanera poder ayudarle a planificar las cosas, aunque su falta de organización e historiales me ponía de los nervios. Se dedicaba a dar nuevas identidades a los vampiros y los enviaba a otras ciudades sin saber qué harían allí. Si la AICP era demasiado rigurosa, David, por el contrario, era en mi opinión demasiado confiado.

Pero nadie me había pedido mi opinión.

Aquella tarde, después de procesar a los últimos hombres lobo de la jornada, Lend le comentó a su padre que iríamos juntos al baile de fin de curso. Se entusiasmó tanto que dio la impresión de que quien iba a ir era él. Insistió en que fuéramos de inmediato al centro comercial. No me opuse. Lend no paraba de burlarse de lo muy frívolos que éramos los demás, Arianna incluida, que también se apuntó.

—Oh, venga ya, si a ti te encanta el centro comercial —dije, apretándole la mano mientras nos sentábamos en la parte de atrás del coche—. ¡Es como el nirvana adolescente!

—¡Y yo que pensaba que era el purgatorio!

Cuando llegamos, David y Lend se separaron para mirar esmóquines de alquiler, mientras que Arianna y yo fuimos a echar un vistazo a los vestidos. Reconozco que no era mi compañera de compras ideal, pero estaba tan entusiasmada que acabamos riéndonos juntas al cabo de unos minutos. Eso compensaba el hecho de que ahora las multitudes me pusieran nerviosa. En dos ocasiones me pareció ver a Reth por el rabillo del ojo y me saqué los nudillos de hierro nuevos del bolsillo, pero resultó que no era más que un tío cualquiera. Me pregunté si alguna vez volvería a ser capaz de relajarme.

En la tercera tienda, Arianna exhaló un suspiro mientras echaba una ojeada a un grupo de vestidos.

—Jo, cómo añoro todo esto. Antes de... morir, supongo... me dedicaba al diseño de moda. Nunca he llegado a averiguar cómo funciona esto. David tampoco lo sabe. —Frunció el ceño.

—Sí, pues resulta que yo no sé nada de nada. La AICP no es precisamente meticulosa en el programa de educación para paranormales.

—Es muy raro. Quiero decir que hace diez años estaba en el colegio, ansiosa por todo lo que estaba por llegar. Y luego, pum, de repente soy esto... esta cosa. Y lo que no alcanzo a entender es ¿qué sentido tiene todo esto? ¿Me voy a quedar atrapada en esta especie de existencia para siempre jamás? Me canso de pensarlo, ¿sabes?

Fruncí el ceño e intenté pasar por alto lo que Vivian había dicho acerca de liberar a los paranormales de este mundo.

—Haces cosas —dije.

Negó con la cabeza.

—Oh, bueno. Oye, ¿qué te parece éste? —Me enseñó un vestido. Era largo hasta los pies, con una falda con vuelo brillante y un escote sin tirantes muy bonito. Y era de color rosa. Un rosa realmente precioso que brillaba y que captaba la luz a la perfección. Estaba enamorada.

NI LO SUEÑES

Vivian no volvió a aparecer hasta la semana del baile de fin de curso. Yo estaba sentada en una de las clases de Lend pero no conocía a nadie. El profesor hablaba en otro idioma, yo ya no sabía leer y llevaba el vestido del baile con botas de militar. La mera expectativa de ir al instituto en otoño me producía pesadillas.

Mientras intentaba desesperadamente descifrar las palabras de una prueba sobre una asignatura de la que no había oído hablar jamás, alcé la mirada. El resto de los alumnos había desaparecido. Vivian estaba sentada en un pupitre, dedicándome una mirada extraña; las almas revoloteaban brillantes detrás de ella.

—Eres rara —dijo.

Bajé la mirada hacia la prueba, nerviosa porque todavía no la había acabado.

—Sí, ya lo sé.

—Y bien, ¿ya se lo has contado? —Su débil sonrisa denotaba un atisbo de petulancia.

—Pues la verdad es que sí.

—¿Y entonces por qué no me has llamado?

—Le da igual.

La sonrisa que dibujaban sus labios se transformó en un ceño fruncido.

—¿Que le dio igual?

—Eso mismo. Le gusto independientemente de quién o qué sea.

Negó con la cabeza.

—No, no lo entiendes. Seguro que le has mentido. Te estás volviendo cada vez más brillante. Ya has descubierto cómo hacerlo, ¿verdad? ¿Le has matado?

—¡No, no le he matado! Nunca lo mataría. Ni tampoco lo he descubierto, ni quiero descubrirlo. Estoy contenta donde estoy.

—Oh, ya veo. —Adoptó un semblante duro y frío—. Evie, la afortunada. Así pues, ¿van a ocuparse de ti? Ahora resulta que eres especial. Con amigos por todas partes.

Me encogí de hombros, incómoda.

—No quiero tener nada que ver con las hadas ni con arrebatar almas ni nada de todo eso. Aquí puedo ser normal. Quiero ser normal.

Contrajo el rostro de ira. Durante unos instantes pensé que iba a atacarme. Pero entonces le cambió la expresión y bajó la mirada hacia el pupitre mientras lo recorría con el dedo. La madera quedó marcada de negro y dejó una estela de humo ascendente.

—¿Normal, eh? Pues sí que estaría bien, pequeña Evie, Evie la normal. —Alzó la vista pensativa—. Siempre quise tener un apodo. A las hadas no se les dan demasiado bien las muestras de afecto, ¿sabes? Un amigo o alguien a quien le cayera lo bastante bien como para decir, oye, Vivi, o quizá sólo Viv. Siempre quise saber qué tal me sentaría eso.

Se le llenaron los ojos de lágrimas.

—Sabes cuánto tiempo he estado esperándote? Llevaba sola tanto tiempo... y entonces empezaron a decir que la otra comisión había creado a alguien nuevo. Al comienzo sentí celos, estaba dispuesta a matarte tal como decían. Pero entonces te vi en Irlanda y me di cuenta de que ¡había alguien como yo! Por eso empecé a buscarte. No lograban encontrarte pero yo sabía que lo conseguiría, sabía que lograría llegar hasta ti. Y cuando por fin te encontré, te marchaste antes de que habláramos. Sigo estando sola y no puedo volver a encontrarte. —Los finos hombros le temblaban. Parecía tan destrozada, tan triste que me dolía el corazón—. No durará. No puedes ser normal. Quédate conmigo. Estoy cansada de estar sola. Por favor, deja que te encuentre.

Me acerqué a ella intentando no mirar las almas, diciéndome que no las deseaba. Le acaricié la mano.

—Lo siento. Lo siento mucho.

Alzó la mirada hacia mí y vi el fuego que le ardía detrás de los ojos.

—Entonces acompáñame.

—Yo... —Empecé a decir que no, pero me sujetó por la muñeca con unas manos que parecían un torno.

—Te encontraré —susurró, sonriendo.

Abrí los ojos de repente y me incorporé en la cama. Aquello no me gustaba. No me gustaba lo más mínimo.

Todavía estaba oscuro pero fui en silencio al cuarto de Lend. Estaba soñando, oscilando entre distintas personas. Me subí a la cama y me tendí a su lado, encima de las mantas.

—Lend —susurré. No se movió, así que volví a repetirlo un poco más fuerte—. Lend.

Abrió los ojos de repente y su rostro pasó de ser el de un anciano cualquiera a adoptar su forma habitual.

—¿Evie?

—He recibido otra visita.

—Oh. —Me observó durante unos instantes con el

ceño fruncido—. Oh —repitió, negando con la cabeza—. Perdona, ¿qué hora es?

—Tarde. Temprano. Lo siento.

—No, no pasa nada. ¿Has soñado otra vez con Vivian?

—Sí.

—¿Qué te ha dicho?

—Ha dicho que me estoy volviendo más brillante. —Le miré, preocupada y nerviosa.

—Bueno, sigo teniendo el alma en su sitio. Te está manipulando.

Asentí, aunque las comprobaciones rápidas y nerviosas que realizaba todos los días en la ducha me hacían estar más que convencida de que tenía razón. Unos días atrás por la noche, incluso Lend me había comentado que no tenía las manos tan frías como de costumbre.

—¿Qué más?

—Estaba furiosa porque no le he dicho dónde estoy. Está muy triste y muy sola. —Me sentía fatal al recordar la expresión de sus ojos—. Me ha dicho que me encontraría aunque yo le haya dicho que no quería.

—Todavía no te ha encontrado.

—No, y parecía realmente frustrada. La gran matanza de la que hablaba... pues creo que guarda relación conmigo. Con el hecho de querer encontrarme. Estoy segura de que sus hadas sabían que yo trabajaba para la AICP. Deben de haberse imaginado que tarde o temprano eso me haría aparecer. Y entonces cuando me vio después de matar a la bruja... —Me callé unos instantes para cavilar sobre el tema—. Creo que todavía no se había decidido. Quizá todavía intentara matarme cuando se coló en el Centro. Pero ahora quiere que... no sé... vayamos juntas y matemos paranormales juntas. Que establezcamos así un vínculo familiar.

—¿No debería resultar muy fácil que te encontraran las hadas? —Se le veía preocupado.

Me encogí de hombros apoyada en la almohada.

—No sé. A lo mejor no lo han hecho porque he llevado pan encima como dijo tu padre. ¿O por algo que esté haciendo tu madre, quizá? No tengo ni idea de por qué no han conseguido encontrarme. Pero de verdad que estoy preocupada... ¿y si viene aquí? ¿Y si te hace daño? ¿O a Arianna, o a Nona, o a alguno de los demás paranormales? Estoy poniendo en peligro a todo el mundo. Sería culpa mía y creo que no sería capaz de perdonármelo.

Lend negó con la cabeza.

—Tú no eres responsable de nada de lo que ella haga. Y realmente creo que si todavía no te ha encontrado, no lo conseguirá.

Continuamos insistiendo en lo mismo, y cuantas más veces lo oía, más convincente me parecía, pero no conseguía aplacar la preocupación persistente que borboteaba en mi interior. ¿Podría llevar una vida normal, escondida en una pequeña ciudad de Virginia eternamente?

No me habría importado.

Pero seguía sin olvidar lo triste que ella estaba.

—Nunca pensé que agradecería la niñez que tuve, pero pobre Vivian. Sé que está loca y es una asesina, pero es que nunca ha tenido a nadie. Nunca. Ojalá pudiera ayudarla, ¿lo entiendes?

—Lo entiendo. Pero tienes que recordar que la criaron unas hadas. Probablemente todo lo que te dice sea mentira.

Sonreí con languidez aunque sabía que se equivocaba. Era imposible fingir tal grado de dolor y soledad. Él no lo entendía... siempre había tenido a alguien. Me planteé cómo habría sido yo si me hubieran criado unas hadas. Me estremecí.

—Así pues, umm, ¿habías pensado pasarte el resto de la noche aquí? —preguntó, arqueando una ceja.

Entrecerré los ojos e intenté no sonreír.

—Ni lo sueñes.

Se echó a reír.

—Bueno, pues entonces déjame dormir a ver qué sueño.

Meneé la cabeza, me incliné hacia él y le besé rápidamente en los labios; acto seguido, echándole ya de menos, regresé a mi habitación. No me habría importado pasar la noche allí, pero quería tomármelo con calma y supuse que dormir en la misma cama no era una idea muy brillante. Al fin y al cabo, lo había visto una y otra vez en *Easton Heights*: cuando las parejas se liaban demasiado pronto nunca acababan bien. Además, no creía que fuera del agrado de su padre y no quería tentar a la suerte.

Tardé un buen rato en volver a conciliar el sueño.

A la mañana siguiente Lend fue al instituto. Yo me quedé en casa, como la mayoría de los días, para hacer los deberes y estudiar para la Selectividad. Era tan extraño que me entraban ganas de reír. Mientras Vivian y sus hadas tramaban mi destrucción, yo me sentaba junto a la encimera a memorizar palabras. A veces lo normal era más raro que lo paranormal.

—¿Qué tal va? —preguntó David mientras se preparaba un sándwich para el almuerzo.

—Pues tengo una duda justo ahora.

—Hace un montón de tiempo que estudié eso, pero intentaré ayudarte.

—Oh, no, no es sobre el examen. Me estaba planteando... bueno, es un tema que me preocupa, para ser exactos. Es sobre las hadas. ¿Cómo encuentran a la gente? Quiero decir que si algún hada de la AICP me estuviera buscando, ¿sabría dónde estoy?

—No creo. Si las hadas tienen algún tipo de conexión, algo tuyo, normalmente algo importante que te pertenezca, o alguna parte de tu cuerpo —vio que abría unos ojos como platos y sonrió—, como el pelo, o un dedo de la mano o del pie, entonces sí que podrían encontrarte. Y si las llamas, por supuesto. Pero si te refieres a saber dónde estás, así como así, no. Tienen formas de encontrar a la gente. Si, por ejemplo, saben tu nombre completo, entonces resultaría fácil.

Fruncí el ceño. Yo no sabía mi nombre completo verdadero. Estaba prácticamente convencida de que la AICP tampoco lo sabía y las hadas de Vivian no lo sabrían. Entonces recordé que Reth me había dicho que algún día me comunicaría mi nombre verdadero. Noté un escalofrío entre los omóplatos. Ése debía de ser el motivo por el que, en el Centro, siempre parecía saber exactamente dónde estaba.

—¿Existen otras maneras?

—Si las hadas quieren de verdad encontrarte, es probable que puedan. Lo cual implica que ya te habrían encontrado. —Sonrió—. Ya me he preocupado de todo esto por ti y creo que no supone un problema. Aquí estás a salvo de la AICP.

Asentí. Ojalá fuera la AICP lo que me daba miedo. No, me preocupaban cosas mucho peores. Cogí otra rebanada de pan y me la metí en el bolsillo. Quería quedarme allí, quería que aquella existencia feliz se prolongara para siempre.

Algo me indicaba que las rebanadas de pan no bastarían.

NO ME ESTROPEES
EL MAQUILLAJE

Arianna me observaba el pelo, ensimismada. Se le iluminó el semblante.

—¡Ya lo tengo! ¿Te acuerdas de Cheyenne en el episodio del baile de máscaras?

—¡Oh, cielos! ¡Es perfecto! ¡Eres un genio!

Sonrió con satisfacción.

—Lo sé. El mejor episodio de toda la serie, ¿verdad que sí?

—En serio. —Yo me miraba en el espejo mientras Arianna me ponía los rulos calientes. Nunca había visto a un vampiro en un espejo. Resulta que tienen reflejo pero, igual que ocurre bajo la luz del sol, su glamour no se transfiere del todo. No se ve el cadáver de debajo pero se nota que algo no funciona. No me extraña que odien los espejos; a mí no me gustaría nada verme de esa guisa. Arianna evitaba mirar el espejo y no paraba de moverse para no estar de cara al mismo.

Reconozco que la idea de que me tocara el pelo —con las manos de un cadáver pero con el glamour— me producía cierto desasosiego, pero intentaba superarlo. Al fin y al cabo, las cosas eran mucho más complicadas que antes. Se había acabado lo de ver a un vampiro, inmovilizarlo y ficharlo. Ahora había que plantearse las implicaciones filosóficas de las personas a las que habían obligado a ser inmortales, condenadas a vivir a la sombra de la humanidad sin que a ellas les quedara casi nada de la misma. Vamos, que no me extrañaba que bebieran sangre.

Cuando me quitó los rulos, el pelo me cayó suelto por la espalda en forma de tirabuzones. Cogió un pasador transparente, me retiró un mechón de la cara, me hizo una trenza a un lado y la sujetó con el pasador.

—Perfecto. —Sonrió. No tenía más remedio que darle la razón. El peinado era sencillo pero me realzaba el pelo, que sin duda era uno de mis mejores atributos.

—Eres una artista.

—Oh, ya lo sé. Ahora vamos a por el maquillaje.

Los ratos que pasaba en compañía de Arianna me hacían añorar a Lish. No es que ella hubiera podido participar, teniendo en cuenta que era una sirena, pero le habría gustado verlo. Mientras Arianna me aplicaba un lápiz de ojos de color oscuro que resultaba espectacular y se planteaba una y otra vez qué color de sombra de ojos me favorecía más, reflexioné sobre lo que Cresseda había dicho cuando hablamos por primera vez. Me pidió que les devolviera a Lish. Pero ¿cómo podía hacer tal cosa? Estaba muerta; ya no existía.

—Oh, cielo santo. —Entonces caí en la cuenta... ¿cómo es que no lo había visto antes?

—Lo entiendo. Nunca imaginaste que estarías tan atractiva —respondió Arianna con aires de suficiencia.

—Oh, sí, eres increíble —dije, disimulando. Por muy guapa que estuviese (y, la verdad, estaba preciosa), no era nada comparado con lo que acababa de descubrir. Tenía que hablar con Lend de inmediato.

Me levanté, pero Arianna me obligó a sentarme otra vez.

—Todavía no he terminado, llevas los labios al natural. —No me quedó más remedio que quedarme allí sentada mientras me aplicaba un pintalabios de un tono rosado y ligeramente brillante—. Vale. Tú eres la perfección y yo soy un genio.

—¡Gracias! —Le sonreí antes de salir disparada escaleras arriba. Arianna se echó a reír, creyendo que estaba impaciente por ponerme el vestido—. ¡Lend! —Crucé su puerta como una exhalación. Alzó la vista, sorprendido. Todavía llevaba los pantalones cortos de jugar al baloncesto y una camiseta lisa, tumbado boca abajo en la cama, dibujando. Fruncí el ceño—. ¿No vas a arreglarte?

Se echó a reír.

—Quitarme la ropa y ponerme el esmoquin. Tardaré unos dos minutos. De todos modos, tú estás muy sexy.

—Escucha, ¡ya lo entiendo! —Me senté en el extremo de la cama.

—¿El qué entiendes? —Se incorporó para sentarse delante de mí.

—¡Lo del poema! ¡Sé qué significa! —¿Por qué no había dedicado más tiempo a pensar sobre el tema? ¡Qué tonta había sido!

Arqueó las cejas.

—¿En serio?

—¡Sí! Veamos, «Ojos como arroyos de nieve derretida». Luego lo de «fríos por causas que ella desconoce», bueno, si es como yo, siempre tiene frío, ¿verdad? Lo que desconocemos, no lo sé seguro. —Había un montón de cosas que Vivian no sabía que la hacían tener frío y sentirse sola—. Continuemos: «Cielo arriba, infierno abajo», eso es la Tierra, donde estamos todos atrapados. Me refiero a las hadas. Pero luego «llamas líquidas para ocultar su aflicción», así es como se ven las almas o la energía, como llamas líquidas y doradas. Y ella las arrebata porque le hacen sentir calor, como si ya no estuviera sola. Pero luego la última parte: «Muerte, muerte y muerte sin liberación.» ¡No se refiere a que mate a seres paranormales! ¿Te acuerdas de lo que dijo tu madre? ¿Lo de devolverles a Lish? Vivian no se limita a matarlos, les quita el alma y se las guarda. Están atrapadas en su interior, arremolinadas a su alrededor. ¡O sea que ella los mata pero sus almas quedan atrapadas! —Hablaba a trompicones, muy rápido, para sacarlo todo antes de que se me olvidara algo—. Lish y Jacques y los demás, sus almas no han sido liberadas... ¡sólo se las han robado!

Abrió unos ojos como platos.

—Tiene sentido.

—Entonces ¿crees que...? ¿Y si pudiéramos liberar las almas? ¿Crees que eso implicaría...? ¿Acaso Lish podría volver... a la vida?

Frunció el ceño.

—No lo sé. Esos cuerpos estaban muertos. Incluso los cuerpos inmortales pueden morir si se produce de la forma adecuada.

—Oh. —Dejé caer los hombros. De verdad pensaba que había desentrañado el misterio, que podía devolverle la vida a Lish. En los últimos minutos había tenido la sensación de haberla recuperado. Y ahora había vuelto a perderla.

Lend me rodeó con los brazos.

—Lo siento, Evie.

Asentí. Había sido una estupidez. Aunque hubiera alguna forma de que el cuerpo y el alma de Lish pudieran volver a unirse, lo cual no era probable (y seguramente sería asqueroso, teniendo en cuenta todo el tiempo que había transcurrido), no tenía ni idea de cómo quitarle las almas a Vivian y de si existía esa posibilidad.

—De todos modos, creo que tienes razón sobre el

significado del poema. Están muertos, pero no liberados porque sus almas están atrapadas. Algo es algo.

—Ya ves tú de qué nos sirve, ¿no? —Suspiré. Se inclinó hacia mí para consolarme con un beso, pero me aparté—. Oh, ni lo sueñes. Arianna te matará si me estropeas el maquillaje.

Sonrió y enarcó una ceja.

—Pues pienso estropeártelo por completo antes de que acabe la noche.

—Buena suerte. —Salí de su cuarto y me fui al mío, bastante decepcionada por el hecho de que mi momento de iluminación no hubiera solucionado realmente nada. No conseguía evitar el sentimiento de que le estaba fallando a Lish a conciencia, pero no sabía qué otra cosa hacer. Acabaría desentrañando el misterio de la tal Vivian. Tarde o temprano.

Por lo menos el baile de fin de curso me servía de consuelo. Quizá fuera superficial pero sabía que Lish habría querido que lo disfrutara. En esos momentos la veía con una expresión radiante en la mirada que indicaba su aprobación. Y me imaginaba la fina línea que formarían los labios de Raquel cuando viera el vestido sin mangas y lo amplio del escote. El suspiro que iba a soltar casi me parecía audible.

Si pensaba más en ellas, iba a echarme a llorar y llevaba demasiado rímel para permitírmelo. Me quedé mirando el vestido, toqué el tejido con mimo, parpadeando para reprimir las lágrimas. Había soñado con un baile de fin de curso durante tanto tiempo que me costaba creer que fuera a asistir a uno. Con un chico del que estaba enamorada, nada más y nada menos. Sería tan feliz como Lish habría querido que fuese.

Ojalá hubiera habido un espejo en la habitación, pero no me hacía falta ninguno para saber lo espectacular que era aquel vestido. Sólo me había mirado durante una media hora la primera vez que me lo había probado. Y con el toque añadido de las sandalias de tacón de color ligeramente dorado, estaba convencida de que no se había visto un conjunto mejor en el baile de fin de curso en toda la historia del evento. En vez de ponerme joyas, me apliqué una loción brillante en los hombros. Esa noche yo ya resplandecía lo suficiente por mí misma.

Lend llamó a la puerta. La abrí con una sonrisa de oreja a oreja. Su reacción fue perfecta. Se quedó boquiabierto y luego se limitó a sonreír como si no diera crédito a la suerte que tenía. Yo tampoco. Me refiero a que tampoco daba crédito a mi suerte porque, por muy atractivo que el Chico de Agua fuera de por sí, el Chico de Agua con esmoquin era el no va más.

—Estás espectacular. —Me tendió el brazo. Pasé la mano por el hueco que dejaba el codo y sonreí.

—Lo mismo digo —contesté, intentando contener la risa de felicidad—. A lo mejor tenías que haberte comprado el esmoquin. —Se echó a reír y bajé las escaleras hasta donde su padre y Arianna nos esperaban con las cámaras. Después de por lo menos un millón de fotos (y no me quejé, quería pruebas, muchas, muchas pruebas de aquella noche), fuimos a la limusina que nos esperaba.

El chófer nos abrió la puerta. Me quedé parada y le apreté el brazo a Lend.

—Sabes que el chófer es un trasgo, ¿verdad? —susurré, nerviosa.

Se echó a reír.

—Sí, lo sabemos. Es un buen amigo de la familia.

Subimos a la parte trasera; éramos los primeros que recogía. Después de unas cuantas paradas para recoger a John y Carlee (que me sonrieron y me felicitaron por el vestido), fuimos a cenar a un pequeño restaurante. Había una iluminación tenue e íntima y la decoración era elegante. Nos sentamos junto a un ventanal y me alegré: el banco mullido implicaba que podía arrimarme bien a Lend.

Luego fuimos en la limusina al instituto. John se quejó en voz alta de que era un poco marginador celebrar el baile en el instituto, pero a mí me daba igual. Un baile de fin de curso era precisamente eso. Y ahí estaba yo, en uno de esos bailes, en un baile normal, maravilloso, con mi novio más o menos normal y totalmente maravilloso. Tenía la impresión de resplandecer de lo feliz que era.

Entramos en el gimnasio, decorado con luces parpadeantes y belvederes, y me di cuenta de que realmente resplandecía. Bajo la luz tenue, mi brazo era como una linterna. Me miré el pecho y de inmediato me arrepentí del escote que había elegido. Si el brazo parecía una linterna, mi corazón era como un sol en miniatura. Me puse la mano encima y miré en derredor, presa del pánico, hasta que me di cuenta de que nadie más lo veía.

—¿Quieres bailar? —preguntó Lend al tiempo que me conducía hacia el centro de la pista. Intenté no prestar atención a mi resplandeciente muñeca mientras me colocaba los brazos por detrás de su cuello y me acercaba a él. Sonreí. Era una balada hortera, pero me daba igual porque era un tema lento—. Pues esto es el baile de fin de curso. —Me sonreía mientras iba moviéndose lentamente adelante y atrás—. ¿Te gusta?

Le dediqué una sonrisa radiante.

—Es mucho mejor que *Easton Heights*.

EL AGUAFIESTAS

Yo ya sabía que era una bailarina espantosa, gracias al fiasco del esguince de tobillo con el iPod, pero Lend y yo tiramos la precaución y los complejos por la borda y nos balanceamos sin control por el centro de la pista igual que los demás.

Lend me hizo retirarme para que nos hiciéramos más fotos.

—Hagamos una pose clásica, ¿vale? —propuso mientras esperábamos a que nos hicieran la foto de pareja.

Me encogí de hombros. No sabía a qué se refería y no me importaba siempre y cuando tuviéramos las fotos. Como he dicho, quería pruebas. Nos colocamos juntos y él me rodeó la cintura con los brazos. Luego, justo cuando estaban a punto de hacer la foto, Lend descendió sobre mí, me puso una mano detrás de la cabeza y me besó de lleno en los labios. Me quedé tan sorprendida que me habría caído si él no hubiera estado sujetándome con tanta fuerza. En cuanto el flash se apagó, me ayudó a erguirme.

—¡Pendón! —Le di una palmada en el hombro, riendo—. Va a ser la foto más rara del mundo.

—Ya te he dicho que iba a estropearte el maquillaje —comentó con una sonrisa petulante en el rostro.

—Sí, por cierto, ahora tengo que ir al baño y volver a pintarme los labios. —Alargué la mano y le pasé el pulgar por el labio inferior—. De todos modos, este color te queda bien.

—¿Tienes pintalabios aquí? —preguntó confundido puesto que no llevaba bolso.

—Oh, nunca infravalores el ingenio de una chica cuando se trata de llevar artículos de primera necesidad. —Por mucho que detestara apartarme de él, estaba decidida a estar espectacular toda la noche.

—¿No vas a pedirle a nadie que te acompañe?

—¿Al baño? ¿Por qué?

—Las chicas nunca van al baño solas.

—Intentaré no sentirme demasiado sola durante los diez segundos que tardaré en retocarme el maquillaje.

Sonrió.

—Te espero al lado de la barra. —Me rodeó con los brazos y me acercó a él—. Date prisa —susurró, antes de soltarme.

Lo cierto es que fui al baño prácticamente flotando. Había un par de chicas más, riendo tontamente sobre los chicos que las acompañaban y cotilleando sobre quién llevaba el vestido más cutre. Me saqué la barra de labios del sujetador. Estar plana tenía sus ventajas porque así sobraba espacio para guardar cosas.

Me hice unos retoques perfectos, volví al gimnasio y busqué a Lend. Mientras recorría las esquinas oscuras del gimnasio, las escrutaba por si acaso.

Me eché a reír poniendo los ojos en blanco. Esa noche no había vampiros ni hadas ni chicas locas en llamas. Por lo que a aquel instituto respectaba, tales seres ni siquiera existían. Lend me hizo una seña con la mano desde la barra y, por primera vez en muchos años, noté que toda la tensión se esfumaba de mi cuerpo.

Justo cuando llegué donde él estaba empezó a sonar una canción lenta. Nos trasladamos a la pista y nos balanceamos como los demás.

—¿Sabes qué? —dijo, inclinándose tanto hacia mí que me rozaba la oreja con los labios—. Quizá pierda para siempre toda mi credibilidad masculina por decir esto, pero estoy convencido de que la de hoy es una noche perfecta.

—Yo también. —Si fuera posible morir de felicidad, mi obituario podía haberse escrito en aquel preciso instante.

Al cabo de un par de minutos Lend meneó la cabeza.

—Podemos hacerlo mejor. —Me cogió de la mano y empezó a llevarme bailando por entre la multitud en una curiosa imitación de un tango. Cuando me hizo echarme hacia atrás, vi a John y Carlee bailando tan juntos que habría resultado difícil deslizar una hoja de papel por entre los dos.

Lend volvió a levantarme y sonrió con malicia.

—¿Estás pensando lo mismo que yo?

Cargamos hacia delante como si fuéramos uno solo, utilizando las manos extendidas como una cuña para separar a los demás. Carlee se echó a reír y John se subió a la espalda de Lend para intentar darle un coscorrón.

—Chicos, de verdad —dije con una risita.

—¿Puedo interrumpir? —me susurró al oído una voz parecida al oro líquido. La columna se me agarrotó y el estómago se me encogió de miedo. Antes de tener tiempo de gritar, una mano delgada me cogió la mía, me dio la vuelta y me alejó del gentío. Intenté echarme atrás pero estábamos girando a una velocidad inaudita, la sala en la que estábamos se convirtió en un mar de rostros borrosos que me rodeaban. Los brazos de Reth me sujetaban como bandas de acero.

—¡Lend! —grité. Mantenía el equilibrio porque tenía la mano excesivamente fuerte de Reth en la espalda. Entreví a Lend con expresión de pánico mientras intentaba abrirse camino entre la masa de vestidos y esmóquines para alcanzarnos. La seda y las lentejuelas eran como una cortina multicolor, que lo ocultó otra vez de mi vista en cuanto Reth se deslizó hábilmente por entre los cuerpos que nos rodeaban. Como de costumbre, la humanidad no ofrecía ningún tipo de protección contra él.

Emergimos del gentío y Reth me llevó bailando hasta que traspasamos una puerta de hadas y nos alejamos de todo aquello que siempre había deseado...

—Evelyn, amor mío. Por fin bailamos. —Me echó hacia atrás y acercó mi cuerpo al suyo con ímpetu en aquella oscuridad infinita. La cabeza me daba vueltas, cerré los ojos e hice acopio de fuerzas para no llorar. ¿Por qué no me había acordado de meterme un poco de pan seco en el sujetador junto con la barra de labios? ¿O un tubo de hierro?

¿Por qué me había permitido el lujo de pensar que podía ser normal?

—Llévame donde estaba —dije, alejándome al máximo de él, odiando el hecho de tener que seguir tomándole de la mano en el Camino.

—Oh, venga ya. Hace mucho tiempo que no hablamos. La verdad es que me sabe muy mal. Quería visitarte pero dormías en una cama de hierro horrible y esa bruja acuosa estaba muy alerta. Pero me las he apañado para mantenerme ocupado con nuestros viejos amigos de la AICP. He tenido mucha vida social gracias a ti y a tus maravillosas palabras.

—¿De qué estás hablando? —pregunté con voz monótona para evitar revelar que cada vez sentía más pánico. ¿Qué había hecho? Pensé en mis palabras de aquella noche, cuando le ordené que se cambiase de nombre. Así evitaría que la AICP le diera órdenes, pero no alcanzaba a comprender cómo eso iba a liberarlo por completo. Entonces recordé la otra orden: no hagas caso de lo que te haya dicho la AICP. Me entraron arcadas al percatarme de la envergadura de mis palabras. Sin duda, él lo había interpretado como que debía pasar por alto todas las órdenes que la AICP le había dado jamás, incluyendo todas las relacionadas con el hecho de no matar a nadie.

—Oh, no —susurré, horrorizada—. ¿Qué has hecho?

Sonrió. Los dientes eran de un blanco brillante en la oscuridad. Dio varios pasos. Me resistí pero él me arrastró y entonces nos encontramos en un prado que no era realmente un prado. Los bordes estaban difusos, indefinidos, y el alegre cielo amarillo parecía estar demasiado cerca. La hierba y unas pequeñas flores rosas formaban espirales y dibujos; aquel lugar era una representación burlona de la tranquilidad.

—Mira. —Aparecieron dos sillas y él se sentó en una mientras me indicaba con un gesto que lo imitara—. Ahora que estás sana y salva, podemos terminar.

—Oh, yo ya he terminado. —Me crucé de brazos con fuerza—. ¿A cuántos has matado?

Frunció el ceño.

—¿A quién he matado?

—En la AICP. ¿A cuántos mataste? ¿Mataste a Raquel? ¿Así fue como Vivian consiguió el comunicador? —Me había puesto a gritar, estaba tan enfadada con él que me daba igual lo que pasara. Quería que montara en cólera; estaba harta de su sonrisa petulante.

—Cielo santo, Evelyn, fíjate en lo que estás diciendo. No he hecho más que ayudarles a jubilarse de forma anticipada. No he matado a nadie. ¿Por qué querrías que hiciera tal cosa?

—¡Yo no quiero que lo hagas! ¿Por qué tengo que creerte después de que dejaras entrar a Vivian en el Centro? ¿Va a ser ella la próxima a quien recojas? ¿Cuánto tiempo llevas trabajando con ella?

Sonrió.

—Oh, sí, aquella velada fue un buen ejemplo de coreografía. Pero te aseguro que no he estado «trabajando con ella», como dices tú. Necesitaba un nombre nuevo y da la impresión de que funcionas mejor en situaciones de estrés. No habría permitido que te sucediera nada. De todos modos, no ha sido fácil volver a involucrarse en la deprimente maquinaria de la comisión, y has abusado de mi paciencia. Cuando terminemos, quizá tengas la posibilidad de justificar mi implicación.

Meneé la cabeza en señal de descrédito.

—¿De verdad que se trata de eso? ¿Todos esos seres paranormales murieron para que pudieras ponerme en la situación forzosa de darte esa orden?

—Pues sí. Pero tenemos que seguir adelante.

—¿Por qué no me dejaste en paz? ¡Yo estaba tan contenta! Ya tienes tu dichoso nombre nuevo. ¿Por qué no te quedaste en el Reino de las Hadas?

—Porque estaban a punto de encontrarte, amor mío. No podía ocultar tu ubicación para siempre, tarde o temprano darían contigo. Ahora mismo Vivian está de camino.

Me tapé la boca y negué con la cabeza, horrorizada.

—¡No, no puede... ella...! ¡Llévame de vuelta! ¡Ahora mismo! ¡Tengo que advertirles!

Reth exhaló un suspiro y se cruzó de piernas.

—No importan. Y tú todavía estás por llenar.

—¡No quiero nada más de tu asquerosa alma!

Entrecerró los ojos, enfadado. El cielo oscilaba entre el amarillo y el casi negro mientras el viento me azotaba el vestido.

—Mi querida niña, no tienes ni idea del sacrificio que hago para mantenerte con vida, para garantizar tu eternidad. No sabes lo mucho que me cuesta, y no estoy dispuesto a tirar por la borda todo el esfuerzo que fue necesario para crearte arrojándote a los pies de Vivian.

—¿Tú... me creaste? —Le mera idea me aterraba.

—Mi comisión te creó. Al fin y al cabo, teníamos que hacer algo para estar a la misma altura que ellos.

—Oh, estoy enterada de lo de tu comisión —espeté—. ¡Y no pienso hacer nada para las hadas no videntes!

Volvió a dedicarme una mirada de perplejidad.

—¿Qué te hace pensar que soy un no vidente?

—¡No soy imbécil! ¡Las hadas no videntes son las malas!

—Estoy totalmente de acuerdo. Todas ellas son horrendas. Te habríamos creado antes, pero no sabíamos que lo de Vivian había sido un éxito. De todos modos, queda tiempo. ¿Me das la mano? —Se levantó.

—Ni hablar. —Le lancé una mirada furibunda, temblando de ira—. Además, se te ha olvidado una cosa.

—¿Ah, sí? —preguntó mientras caminaba tranquilamente hacia mí.

—¡Denfehlath! —grité. Abrió unos ojos como platos por la sorpresa y la ira cuando a mi lado se abrió una puerta y apareció el hada de los ojos color rubí.

—¿Qué has hecho, Evelyn? —preguntó.

—¡Llévame a casa de Lend! —dije dirigiéndome a Fehl. Soltó su característica risa ensordecedora y lanzó una mirada triunfal a Reth.

—Toma. —Me cogió la mano y atravesamos la puerta de un salto. La fuerza con la que me cogía mientras íbamos por el Camino me puso de los nervios. Ella ya no estaba molesta sino ansiosa. Tenía que correr para seguirle el paso. Al final se abrió otra puerta y aparecimos en la cocina de Lend.

Vivian, en toda su gloria llameante, estaba sentada en la encimera, balanceando las piernas.

—¡Por fin! —exclamó, bajando de un salto—. ¡Ya era hora! ¡Gracias, Fehl! —No fui capaz de distinguir sus rasgos bajo una luz tan brillante, pero oí cómo reía. Yo estaba muerta. Estábamos todos muertos, y volvía a ser culpa mía.

Miré al hada horrorizada. Ella me sonrió.

—Oh, pi-pi —susurré. Si realmente Reth era un hada buena, ni me imaginaba cómo sería Fehl.

Vivian recogió una cosa del suelo. La lanzó antes de que tuviera tiempo de reaccionar y no me alcanzó por los pelos, pero se estampó de lleno en la cara de Fehl. El hada se desplomó en el suelo.

—Sartén de hierro —anunció Vivian alegremente—. Qué familia más lista. Bueno, hermanita, ¿qué tal todo?

CHUPA-ALMAS

¿Qué podía decirle a Vivian, que estaba ahí en la cocina de Lend? Estaba aterrada. Y no sólo por mí, sino por Lend y el resto de los inquilinos de la casa. Yo les había traído a Vivian. Tenía que echarla, alejarla de mis seres queridos.

—Yo... Estás aquí. —Tenía el cerebro tan paralizado como el cuerpo. Observé cómo ardía, dorada y brillante.

—Sí, tonta. Habría llegado mucho antes si me hubieras dicho dónde estabas. —Me resultaba tan extraño hablar con ella en esos momentos que no le veía las facciones. Tenía que guiarme por el tono de voz que empleaba. Parecía contenta.

—Umm, lo siento. Supongo que un hada te bloqueaba. —Tenía que conseguir que se marchara conmigo. No sabía qué haría Lend entonces, pero no podíamos permanecer en la casa durante mucho más tiempo—. Bueno, ¿adónde propones que vayamos?

Se echó a reír.

—¿Por qué? Siempre he querido vaciar a un hada. Además, oye, ¡puedo enseñarte a hacerlo! —Se arrodilló junto a Fehl—. Me pregunto cuánto tiempo estará inconsciente. Bueno, ahora será para siempre. —Estiró una mano ardiente y se la colocó en el pecho—. Siempre la he odiado. Tenía una voz... no sé... de las que rompen cristales.

Negué con la cabeza.

—Deberíamos irnos. ¡Ahora mismo! Porque... hay otras hadas que saben dónde estamos, ¿no? Marchémonos.

—Relájate, Evie. —Volvió su rostro hacia el mío y apenas fui capaz de distinguirle los ojos por encima de las llamas líquidas—. Ya no tenemos por qué preocuparnos de las hadas, ahora que estamos juntas ya no hace falta. —Volvió a bajar la mirada hacia Fehl—. Oye, no para de darle al asunto. Vaya, si hubiera sabido que las hadas tenían tanto que ofrecer. Es... Venga, quiero que sientas lo mismo que yo. Te va a encantar. No hay nada mejor, nada mejor en este mundo de chupones.

—Para, por favor —dije, entre sollozos. No podía evitarlo. Por mucho que Fehl me disgustara, no podía quedarme ahí parada mirando cómo le chupaba el alma.

—¿Por qué?

—Porque... ¡no tienes por qué hacerlo!

Vivian negó con la cabeza y se puso en pie.

—No te enteras.

—¡Sí que me entero! Pero, mira, me dijiste que me estaba volviendo más brillante, ¿verdad?

Asintió.

—Por cierto, llevas un vestido que quita el hipo.

—¡No he arrebatado ningún alma! Ni siquiera sé cómo se hace. Seguro que hay otra manera de hacer las cosas, seguro, ¿verdad?

—No, no la hay. Ya te lo dije. No tenemos alma propia. No voy a parar, no ahora que te he encontrado. ¿Sabes cuánto tiempo he esperado? ¿Lo sabes? Cincuenta años, nada más y nada menos.

Me quedé conmocionada. No aparentaba más de veinte años.

—No eres... ¿cómo?

—Por esto. —Extendió las manos llameantes—. ¿Qué te creías? Me habría consumido antes de llegar a la edad adulta. Así pues, Evelyn, dime, ¿quieres morir?

—No, no quiero, ¡pero tampoco quiero apropiarme de otras almas para sobrevivir!

—¡No tienes más remedio! —Cambió el tono de voz, lo dulcificó—. ¿Qué me dices de tu novio? ¿El que está hecho de agua? Le has visto el alma, ¿verdad? ¿La luz que le acompaña dondequiera que va? Es brillante. ¿Sabes qué significa eso? —Negué con la cabeza. No quería que hablara de Lend, que se fijara en él. Tenía que mantenerlo a salvo—. Eso significa que no va a morir. ¿Te lo has planteado alguna vez? Tu noviete durará para siempre y tú vas a consumirte como una vela corta. O sea, ¿sigues siendo demasiado buena para esto?

Lend era inmortal. En ese momento se me partió el corazón y recordé la forma en que David miraba a Cresseda, aquel dolor, aquella separación. ¿Acaso sería ésa mi función? ¿Me quedaría atrás? ¿O me moriría, como decía Vivian?

—Escúchame bien. ¿Ves esta hada? ¿Sabes a cuánta gente mató antes de que la AICP empezara a controlarla? Hombres, mujeres y niños. Y sin motivo aparente. A ella le parece divertido. Así pues, ya me contarás si se merece esta alma. Dime por qué cualquiera de estos supuestos seres se merecen lo que tienen, incluso los que crees que son inocentes... ¿por qué obligarlos a permanecer aquí? Eso no es lo correcto. Yo los salvo y protejo al mundo de seres como ella.

Cerré los ojos. Solía pensar que yo también protegía el mundo. Pero no era tan fácil. Nada lo era. ¿Quiénes éramos nosotros para decidir si alguien o algo no se merecían la chispa de vida que se les había concedido?

—Eso nos hace tan malvadas como las hadas.

Me dio un bofetón. Perdí el equilibrio y caí contra la encimera. Me llevé la mano a la mejilla. Me ardía.

—¡Yo no me parezco en nada a ellas! —Me cogió de la mano y me arrastró hasta donde estaba Fehl, tendida en el suelo, pero el hada había desaparecido. Vivian perjuró a voz en grito, se levantó y miró a su alrededor—. ¡Mira lo que has hecho! No había acabado con ella. ¿Ahora con quién te enseñaré?

Justo entonces se iluminó otra puerta. Reth irrumpió por ella y dio la impresión de que derribaría la casa con todos nosotros dentro.

Vivian rompió a reír.

—Llegas en el mejor momento.

Reth me miró y entonces Vivian aprovechó para coger la sartén del suelo. Le golpeó con ella en la nuca y lo derribó. Reth intentó ponerse en pie, pero Vivian le presionó el pecho con la sartén con fuerza.

—No sé por qué funciona pero me alegro de ello —declaró—. Venga, Evie. No me vas a decir que esta hada, después de todo lo que te hizo, de cómo te mintió y manipuló y utilizó, no me vas a decir que merece vivir para siempre. Piensa en cuántas chicas más se llevará, a cuántas hará daño.

Negué con la cabeza con lágrimas en los ojos. No sabía quién de los dos me daba más miedo. Los ojos ámbar de Reth resplandecían de ira. Estaba convencida de que si el hierro no lo hubiera bloqueado, Vivian estaría muerta. Si es que podía morir teniendo en cuenta la cantidad de energía que fluía en su interior. Y entonces me percaté de que no podía hacer nada para detenerla. Si me enfrentaba a ella, perdería los estribos y me mataría. Todos mis seres queridos también morirían y quedaríamos atrapados para siempre, girando alrededor del agujero negro triste y vacío que tenía por cuerpo, al igual que Lish. No podía enfrentarme a ella. Reth tenía razón; no sobreviviría.

Me arrodillé y negué con la cabeza en señal de derrota.

—Enséñame a hacerlo.

Se echó a reír.

—¡Ya era hora!

—¿Lo toco y ya está?

—No, no es tan fácil. De lo contrario, vaciarías a todo aquel que tocaras. Pon la mano ahí, encima de su corazón. Ahí es donde se concentra el alma. Ahora tienes que desearla. Tienes que saber que debería ser tuya y desearla y llamarla. Te oirá, porque estamos hechas para esto. Somos las Vacías y las almas quieren venir a nosotras. Por eso lo vemos todo, por eso vemos a través del glamour. Y en cuanto tengas más, verás a través de las almas. —Me puso la mano libre en el brazo y percibí la alegría que destilaba su voz—. Es precioso, Evie, y todas serán nuestras. Juntas.

Asentí y puse la mano encima del pecho de Reth. Su rostro dolorosamente hermoso se había tranquilizado y me observaba con ojos plácidos.

—Tienes que desearla —dijo Vivian con impaciencia—. Tómala.

Y entonces lo supe. Supe qué quería.

—Oye, Viv —dije, reprimiendo las lágrimas cuando me volví para mirarla. Noté su alegría por el hecho de conectar por fin con alguien—. Siento que hayas estado sola tanto tiempo. Lo siento. Lo siento mucho.

Empujé la palma contra su pecho. Estaba tan caliente que quemaba. Noté que me abrasaba la piel, pero no me moví, cerré los ojos y, por primera vez, me abrí e invité a las almas a entrar.

No ocurrió nada.

Vivian me arrancó la mano de su pecho y me arrojó al otro lado de la estancia. Choqué contra la pared y el dolor me inundó todo el cuerpo.

—¿Por qué has hecho esto? ¿Quieres que te mate? ¡Porque no tendré miramientos! No necesito tu compasión, tu patetismo de pacotilla. ¿Sabes qué soy? Soy un dios, Evie. Soy la muerte y soy la vida y me cuesta creer que quisiera compartirlo contigo. Las hadas tenían razón. —Cruzó la estancia meneando la cabeza y se cernió sobre mí, brillante y tremenda—. No tiene sentido que sigas existiendo. —Me cogió por el pelo y me obligó a poner la cara al lado de la de ella. Noté que se me enrojecía la piel del calor, el tufo de pelo chamuscado me escocía en la nariz. Bajó la voz y suavizó el tono—. Tenía que haber sabido que no lo ibas a entender, que en realidad no lo desearías. Pero no te preocupes. Añadiré la poca cantidad de alma que hayas conseguido arañar a mi colección. Así realmente podremos estar juntas para siempre.

Me puso la mano encima del corazón.

Contuve el aliento, aferrándome a los últimos instantes preciosos de mi vida. ¿Cómo notaría la muerte? Ella tenía la mano caliente, ardiendo. Pero eso fue todo... la vida no se escurrió de mi ser.

Le empezaron a temblar los hombros y me percaté de por qué no funcionaba.

—Tienes que desearlo —susurré. Vivian no quería matarme. Levanté la mano y se la puse con cuidado encima del corazón. Ahora lo entendía... lo deseaba. Quería esas almas, quería liberarlas de ella—. Déjalas ir, Viv.

Lancé un grito ahogado y me puse tensa cuando el calor le estalló a través de la piel, propagándose como una corriente eléctrica por todo mi cuerpo. Me inundó, me embargó. No existía nada más que yo y el fuego que se propagaba por todas las células.

Vivian fue debilitándose, su fuego iba extinguiéndose. Sus facciones se tornaron más claras, las llamas fueron reduciéndose hasta que sólo las tuvo en el corazón y detrás de los ojos. Un poquito más, lo sabía, un poquito más y desaparecería. Y entonces la sentí. Sentí a Vivian, sentí su alma propia. Era algo diminuto y roto y en ese momento deseé tomarla, darle refugio en mi interior. Estuve a punto de hacerlo hasta que le vi los ojos. Se habían vuelto fríos... muy fríos y vacíos.

Aparté la mano rápidamente y Vivian cayó al suelo. Me pareció ver una chispa, el atisbo más minúsculo de alma.

Y entonces me dio igual.

Mientras el fuego se propagaba por mi interior todo se despejó, como si viera el mundo tal como era, nada más que un sueño fugaz, oscuro, frío y muerto. Yo era eterna y nada de aquella existencia, nada de aquella vida normal que tanto había ansiado importaba lo más mínimo.

—Ya era hora —dijo Reth, apoyándose como si nada en la encimera.

CAMINOS Y
POSIBILIDADES

Miré a Reth. Llena como estaba, veía mejor que nunca a través de su forma natural y directamente hasta su alma. Era hermosa. A diferencia de las llamas líquidas que me había dado, él tenía el alma inmóvil, cristalizada. Era del mismo color dorado brillante que las demás almas pero totalmente inmutable.

—Iba a enfadarme contigo e iba a convocar a un hada no vidente para que fuera a por ti. Si hubieras muerto, me habría llevado una gran decepción. Pero ha funcionado de maravilla. Ahora no hace falta que perdamos el tiempo llenándote. —Se levantó por completo con una sonrisa en los labios—. Podemos pasar directamente a la parte divertida.

—¿La parte divertida? —Incluso mi voz sonaba distinta: era más sonora, con varios niveles, como si múltiples versiones de mi persona hablaran al mismo tiempo. Una voz inmortal.

—Oh, sí. —Dio una palmada—. Podemos bailar toda la noche, todas las noches y durarás para siempre. Por supuesto, también hay trabajo por hacer. Pero puede esperar hasta que te haya presentado a la comisión. Estarán todos encantados de conocerte. Y ahora que te vas a unir a nosotros, puedo explicártelo todo. Fíjate cómo parloteo. Estoy tan contento de que hayamos ganado que puedes venir a casa, a tu hogar.

—¿Por qué?

Se sorprendió.

—¿Por qué qué?

—¿Por qué tengo que ir contigo?

—¡Pues porque éste ya no es tu hogar! Lo notas, ¿no? La transitoriedad, la falta de solidez de este mundo, ¿no? Además, es imposible mantener las cosas limpias. —Se miró el chaleco con el ceño fruncido y se lo sacudió—. Y luego está el trabajo por hacer, las puertas que hay que abrir, las casas que encontrar. Me alegro de que vaya a ser tu poema. Mucho más animado.

—Mi poema. —En el pasado habría estado ansiosa por saberlo, desesperada casi, pero era difícil que me importara ahora que ardía de vida, de tanta vida.

—Vamos a ver, ¿cómo era?... «Ojos como arroyos de nieve derretida» y tan deslumbrante, por cierto. «Fríos por causas que ella desconoce. Cielo arriba, infierno abajo, llamas líquidas para ocultar su aflicción. Con su fuego, por fin la remisión. Con su fuego, por fin la remisión.»

Notaba la casa cercana... demasiado limitadora, demasiado temporal. La dejadez me abrumaba. Fui caminando hasta la puerta principal y apenas me percaté de que el pomo se me derritió en la mano. Salí al porche, respiré hondo y alcé la vista hacia el cielo. Las estrellas, frías y brillantes, me parecieron una buena compañía. Estaba rodeada de unas sombras curiosas y de toques de luz. Lo veía todo. No sólo todas las hojas, cada brizna de hierba, estaban definidas a la perfección, sino que había más... un poco más allá de lo que veía.

—Evelyn, cariño, ¿adónde vas? —Reth me alcanzó y se colocó a mi lado.

—Esas luces y las sombras. ¿De dónde vienen?

—De los caminos y las posibilidades. Si quieres puedo enseñarte a manipularlas.

Alcé la vista hacia las estrellas. Levanté la mano ardiente y la sostuve plana contra el aire.

—Aquí hay algo —dije con voz queda, una voz que me sonaba ajena y extraña. El mundo era mucho más, más de lo que había sentido jamás—. Una puerta.

Reth me puso la mano en el brazo.

—Oh, no te preocupes por eso. No es nada. Crearé la puerta. Tu lugar está conmigo, junto a mí para toda la eternidad.

Me volví hacia el cielo. Si alineaba las estrellas de la forma adecuada en mi visión, formaban una puerta. Qué curioso que nunca me hubiera dado cuenta.

—Evelyn, déjalo ya —instó Reth con un deje de pánico en la voz.

—¿Que deje el qué?

—No quieres dejarlas marchar. Así no.

Me giré hacia él con el ceño fruncido.

—¿De qué estás hablando?

—De las almas. Las necesitas. Ésa no es la puerta que se supone que debes abrir.

—Mis almas —suspiré. Me encantaban. Cerré los ojos y respiré hondo, rastreé la energía, mi energía, mis almas. Estaba llena. Pero por debajo borrosa y corroída. Me sentía desganada. Era demasiado y no suficiente, todo a la vez. Las llamas me alargaban, me cambiaban. Y aunque ya estaba llena hasta los topes, notaba el anhelo, el deseo que se iba filtrando—. Quiero más —susurré.

—Bueno, eso tiene solución. Vamos. —Reth me tiró suavemente del brazo. ¿Por qué no le quemaba?

Entonces me fijé en unas luces. Tardé varios segundos en darme cuenta de que era un coche. Se detuvo chirriando delante de nosotros y un hombre bajó del asiento del conductor de un salto. Su alma era una cosa pálida y trémula que ya estaba debilitándose. Me hizo sentir sosegada de un modo inexplicable, con ternura hacia su frágil belleza.

Entonces se abrió la otra puerta. Me quedé petrificada. Si Reth me parecía hermoso, aquello era el no va más. Llenaba la noche de luz, oscilando y ondulándose como un reflejo en un lago. No había visto muchas almas, pero me di cuenta de que aquélla era especial. La quería. La necesitaba.

—¡Evie! —Parpadeé tratando de identificar la voz—. Evie, ¿estás bien?

—Lend. —Mi Lend. Entonces caí en la cuenta. Aquella alma era mi Lend. Cerré los puños en el costado. No debería cogerla.

—¿Qué...? Tienes la voz distinta. ¿Qué te ha hecho ése?

Entrecerré los ojos para intentar ver el rostro de Lend por encima de su alma. Si le veía la cara tal vez no le querría con tanta fuerza, quizá podría contenerme. Alcé una mano hacia él.

—Oh, adelante —dijo Reth—. Él no importa. Pero date prisa, deberíamos marcharnos.

—¿Qué ha ocurrido? —Lend corrió hacia mí y lo tuve a mi alcance. Me entraron ganas de llorar cuando le puse la mano en el pecho, pero no pude. Tenía que ser mía. Abrí el canal...

Y solté un grito ahogado. En aquel momento, al tocar el alma de Lend, por fin conecté con la mía propia. Se había perdido entre el torbellino de almas nuevas, abrumada. Pero mi alma conocía a la de Lend, la amaba y eso bastaba.

Retiré la mano antes de que Lend perdiera nada. Cerré los ojos y me aferré a tal reconocimiento, me centré en mi propia alma, que estaba ardiendo. Y entonces me fijé en las personas. Cientos de ellas, liberadas de Vivian pero atrapadas otra vez. Me quedé sin respiración... noté a Lish. Sabía que era ella. Amable e inteligente, arremolinándose bien cerca de mi corazón. Quise mantenerla conmigo para siempre.

Entonces me embargó la culpabilidad e intenté superarla. Si las dejaba marchar, me separaría de Lend. Sobre todo del alma que había visto. Yo ardería y él seguiría adelante, eterno e impresionante. Precisamente lo que Vivian había dicho.

—Si las conservo, podría quedarme contigo. —Las lágrimas me surcaban el rostro.

—¿Conservar qué?

—Las almas.

—¿Las... qué?

—Se las quité, a Vivian.

—¿Vivian está aquí? —Miró a su alrededor presa del pánico.

—Ya no. —Negué con la cabeza entristecida—. Pero, Lend, las tengo... están en mi interior.

—¿Qué quieres decir? ¿Arrebataste las almas? —Habló con voz preocupada y asustada.

Estaba dispuesta a hablar del tema, a explicar por qué tenía que mantenerlas. Pero al ver bailar su alma delante de mí, me di cuenta de que no podía. No podía estar con él, no de ese modo. No me lo merecía. Aquella inmortalidad, aquella vida que estallaba en mi interior... no era la mía. No podía pedirle a Lend que me quisiera de ese modo. Yo sólo podía ofrecer mi propia alma. Ahora que sabía que la tenía, me bastaba. Nunca había estado vacía.

—Tengo que dejarlas marchar —susurré.

—¿Dejar marchar a las almas?

—Hay que liberarlas.

—¡Todavía no! —exclamó Reth, cuya voz suave y dorada quedaba retorcida por la ira.

Volví a mirar las estrellas. Las almas me empujaban hacia delante, me guiaban la mano hacia arriba.

—¡Evie! —exclamó Lend, presa del pánico.

Bajé la mirada hacia él. Me estaba elevando en el aire; no podía parar. Si no las liberaba entonces, no creía que pudiera hacerlo. Busqué el contorno de las estrellas y empujé la mano hacia delante... y encontré resistencia. Era aquélla.

—Para. —Reth habló con dureza y autoridad. Los brazos no se me movían—. No es ésa la puerta que tienes que abrir. Si las dejas ir ahora, todo esto habrá sido una pérdida de tiempo. ¡Necesitamos esas almas! No es la puerta adecuada.

Me centré porque deseaba que el fuego se me concentrara en el brazo. Se tornó incluso más brillante, pasó de dorado a un blanco puro, cegador de tanta intensidad. Y entonces, luchando contra el poder de la voz de Reth, levanté un único dedo y seguí el rastro de las estrellas, la luz dejó una estela blanca entre cada punto hasta que la puerta entera quedó perfilada.

Cerré los ojos y respiré hondo.

—Vete —susurré. Durante un brevísimo instante me sentí en paz, agradecida; pero luego noté un dolor atroz cuando el fuego me recorrió el cuerpo a toda velocidad y atravesó la puerta de estrellas a toda velocidad. Justo cuando pensaba que ya no soportaba más el dolor, se acabó. Casi. Una única alma rezagada, Lish, mi Lish, se paró, y me pasó por el corazón en lo que interpreté como su último adiós.

Cuando mi cuerpo se enfrió y oscureció, caí hacia la tierra, y volví a preguntarme cómo notaría la muerte. Sonreí, agradecida por haber conocido mi alma aunque fuera por un instante, y entonces todo se ennegreció.

EL CIELO, EL INFIERNO Y ESE PEQUEÑO ESPACIO QUE QUEDA ENTRE LOS DOS

Se suponía que estar muerta no dolía. ¿Hasta qué punto era justo? Si estaba muerta, lo mínimo que podía hacer el universo era resultar indoloro. A lo mejor es que estaba en el infierno, pero lo cierto es que no creía que me lo mereciera. Además, en el infierno se suponía que hacía calor y yo estaba helada. Completamente helada.

Moví las piernas para ponerme más cómoda. ¡Santo pi-pi, no estaba muerta! Si estuviera muerta, no tendría cuerpo. Cuando el dolor se me instaló en el cuerpo, me di cuenta de que realmente lo tenía. Que me dolía. Por todas partes. Abrí los párpados a la fuerza y me pareció que pesaban diez kilos cada uno.

No era el infierno. Ni el cielo tampoco, porque realmente esperaba que el lugar estuviera decorado con mejor gusto que ese feo techo revestido con paneles y con fluorescentes.

—Agh —dije. Imaginé que bastaba una palabra para transmitir cómo me sentía y la opinión que me merecía la decoración.

Alcé la cabeza e hice caso omiso de las potentes luces

319

que tenía delante de los ojos y me miré. Estaba tapada con varias mantas y tenía una vía intravenosa clavada en el brazo. Entonces me di cuenta de algo que no me gustó lo más mínimo: mi vestido había desaparecido. Era posible que yo no estuviera muerta, pero si le había pasado algo al vestido, rodarían cabezas.

Levanté el brazo para rascarme la zona que circundaba el esparadrapo con el que se sujetaba la vía y me quedé quieta. El resplandor... el fuego líquido que había estado allí desde que Reth me obligara a tenerlo... había desaparecido. Por completo, hasta el último atisbo de él y Vivian. Me sentí aliviada y triste al mismo tiempo. Sin mis llamas, todo resultaba extrañamente pesado, como si la fuerza de la gravedad tirara más de mí de lo normal y me uniera a la tierra.

Me palpé el cuerpo para ver dónde estaba el daño. No había ningún sitio que me doliera especialmente más que otro. Suspiré y volví a apoyar la cabeza en la almohada. A lo mejor estaba ahí porque me estaba muriendo. Tal vez el hecho de desprenderme de todas aquellas almas no me hubiera matado, pero no me quedaba cantidad suficiente para sobrevivir mucho más.

O quizá debía pulsar el dichoso botón de llamada y preguntárselo a una enfermera. Lo peor que podía pasar era que aparecieran con pistolas inmovilizadoras, después de imaginar que yo era un engendro de la naturaleza. Me paré a pensar. De hecho eso sería muy negativo. Antes echaría una siesta. Así por lo menos estaría bien descansada si es que iban a interrogarme o algo así.

Sucumbí a un sueño extraño y agotador. Me pareció oír que abrían la puerta pero no fui capaz de hacer acopio de fuerzas suficientes para abrir los ojos o moverme. Alguien dejó algo en la mesita que tenía al lado y luego se sentó en el extremo de la cama. Una mano cuidadosa me retiró el pelo de la frente y entonces unos labios me rozaron la parte superior de la cabeza.

La cama se echó hacia atrás de golpe y oí unos pasos que se alejaban con suavidad. Oí un leve y suave suspiro... de felicidad.

—¿Raquel? —musité, obligándome finalmente a abrir los ojos. La habitación estaba vacía. Me llevé una profunda decepción. Estaba convencida de que era ella. Quería que fuera ella.

En la mesita que tenía al lado había un jarrón de flores tropicales de vivos colores, con una pequeña tarjeta. La abrí con manos temblorosas. «Sé feliz, querida mía. Te echaremos de menos más de lo que imaginas. Te quiere, Raquel.»

Volví a mirar hacia la puerta con el corazón en un puño. Quería despedirme, aunque acabara dificultando las cosas a largo plazo, aunque sabía que Raquel no dejaría la AICP y yo no iba a regresar. Ya no volveríamos a tener la oportunidad de estar juntas.

De repente la eché de menos más que nunca.

Me sequé una pequeña lágrima y me sentí muy sola en aquella estúpida habitación con las paredes color salmón y muebles viejos. ¿Dónde estaba Lend? Me sentía algo más que un poco decepcionada. Si aquello hubiera sido *Easton Heights*, Lend habría estado constantemente junto a mi lecho y se habría dormido entre sollozos con mi mano cogida entre las suyas. Luego yo lo despertaría suavemente y nos besaríamos como locos. Por supuesto, también cortaríamos antes de que acabara el capítulo, lo cual ya no me gustaba tanto.

Notaba unos nudos terribles en el estómago. Tal vez Lend no quisiera estar allí. Al fin y al cabo, casi le había absorbido el alma. Cerré los ojos mientras me embargaban los recuerdos de lo ocurrido.

—Vivian —susurré. Me entraron ganas de vomitar. ¿La había matado?

Alguien carraspeó a mi lado y me incorporé en la cama, sobresaltada.

—¿Raquel?

—Pues no.

—Oh, márchate —espeté cuando me giré y vi a Reth, que se había acomodado en una silla al lado de la cama.

Me fulminó con la mirada.

—Me has decepcionado mucho, Evelyn. Después de todo este tiempo, con todo lo que te he dado. Muy pero que muy decepcionado.

Me eché a reír. Qué iba a decir, me retorcía de dolor y del hambre que tenía. Y para mí Reth y sus gilipolleces eran cosa del pasado.

—Oh. Cuánto lo siento.

—No sólo liberaste el alma que te di sino que no cumpliste tu parte de la profecía. La profecía que tanto me esforcé para que vivieras para escucharla, cabe añadir.

—¿Lo ves? Es el problema que tiene el hecho de que pongas tus profecías en forma de poema ambiguo. Porque la cumplí a la perfección... liberé todas esas almas.

Los ojos le destellaban de furia.

—Niña estúpida, no tenías que liberarlas a ellas. Tenías que liberarme a mí.

—¿Qué quieres decir con eso?

—¡Ahora ya no es asunto tuyo!

—Lo siento. Supongo que tenías que haberlo dicho más claro. Si no te importa, preferiría volver a echar una cabezadita.

Se levantó.

—Todavía no he acabado contigo.

Levanté la mano, con la palma hacia él.

—¿Ah, no? Porque permíteme que te diga que el hecho de tener todas esas almas en mi interior... pues mentiría si dijera que no me aficioné a ellas. Así pues, a no ser que quieras perder la tuya, te sugiero que te mantengas lejos, muy lejos de mí. ¿Enterado?

Se quedó helado y me sonrió.

—Tú sola no durarás, amor mío. Necesitarás más y entonces te convertirás en lo que debes convertirte. Cuando eso ocurra, te perdonaré. —Se giró y cruzó una puerta de la pared.

Exhalé. No me podía creer que lo hubiera disuadido con tanta facilidad y estaba convencida de que volvería algún día. Pero sus palabras no me abandonarían. Me encantaba la vida. Me encantaba este mundo y, sobre todo, amaba a Lend. No quería marcharme pero no pensaba convertirme en Vivian, por grande que fuera la tentación.

Me bajé el cuello del camisón del hospital y solté un grito ahogado. Mi corazón, que esperaba que estuviera tan frío y vacío como mi muñeca, despedía un tenue brillo. Era más sutil que cuando Reth me había introducido parte de un alma, pero no cabía la menor duda de que allí quedaba algo. Resultaba tan desconcertante como reconfortante.

Vi que el pomo de la puerta giraba y me sobresalté. Me coloqué bien el camisón justo cuando Lend irrumpió en la habitación, resollando y alterado.

—¡Lo siento mucho! El médico ha dicho que probablemente tardaras varias horas en despertarte y por eso pensé que... Evie, cuánto lo siento. Quería estar aquí.

Sonreí cuando cruzó la habitación corriendo y me cogió de la mano. Era agradable volver a ver su verdadero rostro. Por alucinante que fuera su alma, prefería verlo a él.

—¿Qué ha pasado? —pregunté.

Meneó la cabeza.

—Ha sido una locura. Después de que Reth te llevara, llamé a mi padre. Volvimos corriendo y os vimos a ti y a Reth. Estabas muy rara y flotabas en el aire, luego te quedaste quieta y te caíste. Te recogí pero no me salió muy bien. —Adoptó una expresión avergonzada—. Te diste un buen golpe en la cabeza contra el suelo. Entonces Reth dijo con su estúpida voz autoritaria «Me la llevo», y yo dije «Tendrás que pasar por encima de mi cadáver», y él se encogió de hombros como si le diera igual y se abalanzó sobre mí. Pero entonces mi padre, que había vuelto al coche en cuanto habías empezado a flotar, apareció con el palo de golf. Nunca había entendido por qué guarda palos de golf por todas partes dado que no juega al golf. Pero entonces lo alzó en el aire y dijo: «Tengo un hierro del nueve que dice lo contrario.»

—Me estás tomando el pelo.

Lend negó con la cabeza mientras los ojos le brillaban de la emoción.

—No, va totalmente en serio, fue alucinante, de verdad. Reth se puso muy furioso: daba la impresión de que iba a matarnos a los dos. Entonces dio media vuelta, atravesó un árbol y desapareció.

—Vaya. Tu padre mola.

—Ya lo sé. Entonces te llevamos dentro... Por cierto, ¿qué le ha pasado al pomo de la puerta?

—Umm, ¿uy?

Se echó a reír.

—De todos modos, encontramos a Vivian en el suelo. Me pareció que estaba muerta pero mi padre le notó el pulso. Como no recobraste el conocimiento enseguida, os trajimos a las dos aquí. Te pondrás bien, tienes varias quemaduras leves e hipotermia, lo cual resulta un tanto difícil de explicar.

Solté una risa lacónica. Había conseguido detener a Vivian, liberar las almas y todo eso sin matar a nadie. Ni resultar yo muerta. Me había salido bien.

—¿Dónde está Viv?

—Estaba aquí, pero creo que ahora ya se ha ido. Mi padre dice que probablemente nunca se despierte, por lo que ha buscado a una persona que podría cuidarla.

Fruncí el ceño, preguntándome quién demonios haría tal cosa hasta que recordé a mi primera visita. Raquel cuidaría bien de ella. La idea de Vivian, dormida y sola para siempre, me entristecía, pero por lo menos estaría a salvo de las hadas.

Me pregunté cuándo me pasaría lo mismo a mí, cuándo me consumiría.

—Bueno, tengo una pregunta —dijo Lend—. ¿A qué te referías cuando dijiste que si conservabas las almas podrías quedarte conmigo?

Me mordí el labio. Lend no tenía ni idea de que era inmortal, que el brillo de su alma era eterno. Abrí la boca para decírselo pero fui incapaz de pronunciar las palabras. Tenía la sensación de que en cuanto las dijera sería el fin de lo nuestro.

—No sé. —Me encogí de hombros e intenté sonreír—. Todas esas almas quemándome por dentro, estaba agobiada.

—¿Qué sensación tenías?

Cambié de postura porque me sentía incómoda. El hecho de recordarlo me hacía sentir incluso más frío; quería olvidar lo alucinante que era. No podía volver a tener esa experiencia. Nunca.

—¿Superpoblada?

—Bueno, me alegro de que estés bien.

—Yo también. Y bien, ¿qué era tan importante que ha hecho que tuvieras que marcharte?

—Ah. —Dejó una bolsa en el suelo a mi lado—. Pensé que querrías tener algo que hacer hasta que te den el alta. —Sacó una caja. Un estuche, para ser exactos. Las primeras dos temporadas de *Easton Heights*.

—¡Increíble! —chillé—. Estabas muy preocupado por mí, ¿verdad?

Sonrió pero dejó entrever cierta tensión.

—Lo que más me asustaba era perderte.

Me moví rápidamente y di una palmada en la cama a mi lado.

—No ha habido suerte. ¡Y ahora te toca ver cuarenta horas seguidas de *Easton Heights* conmigo!

Puso el primer disco mientras negaba con la cabeza y acto seguido se colocó a mi lado en la cama.

—Supone muy poco esfuerzo comparado con la ventaja de cogerte de la mano.

Dejé de tener frío.

AGRADECIMIENTOS

Muchas personas se merecen mi agradecimiento por la consecución de este sueño tanto tiempo anhelado. Así pues, ¿me lo consentís? Y si no, pues podéis releer las escenas de besos. Probablemente es lo que yo haría.

En primer lugar, y sobre todo, gracias a Noah, el amor de mi vida y lo mejor que me ha pasado jamás. Gracias por animarme, incluso cuando desaparecí entre los documentos de Word durante varias semanas seguidas y por dejarme hablar y solventar algunos puntos de la trama, aunque me sugirieras que matara a Evie. Y a mis preciosos hijos Elena y Jonah, quienes, si bien no estaban muy dispuestos a ayudar, son una verdadera delicia y son la alegría de mi vida.

Además de mi familia más inmediata, doy las gracias muy especialmente a mis padres, Pat y Cindy, por no haber puesto nunca en entredicho que era brillante incluso cuando yo me sentía todo lo contrario. Gracias por comprarme libros y llenar mi infancia de cuentos y palabras. Y a mis hermanos, Erin, Lindsey, Lauren y Matt, por ser lectores pero, sobre todo, por ser mis mejores amigos totalmente ridículos y divertidísimos. A mis abuelos, Dee y Mary, por transmitirme el gen de cuenta cuentos y, por supuesto a mis suegros, Kit y Jim, por permitirnos utilizar su lavadora y secadora cuando lo necesitábamos desesperadamente (y por su apoyo inquebrantable).

No habría llegado hasta aquí sin la ayuda de mis compañeras y amigas críticas. Carrie «Reina Zombie» Harris, Renee Collins y Kristen Record por sus consejos que siempre dan en el clavo; Ashley Juergens, Megan Holmes, Jane Volker y Fara Sneddon por su entusiasmo. Fara y Kristen, muchas gracias sobre todo por las invitaciones, por hacer de canguro y por escuchar horas y horas aquello de que «esto nunca pasará». Un millón de gracias para Stephanie Perkins, que es la mejor y más cuidadosa lectora que he conocido en la vida, que me enseñó que «bueno» siempre puede ser «mejor» y que se ríe y llora conmigo por las rarezas de la vida. Por último, Natalie Whipple por ser mi primera lectora y mi más ferviente animadora. No sé dónde estaría mi autoestima sin ti y te agradeceré eternamente que me orientases discretamente en la buena dirección. Gracias a todas por estar, según el momento, frustradas, desoladas, encantadas y eufóricas junto conmigo.

Gracias a la maravillosa comunidad on line de escritores y lectores que siguen las tonterías de mi blog y twitter: vuestro entusiasmo, inteligencia y apoyo son valiosísimos. «Conoceros» a todos es una bendición para mí. Gracias a Pandora y a la emisora Hellogoodbye, y a mi querido y amado Snow Patrol, por sacar mi álbum de la suerte.

Deseo expresar un enorme agradecimiento a Erica Sussman, mi genial editora, que quiere a Evie tanto como yo y que la llevó a mi editorial soñada para su publicación. Gracias por apropiarte de su historia y convertirla en la mejor posible. Has hecho que todo el proceso fuera una verdadera delicia y me siento muy afortunada de trabajar contigo. Gracias también al equipo de Harper-Teen y Harper Children's, incluyendo los departamentos de marketing, derechos para el extranjero, publicidad, editorial y, sobre todo, diseño. Alison Donalty y Torborg Davern, la portada de mi libro es una obra de arte y todavía estoy impresionada. En suma, no me podían haber cuidado mejor.

Michelle Wolfson, mi agente, se merece un párrafo entero. Gracias por sacarme de la sensiblería, por mantenerte a mi lado a lo largo de los meses y por superar mis sueños más descabellados con respecto a la publicación. Sin duda eres Wonder Woman, y estoy contentísima de tenerte junto a mí durante este viaje de locos.

Por último, a vosotros, queridos lectores, por escoger mi libro. Espero que os haya gustado porque vosotros a mí sí que me gustáis. Como diría Evie, sois pi-pi fantásticos.

Índice